U0127519

时间屋

2023
中国年度科幻小说

星河 | 王逢振 ▪ 选编

SHI
JIAN
WU

漓江出版社
·桂林·

图书在版编目（CIP）数据

时间屋：2023 中国年度科幻小说 / 星河，王逢振选编 .－－桂林：漓江出版社，2024.1

ISBN 978-7-5407-9614-3

Ⅰ.①时… Ⅱ.①星…②王… Ⅲ.①幻想小说—小说集—中国—当代 Ⅳ.① I247.5

中国国家版本馆 CIP 数据核字（2023）第 209794 号

SHIJIAN WU：2023 ZHONGGUO NIANDU KEHUAN XIAOSHUO

时间屋：2023 中国年度科幻小说

选编者：星河　王逢振

出版人：刘迪才

责任编辑：辛丽芳

书籍设计：石绍康

责任监印：张璐

出版发行：漓江出版社有限公司

社址：广西桂林市南环路 22 号　邮编：541002

发行电话：010-85891290　0773-2582200

邮购热线：0773-2582200

网址：www.lijiangbooks.com

微信公众号：lijiangpress

印制：北京中科印刷有限公司

　　［北京市通州区宋庄工业区 1 号楼 101 号　邮编：101118］

开本：690mm×1000mm　1/16

印张：18.5　字数：260 千字

版次：2024 年 1 月第 1 版

印次：2024 年 1 月第 1 次印刷

书号：ISBN 978-7-5407-9614-3

定价：45.00 元

目录
contents

序　言

星　河　王逢振

每年这个时候，都是我们最愉快的时光，因为梳理和遴选本年度中短篇优秀科幻作品的过程，就是一个品鉴与欣赏科幻精品的过程。在大量的优秀作品当中，我们所能做的，只能是反复权衡，优中选优，尽我们所能将最好的作品呈现在读者面前。

就作品来源看，没有什么特别需要解读的，今年的中短篇科幻作品还是出自各种专业科幻刊物与纯文学刊物，与此前一样显现出科幻文学遍地开花色彩纷呈的多彩样貌。但从题材的选取来看，还是很值得详细研讨一番。

从所选科幻作品的题材与构思中，可以明显看出因某些科技热点变化而产生的变化。热闹了一段的"元宇宙"风潮似乎有所降温，因而此类题材不再成为科幻作家最为关注的热点，但涉及人机交互、虚拟现实和数字化生存的科幻情节依旧不少，由此可见这一领域还是深刻地影响了我们的生活，只不过相关的科幻作品不再为某些热炒的概念而左右。在科幻作家笔下，数字化生存与虚拟现实不再构成单一的故事背景，开始与脑科学等其他学科携手联动，由此演绎出一个又一个精彩的故事。《猫托梦》和《猫在犯罪现场》两篇科幻作品都属此类，而且作者不约而同地选取了人与猫这两个物种之间的意识联结与交融。

与往年相似的是，人工智能题材依旧为科幻作家青睐与迷恋，这一题材在科幻领域可谓长盛不衰，历久弥新，尤其是近几年来更呈愈演愈烈之势。这也难怪，毕竟这才是一个真正的科技突破点，甚至可以誉为一场划时代社会革命的初步落地。科幻作家独辟蹊径，各出奇想，从不同角度探讨了人工智能对人类生活的巨大扰动与改变。《择城》的主题看似是城市规划与防灾减灾，实则讨论了人工智能对社会方方面面干涉的可能与边界。《两仪》则通过人工智能与数字化生存对人类社会的强力介入，如层层剥茧一般一步步直追生命与文明的初始本源。

一些经典题材持续受到关注，不同的作者以不同的方式描述了外星智慧与人类文明的接触问题，但无一例外都没有选择那些传统的交往方式，甚至不是传统的"不同种族相互理解"的方式。非常巧合的是，《游隼向西飞行》和《海鸥和外星人》都采用了鸟类的意象，以此来说明一个显而易见却极易被视为理所当然的误区：人类常常以自己的形态来推断和理解宇宙中的其他智能。事实上这两篇科幻作品都在更深层次上反映出不同文明之间缺乏沟通导致难以相互理解的状态，从某种意义上说具有很强的现实意义。

值得一提的是，在本年度的入选作品中，不同的作家还从不同的角度考察了生命的终极问题，以及此前此后的状态与意义。这是科幻作家有关现实思考在幻想世界的延伸，其实还是体现出他们对社会现实的充分关注。我们不妨联想一下去年的年选，其中一些科幻作品探讨的是有关宇宙、文明以及生物种群的终极，而今年则更具体到了个体的终极。《中元节》和《漫长的死亡》两篇科幻作品，都相当深刻地展现和分析了人类生命存在与消亡的问题。无论是在赛博空间中永久驻留，还是被无限拉长的濒死过程，都不仅仅是一个技术性的微小改变，而会影响到我们的全部生活。

此外一些作品的题材也令人耳目一新。《流过你的残垣断壁》展现了利用液态金属接驳神经的美景，事实上这一技术有可能很快走向临床。《左手边》探讨了在现代科学体系因某种思维惯性面临瓶颈时，是否可以凭借一种新的语言方式重构这一系统。《我的时间屋》将不同时间的同一人物聚集于空间某一点，是对经典时间题材的推陈出新。《沙燕》是"宇航＋时间"，描述了不同时空之间男女主人公的交流。《山顶有块石头》则是"宇航＋心理"，描述了同是天涯沦落人的男女主人公的复杂心理状态。

值得注意的是，无论构思如何大胆离奇甚至天马行空，科幻作家们对现实题材或者准现实题材始终情有独钟不离不弃，这也是近年来科幻文学的一个显著特征。由此也可以多少看出我们遴选作品的基本原则——首先要有不俗的文学表现，因为科幻小说毕竟首先是小说；除此之外科幻构思就显得格外重要，毕竟科幻文学还有"基于科学的幻想"这一要素约束。

今年年选选稿的时间标准与往年基本相同，2023 年年选的选稿范围还是沿用往年的惯例，自 2022 年 10 月至 2023 年 9 月。

最后还要说明的是，与往年相似，除了入选作品，2023 年度还有很多非常优秀的科幻小说问世。遗憾的是因为种种原因它们未能入选。我们只能借此部分佳作，向各位读者展示出 2023 年中国科幻文学的一个大致面貌，还望作者与读者海涵。

2023 年 10 月

《游隼向西飞行》是一篇涉及地球生命与外星智能交流的科幻小说，但文中所描述的不是那种传统的接触方式，甚至不是传统的"不同种族相互理解"的方式。像许多类似的科幻小说一样，这篇作品告诉我们：人类不能以自己的形态来推断和理解宇宙中的其他智能。

其实，即便是我们人与人之间，就真的能相互了解和理解吗？

游隼向西飞行

杨晚晴

走着走着，就走到了新疆。这是一场漫无目的的逃离，梁鸢和薛继东沿连霍高速驾车自东向西，本来计划在兰州折头来着。在高速公路休息区，梁鸢搭上了一辆从山东寿光拉蔬菜到乌鲁木齐的大货车，其时，日头正炽，薛继东在他的白色大众 SUV 里呼呼大睡。开货车的是一对四十来岁的中年夫妇，他们显然对一个二十多岁年轻姑娘的搭车请求毫无接受或者拒绝的经验，趁他们犹豫的当儿，梁鸢就爬上了车，那时她已经决定，无论命运将她带向何处，她都会欣然接受——只要远远离开那辆大众车，远远离开薛继东就好。

在后来二十多个小时的旅程中，货车夫妇对她的态度，与其说是客气，不如说是敬畏：这位年轻姑娘美丽、修长、清瘦，浑身散发着轻盈的气息，和高速公路或者货车或者奔波的情境格格不入。他们小心翼翼地操浓重的山东口音对她说话，请她在驾驶座后的卧铺上休息（卧铺上方横着晾衣绳，绳上挂着来不及收起来的男女内衣，梁鸢坚决拒绝了他们的好意），不停地塞给她各种瓜果零食。车轮滚滚向西，在旅程的多数时候，梁鸢沉默不语，只是把目光投向窗外（司机大嫂坐三人中间，把驾驶室舒适的外侧让给了她），看着地平线在温煦的春光下向无尽远处延伸。和城市的逼仄相比，西部的天地是放大许多倍的天地，梁鸢的目光很快就在大片大片的蓝、绿、白和棕中失去了焦点，她开始有种静止不动的错觉。这让她想起小时候，当她坐着爸爸开的车去另一个地方学习、竞赛、做客、吃饭，去做一切她不喜欢做的事时，她总希望旅程没有尽头，车就这样永远开下去（或者堵下去），这样她就不用去面对生活中那些沉重而繁琐的意义了。

就像鸟儿一样自由。

偶尔会看到那些天空中的精灵：凤头百灵、欧鸽、黄嘴山鸦，成群结队的紫翅椋鸟，也有猛禽，诸如秃鹫、草原雕。这时梁鸢会从她的背包里掏出观鸟镜，或长久或短暂地注视。这让她在货车夫妇的眼里更显神秘，他们早已对道路之外的事物熟视无睹，想不出来天空中有什么值得追寻。

时间匆忙向前，车轮也追不上夕阳，天黑得虽晚，但终究是黑了下来。在休息区吃过晚饭后，一行三人继续上路，向夜的深处疾驰而去。总是有点儿局促，尤其是和司机大哥独处的时候（前半夜，司机大嫂在后面的卧铺上休息）。大哥矮壮敦实，脸颊上爬满粗硬的青色胡楂，一笑便露出满口的黑牙。在征得梁鸢的同意后，他开始一根接一根地抽烟，听"动次打次"的电子舞曲——"提神"，大哥不好意思地笑笑，然后就不说话了。梁鸢用眼角打量他：简直就是薛继东的反面，如果人非要有一个伴侣的话，她一定会毫不犹豫地选择薛继东吧。

但是人为什么非要有一个伴侣呢？

到后半夜，换司机大嫂开车。她关上车载音响，摇下车窗，让夜风呼呼地灌进驾驶室，直到烟味散尽。梁鸢渐渐模糊的感官又变得敏锐起来，她看到满天繁星之下被车灯渐次点亮又复归黑暗的道路，男人的鼾声如阵阵滚雷在身后炸响，清甜的果蔬香在微凉的空气中慢慢浮起。谁能想到，就在十几个小时之前，她和薛继东才刚刚完成了一场葬礼，正准备继续回到他们舒适而又乏味的旅程，回到他们舒适而又乏味的生活。

谁能想到呢？

"咳，妹子……"是司机大嫂在说话，她的脸微微撇向梁鸢，"你这是，失恋啦？"

梁鸢愣了一下。"算——是吧。"

"嘻，这么好的姑娘……男人都是有眼无珠。"

梁鸢有点儿想笑，她偷偷瞄着大嫂：粗壮的小臂牢牢把着方向盘，腰身圆润胸部丰满，侧脸的线条刻满岁月给的麻木与坚毅。

"凡事要想开呀。"大嫂又说，"要是有什么困难——"

"没有啦。"她有些粗鲁地打断，"我只是需要弄明白一些事情。"

"哦。"

沉默。十几个鼾声的间隔之后，梁鸢低声说："游隼。"

大嫂扭头看她，车身轻轻摇晃了一下。

"埋葬毛毛的时候，我看到了一只游隼。"她自顾自地往下说，不在意听者是否能够理解，"它在天空中盘旋了几圈，然后向西飞行。"

"哦。"

"所以我就在这儿了。"她卷起嘴角，"搭着你们的车，去向未知的远方。"

"妹子，你在追那个游什么——"

"游隼。"美丽的猛禽，轻盈的猛禽。她是在追逐那只游隼吗？也许吧。梁鸢想，一个人总要追逐着什么，哪怕追逐的只是虚无。

"哦。"

谈话到此结束，司机大嫂吸了吸鼻子，重新回到她眼前的道路。睡意漫了上来，所有的摇晃、声响、气味和暗弱的光，都让梁鸢感到倦怠和安全。她合上眼，货车仿佛向着永恒驶去。

第二天下午，他们到了乌鲁木齐。分别的时候，司机大嫂告诉她，这是他们跑的最后一趟长途运输，排放税收得太高，已经赚不着钱了。又给她留了个手机号码，说既然有缘一路同行，也算是亲人了，在外面要是有什么难处，可以打这个电话，到了山东，要记得来找他们。司机大哥站在一旁抽烟，咂嘴，憨厚地笑，仿佛嘴巴说话的功能已经全部转移到妻子身上。对于夫妻俩的好意，梁鸢照单全收——接受总比拒绝要轻省许多。分别之后，梁鸢才打开手机，几十条信息堆了进来，都是薛继东发来的。她回了电话，对两千千米外失魂落魄的男人说，对不起，一切都是我的错，不不，不要来找我，我需要一个人想事情，需要跑得远远的。我会照顾好自己。你也一样……再见。挂了电话以后，就把对方拉黑。既然选择了自私地逃离，就没必要再彼此空耗。如果说行动也能促使人思考的话，那么在这一路，她想明白的一件事就是：薛继东很好，可她并不爱他。

她短暂地安顿了下来，逛大巴扎，在五一星光夜市里吃烤肉、喝"大乌苏"，在清晨和黄昏竖起耳朵捕捉风中的祷词，如同捕捉经久不散的乐音。也看鸟：麻雀、鸽子，偶见黄喉蜂虎和粉红椋鸟。城市里的鸟儿入乡随俗，它们调低了羽毛的饱和度，飞行姿态迅猛凌厉，自然而然地融入灰色的水泥丛林之中。市区里待了几天，梁鸢想起自己此行的目的（或者莫如说，是司机大嫂赋予她的意义），于是跑到了博格达峰脚下的柴窝堡湖。一个人，吮着依旧清冷的空气，长久地发呆，在天空中寻找想象中的黑点。湖水碧蓝，雪山掩映下的湿地里，几只落单的灰鹤踽踽独行，电线杆上有红隼停留，小鸟叽叽喳喳的求偶声在芦苇丛中响成一片。在这里，梁鸢意外碰到了本地鸟类协会的人，他们个个长枪短炮，正计划集体去往北部的阿尔泰山观鸟。领头人叫马悯农，高个儿，阔脸，普通话字正腔圆。聊了几句之后，梁鸢就和他熟络起来——观鸟人有共通的语言，他们靠着这门语言确认彼此。所以当这位年轻美丽、（更重要的是）操着相同语言的姑娘请求与他同行时，他想都没想，就答应了下来。

于是逃离继续。梁鸢坐马悯农的车，老款普拉多，有年头了，颠簸起来吱吱嘎嘎地响。马悯农告诉她，自己原来开外贸公司，很是赚了些钱，迷茫过，挥霍过，后来迷上观鸟，算是彻底沦陷了。梁鸢问他什么叫沦陷，他就笑笑，说这个词儿用得不对。应该说，是观鸟赋予了他生活的意义，而这个意义和物质的关系不大，和年久失修的普拉多关系不大。梁鸢很想追问，那这个意义到底是什么呢？然而又觉得自己无趣，所以就静静地听中年男人说。

中年男人说：对于观鸟人来说，这是一个最好的时代，也是一个最坏的时代。最好的意思是什么呢？就是你能在新疆看到许多以前看不到的鸟种。比如刚才我们车队停下来看的，应该是纹喉凤鹛，典型的东洋界的鸟，以前最北的目击记录在陕西。它怎么跑到新疆来了呢？很可能是因为气候变暖，气候变暖带来复杂的连锁反应，鸟的迁徙和分布只是反应的一个环节——所以这也是最坏的时代，有些鸟你看不到了，也许是栖息地发生了变化，或者迁徙路线发生了变化，也许根本就是灭绝了。

连锁反应。听到这里，梁鸢心念一动，她想起自己为什么会踏上旅途：气候在加速变暖，根据薛继东的推测，国家很可能就要实施碳排放"休克"战略，届时，长途旅行将变得十分困难。其实连锁反应早已发生，那是北京一年热过一年的夏天，是反复无常的晴雨、飙升的电价油价、废弃的工厂和建筑工地，是司机大嫂口中高昂的排放税。似乎每个人都心知肚明，地球精密的大气系统崩溃在即，严格的碳排放政策势在必行（如果不是亡羊补牢的话）。

似乎每个人都心怀侥幸。

鸢儿，这可能是我们能够自由旅行的最后机会了。薛继东如是说。梁鸢记得，说这话的时候，他雾蒙蒙的眼神里有一丝平静的绝望。

正好，梁鸢刚刚博士毕业，正踟蹰着未来的人生。一场旅行，有何不可呢？

"小梁，"马悯农的声音闯入了她的追想，"我们快到了。"

她抬起头，情不自禁地一阵战栗。从喀木斯特到富蕴再到阿克哈仁，一路蜿蜒向北，阿尔泰山越发壮阔，此刻更是占据了她大部分视野。在她眼前的，是向天空突起的连绵的地平线，棕绿交杂，白色的山尖衔着低垂的云层。

如果薛继东的推测正确，这里可能就是她此生能够去到的最远的地方了。

"哇。"她低呼一声。

马悯农却在叹气。"雪线又上升了啊,往年的五月……"

她转头看他。

中年男人伏在方向盘上,轻轻摇头。"今晚我们在阿勒泰休整,明天进山。"

离北京越远,心中的那根弦就越松。晚上,梁鸢喝了不少。她和协会的人很快就打成了一片,豪爽地灌酒,大大咧咧地聊天,喝到兴起,她挽起马悯农满是疙瘩肉的手臂,七尺汉子臊得满脸通红。酒劲上来,身边的一切都退到极远处,遥遥地望着她,疏离地望着她。那天夜里梁鸢入睡极快,随后一直流连在同一个梦中——她依旧在追逐那只游隼,她看到它凝固在天空中,猛禽之上和她的脚下是黑漆漆的宇宙。她在梦中清楚地意识到,她已经来到了世界的尽头,逃离至此终结,所有关于意义的争论也应当在此处终结。

她感到前所未有的轻松。

一觉天亮。事实上,梁鸢是被窗外的嘈杂声吵醒的。顶着沉甸甸的脑袋踱到窗前,宾馆的住客们正用手指向天空,叽里呱啦地说着些什么。抬头,窗外的景物看不真切,但足以让她瞬间清醒。她披着外套,趿拉着一次性拖鞋奔下了楼。人们齐齐扬着头,朝向太阳,如同簇拥在一起的向日葵——他们注视的东西就在日出的方向,它飞得那么高,却又异常鲜明地驻留在所有人的视野之中。很快,这个半透明、带两根鞭毛的浑圆球体就会被人们称作"母舰",但在此刻,没人知道它是异常大气现象、秘密实验、敌国入侵还是神的救赎。他们或兴奋或恐惧地议论着,丝毫没有意识到,他们熟悉的世界已经在这一天终结了。

一同终结的,还有梁鸢的旅程。

要找到薛继东并不难,这几年,他经常出现在官方科普视频里,大小也算个名人。语音通信链路的另一头,这位名人稍一迟疑,便答应了梁鸢见面的请求。见面地点是王府井的一家咖啡馆,梁鸢步行前往。

七月的周日午后，街道上人流如织。它们来了之后，北京夏日的酷暑缓解了许多，不过澄澈的蓝天也很难见到了。在前"休克"时代，碳排放被严格控制，那时鲜有雾霾，天空总是瓦蓝瓦蓝的，阳光在这片空旷的瓦蓝中锋利如刀，割在大地和人的身上，滋滋作响。梁鸢在阿勒泰醒来的那天，母舰也出现在其他城市上空，它喷出小小的浮粒，如同喷吐烟霭，仿佛顷刻之间，"烟霭"就弥漫了整片天空。

——完美的球形，科普视频里的薛继东微笑着对观众们说，直径 34 微米，半透明，长有两条鞭毛。我们叫它们"浮粒""外星蜂群"或者"平流层微生物"。难以计数的浮粒飘浮在平流层之上，如同一顶阳伞，将太阳给予地球的能量部分归还给宇宙，从而导致了气温的下降；另一方面，对阳光的全波段散射呈现在人类眼中，就是大家头顶无边无际的灰白色……好了，本期节目到此结束，亲爱的观众朋友们，咱们下期再见……

天空这样灰着脸，已经有十年了啊。梁鸢推开咖啡馆的玻璃门。十年。薛继东还会认得我吗——

"梁鸢。"

卡座里的薛继东朝十年后的梁鸢招手。她的脸颊跳了一下，快走几步，在他的对面落座。薛继东的眼睛隐蔽在黑色的镜片后面，鼻翼和嘴角旁有深邃但不凌乱的皱纹，灰色的 POLO 衫干净熨帖，肩膀宽阔，露出的半截胳膊修长、结实，没有一丝赘肉——的确是镜头会偏爱的皮囊，梁鸢想着，用手指拢了拢头发。

"如果不看照片，我想不起你的样子。"薛继东说，声音低沉，略沙哑，没有视频里动听，"见到你之后，我就纳闷儿自己为什么会想不起来。"

"十年了，想不起来也是正常的。"她讷讷地应了一句。

"都十年了吗？时间过得真快。"

薛继东手肘撑在桌上，半晌不语，墨镜后的目光刺得梁鸢脸颊发烫。别问，她在心里暗暗地说，别问那个问题。

"你过得好吗？"

梁鸢轻舒一口气。"还好。"

还好。活着。没出过意外，没生过大病。母舰降临之后，观鸟活动自然泡汤。马悯农将她带回乌鲁木齐，那段时间由于不清楚平流层中的浮粒对飞行安全的影响，民航停运，她坐了三十个小时的火车返京，在车上一通没日没夜的狂睡，下车时，脚步飘忽，整个人形如梦游。回到北京之后，在鸟类研究所找了一份工作，一直干到现在。虽然依旧迷茫，不过她已经三十六岁了，迷茫不再构成逃避生活的借口。梁鸢有时会想，生活就是人与人结成的一张张巨网，关系密切的人互为经纬，彼此束缚也彼此承接，任何人的突然抽离都会破坏本来稳固的几何构型。十年前她的不辞而别，一定让曾经稳居网上的薛继东摔得鼻青脸肿吧？所以像她这样的人接受生活的招安也未尝不是一件好事：这意味着，在她的身边不会再出现和薛继东一样的受害者了。

从外部性的角度来看，岂止是还好。

"什么嘛。"男人的身体猛地向后一仰，然后带着惯性前后摇晃，"我还以为你多少会有点儿寝食难安呢！你知道我这十年是怎么过的吗？"

梁鸢一怔，还来不及变换表情，就听薛继东说："开玩笑开玩笑，没有指责你的意思。外星人都来了，普通人那点儿儿女情长又算得了什么？"

她抬起咖啡杯，用嘴唇裹了裹温热苦涩的液体。

薛继东停止了身体的摆动，低头，从墨镜上方的空隙翻眼看她："礼尚往来一下嘛，问我过得好不好。"

"你，过得好吗？"

"还好。你知道，我就是那种循规蹈矩的人。相亲、结婚、生子、学区房，一样不落。非要说和别人有什么不同的话，那就是我有一个像鸟儿般飞走的前女友，有一桩鸟儿般飞来的事业。"他将脸转向窗外，棱角分明的线条在苍白的日光中变得柔和，"不怕你笑话，你走的那几天我浑浑噩噩，都不知道自己是怎么把车开回的北京。不，不是难过，而是想不明白……梁鸢，我想这应该就是命运：这个名叫薛继东的男人注定要和他永远无法参透的事物打交道，无论是你，还是天上那些东西。"

梁鸢勉强笑了笑："我还以为你非常了解飞羽呢。"

"飞羽？"

"就是浮粒。"她有些羞涩，"飞羽是我自己的叫法。"

薛继东把脸转了回来，墨镜后的目光在梁鸢的想象中弥散着。"飞羽。飞——羽——很诗意的名字，典型的梁鸢风格。"他说，"也许我应该在视频里推广一下——哈，看你紧张的，开玩笑的啦。"

又一阵沉默，两人各自抱起瓷杯。咖啡快要见底，梁鸢想，我们却还在旧时光里兜转，就像一对刚刚争吵过的男女朋友，怀着恼恨、恶作剧和彼此了解的渴望。

"外壳由比富勒烯还要复杂的碳基分子构成，对光敏感，会随着光线的变化在透明和不透明之间转换，靠两条鞭毛移动和维持高度，被捕获后会迅速丧失活性——这就是我们目前对浮粒，或者说对飞羽的全部了解。"片刻之后，薛继东放下咖啡杯，"它们如何新陈代谢，如何繁殖，如何思考，如何协调彼此的行动——最重要的，它们的目的是什么，我们一无所知。"

"不都说，它们是来拯救人类的吗？"

"我持怀疑态度。"薛继东撇下嘴角，"梁鸢，在你面前，我可以不必伪装成视频里那个微笑天使：它们刚来的时候，的确将人类从迫在眉睫的气候灾难中拯救了出来，但故事并没有王子公主，到此结束。我们曾经做过计算，全球低云量增加 4%，其降温作用将大于二氧化碳倍增产生的温室效应；强火山喷发到平流层里的火山灰和气溶胶也可以起到削弱太阳辐射的效果。但云是会散的，火山灰和气溶胶是会被平流层纬向风带走，最终落回地面的。"

梁鸢吞下一口唾沫，不自觉地看向窗外："它们不会。"

"没错。"薛继东压低声音，"十年了，它们不知疲惫地反射阳光，按照现在的降温速度，要不了多久，地球就要进入下一个冰川纪了。"

"天哪。"

"各国都在采取行动，导弹啊飞机捕获啊大功率激光啊，只不过都不敢大张旗鼓，原因你懂的。"薛继东的双臂撑在桌上，身体前倾，"但是，如你所见，浮粒的数量并没有减少——如果不是增多的话。"

"所以唯一的思路就是，把它们消灭？"

薛继东苦笑一声："要是能够对话，谁会选择暴力？"

梁鸢默默看了他一会儿。"薛继东，你最近抬头看天了吗？"

"什么意思？"

"陪我去趟西山吧——如果你方便的话。"

男人墨镜之上的额头皱了起来。"梁鸢，我还以为，你找我出来只是叙叙旧。"

"就只是叙旧。"梁鸢寂寞地笑了笑，"我离开之后，你有多久没去观鸟了？"

那天，数千艘母舰毫无征兆地出现在全球各地的天空之上。它们就像浮粒的超级放大版：浑圆的舰体，每一个直径都超过一千米，舰体下部是两条巨大的、不断摆动的鞭毛。留下漫天的浮粒之后，母舰便消失得无影无踪，事情发生得如此之快，人类甚至还没有争吵出一个对策来。

很难想象浮粒的到来不代表某种更高的意志：白天，它们挤挨在一起，如二维薄膜般无边无际地摊开；入夜，则以各种不规则的形状团聚卷曲起来。无论是白天对入射阳光的阻隔，还是夜晚放行地面的远红外辐射，都在客观上大大削弱了温室效应，说救人类于水火，也毫不夸张。当然，对于它们的到来以及展现出的行为，科学家们自有他们的解释，一个不含目的论（至少不是上帝及其子民的目的论）因而更加漠然的解释。在这个解释里，人类不过是沿着另一条路走向厄运。

只是很少有人愿意相信这个解释罢了。

"最好的猜测：浮粒是一群有着简单行为逻辑的外星微生物，只知道最大限度地攫取阳光的能量，并且在夜晚尽可能减少能量的散失——这个假设完全不需要更高的智慧或者上帝，就能完美地解释它们表现出来的行为。"缆车的对面，薛继东用食指搔着鼻翼，"还有可能，它们是某种微型机器人，或者内置了简单行为指令、能够自行移动的光逻辑门，正在为即将到来的外星文明营造更加舒适的气候，一个比现在稍微凉快那么一点儿的气候，它们根本不在乎对流层里的生物会受到什么样的影响。"

"确实比上帝更有说服力。"梁鸢评论道。

"相信什么是一回事，怎么做又是另外一回事。"薛继东说，"梁鸢，现在你应该能体会到我这几年的痛苦了吧：我的工作是借理性的名义平复人们的恐慌，但历史一再证明，在面对恐慌时，冰冷的理性于事无补。"

你的痛苦来源于责任与理性的相互拉扯吗，就像十年前那样？梁鸢想问，却没有问出口。

下了缆车，几步就到观景台。此时离层林尽染的秋天还远，他们身边游客寥寥。薛继东终于摘下墨镜，猛眨几下眼睛，带着重见天日的快意。他茶色的虹膜依旧透亮。

"我想起来了。"他说，"刚刚谈恋爱那会儿，你经常拉我过来观鸟。"

"这几年我自己也会来，北京上空的鸟又多起来了。"天坛公园的戴胜和椋鸟，玉渊潭的鸳鸯和绿头鸭，西山山头、黄栌和枫树染红的秋色中的猎隼和雀鹰。它们来了之后，鸟儿的活动在回归正常。

虽然"正常"也可能只是暂时的。

他抬起头，望向天空深处。"我好像看见了，那是什么，雕吗？"

沿着他指的方向看去，梁鸢摇了摇头。"雕的飞行姿态是非常稳定的，这只飞得飘飘摇摇，应该是黑鸢。"

"鸢。"

薛继东意味深长地盯着她，似乎很欣赏她表现出的微微的惊慌失措。接着，男人轻描淡写地笑了笑，说："开始了。"

开始了。时近黄昏，浮粒开始聚集。被夕阳烧得发红的蓝天终于一点点显露出来。少顷，浮粒聚成了一片片纤细的云彩，在高天之上泛起七彩流光——这些绚丽的云朵飘浮在平流层之上，视频里的薛继东说，由于阳光的衍射作用，贝母云具有像彩虹一样的色彩排列。这一奇观原本属于高纬度地区，是浮粒让我们可以在华北平原上大饱眼福。观众朋友们，除了贝母云之外，浮粒带来的奇景还有同样罕见的"晕"和"华"，欲知详情，请听下回分解……

"不只有理性。"梁鸢喃喃道，"还有美。"

薛继东转头。

"看那里。"她扬起手臂，指向天空中与贝母云格格不入的银色硬块。

薛继东眯起眼睛。"什么嘛，看不清。"

她从背包中掏出墨绿色的星特朗观鸟镜，一番调试后塞到薛继东手中。后者将一只眼睛凑到目镜前时，她在一旁解说：

"几天前这个东西就出现了。白天它隐没在浮粒中，不太容易看见，黄昏的时候就很明显了。当然，如果只用肉眼的话，你也看不清它的结构。"

"这什么玩意儿？"依旧抬着观鸟镜的薛继东瓮声瓮气地说，"浮粒的卷曲程序出错了吗？"

"不是程序出错。你看到的东西，我研究了十年。"

薛继东放下观鸟镜，惊愕地瞪着她。

"薛继东，"她撩了撩额前的垂发，"你还记得毛毛吗？"

毛毛是一只灰绿色、体形硕大的新西兰啄羊鹦鹉，把它带上那一段旅程时，梁鸢已经养了它十三年。这只不会说话的鹦鹉极其聪明：它会乐此不疲地搭建和推倒儿童积木，会用它弯曲的喙在家里四处搞破坏（最常遭殃的是书和鞋子，后来则是薛继东大众车上的真皮座椅），会跟梁鸢开一些无伤大雅的小玩笑，比如把她的发卡或者袜子藏起来，会围在她脚边撒娇似的索要食物（几乎什么都吃），也会发出高高低低的叫声，传达它的想法和情绪。

可是薛继东不喜欢它。那时的薛继东有一种天然的骄傲。这位气象专业的高材生在国家部委工作，风华正茂，前途无量。他瞧不上智力不如自己的人（尽管在小心翼翼地掩饰），更何况一只鸟儿了。

"嗟，傻鸟，来食。"

"毛毛才不傻！"

一开始，每当薛继东以这种调侃轻浮的语气向鹦鹉投喂肉块和花生米时，梁鸢都会气鼓鼓地纠正。在多次纠正无果后，她放弃了。如果一个族群中的智力优越者都不能以一种开放的心态看待智能的不同范畴，其他成员就更难了。的确，在抽象思维、使用工具、表达情感等等方面，毛毛是人类智能的拙劣模仿者。但如果鸟类也有它们自己的智力评价体系，那么人类在高速反应、辨别方向、识别湍流、记忆地点上，又能得分几许呢？

"我当然记得毛毛。"十年后的薛继东对梁鸢说，"当时你坚持要带上它一起旅行，是不是有某种预感？"

梁鸢一怔。无论从哪个角度看，毛毛都更像一个时刻需要被照顾的孩子，而非可以彼此支持的旅伴。确实没有理由带上它，当时的执拗，难道真如薛继东所说，是出于某种预感？那么薛继东呢？为什么明明那么讨厌毛毛，却还是答应了她？

两个人到了山脚，天在这时彻底黑了下来。预约的无人电动车还没到，他们在游客接待处站着聊天。星子正爬上天幕，"贝母云"镶嵌在银河之中，如同这雄伟星系的点点黑斑。

"埋葬毛毛不久后你就不见了，可把我吓坏了，以为你是一下子想不开。"薛继东双臂抱在胸前，"人生地不熟的，你还一直关机，我差点儿报了警呢。"

"对不起。"

"嘻，说对不起就没意思了啊。"薛继东摆了摆手，"不是有正事儿吗？"

对。正事儿。天空的那个硬块。一切都和毛毛有关。毛毛死在甘肃省定西市，这本是两人一鸟旅途的倒数第二站。前一天晚上还好好的，第二天醒来就见它直挺挺地躺在特制的便携式鸟笼里……说它"好好的"，其实也不尽然：梁鸢记得，那天晚上入睡前，毛毛一反常态，迟迟不肯从她身边离开，它沉默的眼神中似乎有某种东西，某种深邃、急切又悲哀的东西，需要在时间中站开一段距离，才能穿越浓稠的记忆迷雾，触摸到那个眼神的真正寓意。那天晚上的情景总是让梁鸢想起另一只鹦鹉，一只名叫亚历克斯的非洲灰鹦鹉，它曾经被认为是世界上最聪明的鸟儿，拥有堪比灵长类的智力。这只鸟儿在31岁时突然死亡，在死去的前一个夜晚，它的主人把它放回鸟笼时，它还对她说："乖乖的，明天见，我爱你。"

毛毛是不是也预感到了什么，只不过它不会开口言说？

那天，他们将毛毛葬在小城郊外一棵云杉树下。透过朦胧的泪眼，梁鸢看到薛继东的脸上，竟然带着真实的悲伤；透过朦胧的泪眼，梁鸢看到一只游隼向西飞行。

——之后便是逃离，逃到新疆，逃到往日世界的终点。

"我可不可以这样理解？"夜有些凉了，薛继东的手掌在小臂上摩擦，"毛毛是连接你和世界的一条纽带，这条纽带断了，你就可以飞得远一些？"

梁鸢叹了口气："我不知道。"

"好吧。"

"但毛毛确实和我后来的选择有关。"梁鸢把脸转向薛继东，"回到北京后，我就进了鸟类研究所，我的主要研究方向，是鸟类的智力。"

"鸟类的智力……"薛继东喃喃道。

她笑了笑。"毛毛才不傻。"

薛继东愣了一下，然后尴尬地挠了挠头。

"为了飞行，鸟类放弃了很多。它们的大脑很小，且没有哺乳动物进行高等思维活动、布满褶皱与沟回的新皮层。这是人类对鸟类智力持有偏见的解剖学根源。"终于回到生活之外的领域，梁鸢驾轻就熟，"事实并非如此。虽然物理结构和哺乳动物完全不同，但鸟类其实也有类似新皮层的高级神经系统，这一紧凑高效的系统同样通往复杂行为，通往社交与学习，通往回忆与预期，通往情绪与情感——在这些恐龙的后裔身上，智慧找到了另一条路。"

薛继东恍然大悟："天上那东西，是鸟类的大脑！"

梁鸢点头。

男人停止了揉搓小臂的动作，抬头看天。硬块早已融入黑漆漆的夜空。

"为什么？"半晌，他才吐出一句话来。

梁鸢摊了摊手。薛继东约的电动车到了，他动作缓慢地拽开车门，身体停滞了一下，回头对梁鸢说："要不要捎你一段？"

"多谢美意，我有一个人旅行的经验。"

两人相视一笑。钻进车里后，薛继东摇下车窗，伸出头来："梁鸢，这次你不会再飞走了吧？"

"这要看我和世界之间的纽带是什么了。"

薛继东想了想，说："世界本身。"

在车顶灯的映照下，梁鸢终于看清了男人的表情。

——他是认真的。

伦敦的上空。新德里的上空。大兴安岭的上空。卡拉哈里沙漠的上空。在全球各地，人们都看到了一模一样的神迹。

——光滑的表面。基底核。视叶。嗅球。平流层上的巨大鸟脑。

"无人机和卫星遥感数据重建的三维图像也证实了，天上的那个东西，就是梁鸢所认为的那个东西。"一个声音说，"二位有什么想法吗？"

梁鸢把目光从显示器前收回。说话的人是薛继东的领导，薛继东叫他"李主任"。李主任五十岁出头的年纪，戴黑框眼镜，眉眼清隽，微微谢顶，说起话来慢条斯理，带着点儿南方口音。此刻，他正双手撑在会议桌上，直直地盯着她和薛继东。

"浮粒在模仿。"梁鸢说。

"模仿鸟脑？它们怎么做到的？"

"也许是一只飞近了平流层的鸟，比如黑白兀鹫，给它们提供了素材。我猜。"

"您的意思是——"李主任转了转眼珠，然后压低声音，仿佛即将说出口的是一句可笑到不可饶恕的话，"它们分析了一只鸟，然后像表演团体操那样，在结构上模仿了这只鸟的……嗯……大脑？"

"没错。"梁鸢说。

"为什么？"

梁鸢看向薛继东。"咳，我有一个猜想。"男人清了清嗓子，"当你面对生物基础和文化基因完全不同的智能生物时，重现它们的思维器官，以之作为交流的媒介，大概是一种可行的选择。"

"星际文明交流意义上的罗塞塔石碑。"梁鸢补充道。

沉默片刻。"您的意思是，"李主任一脸的匪夷所思，"外星文明对我们视而不见，却选择了和鸟交流？"

"对于飘浮在大气层中的生物，"梁鸢说，"行星的表面或许并不适合孕育智能。"

李主任坐了下来，身体重重靠向椅背，"吱嘎"一声。他的表情有些沉重："那它们对智能的认识未免过于狭隘了。"

梁鸢瞟了一眼薛继东，后者若有所思。我们又何尝不是？她想。

"起码不是件坏事。"薛继东说，"这至少说明，它们有交流的意愿。"

"怎么交流？"李主任的眼镜寒光一凛，"飞上去和它说鸟语？"

要不是看到薛继东的脖颈上泛起尴尬的红点，梁鸢就笑出声来了。位高权重者喜欢肆无忌惮地宣泄刻薄，在这一点上，他们更接近孩子——只不过肩上的责任更重一些罢了。梁鸢又想，虽然刻薄，但李主任说的大体没错：当天空中的巨物终于确凿无疑地昭示自己的存在后，世界各地的人们已经各自做出了交流的努力。他们用调制过的无线电照射，用山响的大喇叭喊话，用巨幅织物或者灯光在地面上摆出莫名其妙的符号，或者点燃巨大的火堆，期望飘升的青烟上达天庭，全然不顾烟气根本飘不出对流层的事实。那些顶礼膜拜的信徒呢？如果对更高存在的祷告能够超脱人类所知的物理定律，他们反而更接近理性主义者。

如此看来，"飞上去说鸟语"，也许并不是一句纯粹的讥讽了。

飞上去说鸟语。飞上去说——鸟语。

李主任转向梁鸢："梁鸢，你有什么想法？"

她嘴唇微张，摇了摇头。

她想起母亲。

母亲出走的那年，梁鸢十三岁，刚上初一。母亲不打一声招呼就走了，毛毛几乎是她留给梁鸢的全部。在梁鸢的记忆里，母亲是比她更狂热的鸟类爱好者，但也比她不幸：母亲遵从老一辈的意愿，学了法律，顺理成章做了民事律师，而这个职业，用母亲的话来说，简直是飞翔的反面。她的故事和薛继东大同小异：相亲、结婚、生子、学区房。在梁鸢十三岁以前，她没有逃离的勇气，所以只能在生活那小得可怜的缝隙里满足自己对鸟类的痴迷：她养鹦鹉、观鸟、看纪录片、下载论文、熬夜撰写论文，并且，承受身边人的不解和讥讽。绝大多数时间里，面对那些企图把她摁在地上的世俗，她都保持着沉默甚至谦卑。她做出的唯一一件出格之事，是用大半个月的工资买了一台仿生计算机，塞进书房。那阵子仿生计算正在概念风口，硬件价格被吹到了天上，父亲无法理解，向来理智的妻子，为什么急吼吼地做了冤大头。

"我做研究要用。"母亲简短地解释道。

"什么研究？"

"鸟类的大脑。"

父亲看疯子一样看着她。之后这对夫妻间冷战的细节，梁鸢已经记不清了，冷战本来就是沉默地输出和承受伤害，并且假装伤害是高度精确的，没有外溢。总之，妻子小小地冒犯了一下她循规蹈矩的生活，开辟了一片新的领土，丈夫战略性后撤，伺机反击。这样的局面维持了一个月，一个月后，妻子下班回家，面对空荡荡的书桌，发出一声尖叫：

"梁开元，我的电脑呢？"

"卖了。"丈夫狡黠地笑，"比买的时候还涨了点儿。老婆，原来你买的是理财产品啊。"

沉默。冰冷的眼神。无休止的冷战。现在回想起来，这件事，就是母亲出走的契机吧。人总有属于他的那根稻草，母亲的稻草是她的研究，而梁鸢的稻草是毛毛。母女俩在被压垮后的行为如出一辙：逃离承托她们也束缚她们的世界之网，逃向自己。多年来，梁鸢憎恨她无情的、不负责任的母亲，不断告诫自己不要成为这样的人。可随着她慢慢长大，她绝望地发现，她的一切正在不可避免地与记忆中的母亲重合：她的相貌，她的爱好，她无法真正去爱一个人的缺陷（父亲和薛继东一定会认为这就是缺陷）。

还有她逃离的冲动。

这么多年过去了，许多事情都已淡忘。然而她仍清晰记得母亲在逃离的前一晚对她说的话。

"鸢儿啊，也许有一天，我们会真正理解它们吧。"

她疑惑地看着母亲："它们？"

"毛毛，和所有飞翔的精灵。"

"哦。"

母亲怜爱地抚摸她的头发。"假如不是进化论无可辩驳，我倒宁愿相信，人类和鸟类只是恰巧生活在同一个星球上，分别占据着地面和天空。生理构造和生存环境是共情的基础，如果某天一群同样生活在天空中的外星人造访地球，它们和鸟类的共同语言应该多过和人类的吧。"

梁鸢似懂非懂地点头。母亲亲了亲她的脸颊。多年以后，她在观鸟时忽然想起母亲的话，于是偏转镜头，看向飞羽簇拥成的卷积云。

于是她发现了天空中的鸟脑。

那晚之后，母亲消失了。她留下一条短信，告诉父亲，他不用去找她，也找不到她，他可以直接起诉离婚也可以等上两年，反正对于消失的人来说，都无所谓。父亲困惑过、愤怒过、发疯似的找寻过，可母亲就像人间蒸发了一样，没有留给他一点线索。随着时间流逝，他的愤怒和壮年都消耗殆尽，终于接受了妻子不会再回来的事实——这是一场多么决绝的出走啊，梁鸢想，就像《百年孤独》里那个乘着床单飞升的蕾梅黛丝。

也许母亲本来就不属于这个尘世，她的归宿只能是天空。

待世界变成冰窟，她还能自由飞行吗？

"鸢儿，吃饭了。"暮年的父亲召唤梁鸢。

"哎。"她答应道。她住单身公寓，每个周末回家探望父亲，尽女儿的职责：吃父亲做的饭菜，赞美他几十年没有半点长进的厨艺，听他例行公事般的催婚。路过书房时，她看到书桌上氤氲着的光。她走了进去，过时的液晶显示器上滚动着意义不明的字符串。

"爸，这是什么？"

父亲站在她身后，用围裙擦手。"仿生计算机啊。"

她瞪大眼睛："仿生计算机？"

"有什么大惊小怪的？"父亲风轻云淡地说，"我还没告诉你，这是你妈当年买的那台呢。"

她张大嘴巴，说不出话来。

事情是这样的：父亲是在二手交易软件上淘到的这台计算机，卖主正是当年的买主。仿生计算机本身就是概念多过应用，这人买来也是当作理财产品。入手之后，仿生计算机的价格确实又涨过一些，但后来就是一路下跌，他抱着回本的希望，就没卖，一直放在储物间，时间长了，就把这事儿忘了，搬家的时候才想起来。扔了怪可惜的，不如到网上觅个买家。

"鸢儿，你猜我花多少钱买的？"父亲露出孩子般的笑容，"当年卖价的十分之一！"

"哦。您怎么确定，这就是我妈的那台？"

父亲上前，手指在显示器上划动几下。"喏。"

她凑过去，看到了一个叫"鸟"的文件夹。

"当年卖得急，都没看看里面有什么。"父亲讪笑。

"您……为什么要把它买回来？"

父亲一怔，笑容转成困惑。"我……我不知道。"

她善解人意地笑笑："走吧，先吃饭。"

这天晚上，梁鸢没有回去，而是住在家里，和父亲一起琢磨这台卖而复得的计算机。这玩意儿确实只能当理财产品，还是赔钱的那种，她想。人机界面极其不友好不说，连基本的操作逻辑都与通用电脑迥异。拿数据存储来说，这计算机里就没有队列和栈的组织形式，而是模拟大脑的分布式存储，需要相关性引擎来开启特定文件。长时记忆和短时记忆机制也被引入，你要存储一个文件不是选"保存"，而是通过多次确认短时记忆将它转化为长时记忆。同样，要删除一个文件也没那么简单，你需要用其他的长时记忆来覆盖这个记忆……怪不得母亲的文件夹过了二十多年都没有被删除，也怪不得父亲无论如何都打不开它。毫无疑问，当年设计这个系统的人一定是一群脑科学极客，只想着用神经形态忆阻器来重现大脑，根本没想过要做出真正的产品。

"那你妈用它来做什么？"父亲问。

梁鸢抿着嘴唇。是啊，做什么呢？用它跑冯·诺依曼架构计算机通用程序，速度慢得要命；用来模拟人脑，由于仿生计算机里的忆阻器单元比人脑神经元少得太多，程序的表现如同幼儿……这样的产品，究竟有什么样的应用场景呢？就在这时，显示器上跳出提示，相关性引擎搜索完毕，数据的碎片被拼合起来。

梁鸢深吸一口气，点击母亲的文件夹，系统提示她键入密码。她想了一下，输入毛毛的汉语拼音。

文件夹打开了。她和父亲对视一眼，然后同时看向母亲藏在文件夹的东西。

梁鸢，你个笨蛋。她咒骂自己。你早该想到的啊。

她听到父亲深深的叹息。

落雪的清晨，世界安静得像一个哑谜。天空中有云朵聚集，光线黯淡下来，寒风裹着细碎的雪粒，在人的脸上打旋儿。梁鸢裹了裹衣领。他们把氩离子激光器安装在西山山顶，说那里效果最好。李主任本来给她备了加厚的羽绒服，被她婉言谢绝了。此刻，刚刚下了缆车，寒冷便已刺入骨髓，想想接下来的攀登之旅，她有点儿后悔。

抬起头，硬块还在，只不过周围多了一些不那么致密的结构。现在任谁都能看得出来，那是一只凝然不动的鸟。先构造思维器官，再创建身体映射。有趣，她想，竟然和母亲的思路一致。这是我在现实和梦境中追逐的那只游隼吗？有一天，它会像真正的鸟一样，展翅飞翔吗？

"梁鸢。"远处，一个黑色的人影冲她招手。是薛继东。她快步走向他。

"挺冷的吧。"薛继东缩着脖子，在厚厚的羽绒服里打量着她。

"嗯。印象里，北京的十二月从来没这么冷过。"

"还会更冷的。"薛继东用恶作剧般的口吻说。

他是已经成竹在胸了吗？她斜着眼角看他。还是说，他在巨大的压力下退缩回自己的世界，卸下了对万事万物的责任？

"怎么了？"薛继东边走边问。

"没什么。"

上山。碎石小道。很快，她开始呼哧呼哧地喘气。薛继东时不时停下来等她，表情轻松。

"没想到啊，"他微笑着说，"十年了，我们竟然还能一起爬山。"

"要不是，呼——肩负着世界的责任，呼——谁来遭这份儿罪啊。"

"也对。"薛继东抿了抿嘴唇，"也许拯救了世界以后，我就没有机会问了吧。"

她停下脚步，仰起头："啊？"

"那天，你为什么要离开？"

终于还是问了啊。她叹了口气。这个问题她思索过千万遍，答案依旧模糊。毛毛死去的那一天，梁鸢看到她的悲伤也成了薛继东的悲伤，也许她因此意识到，深刻的共情意味着沉甸甸的责任——而她，至少在那一刻，只想像母亲、像鸟儿一样，自由自在地飞翔。"爱"这个字眼对她来说是稀薄的，稀薄甚于山顶的空气。

可以这么告诉薛继东吗？

她摇了摇头："不知道。"

"……好吧。"

听不出失望。或许薛继东并不是真的想要一个答案。默默攀爬了一会儿，他再次开口："谈正事儿吧。氩离子激光器的成像效果不错，通过分析被反射的脉冲，我们不仅能够看清'鸟脑'内部的构造，还能观察到其中的光学活动。其实早该想到的，既然它们重现了鸟脑，那么它们也会重现那里面发生的事件——只不过，事件的物理载体不再是神经元和神经递质，而是——浮粒和光子。"

"天才的想法，典型的薛继东风格。"梁鸢试图用俏皮话活跃气氛。

"但要弄清事件的意义，还是要靠你的模型。"薛继东依旧是公事公办的语气。

"是我母亲的模型。"

"没有你，它不会比秀丽隐杆线虫的神经图谱有用多少。"

这倒是真话。母亲编写的那个鸟脑模型，只是一个粗略的框架，不过思路非常明确，就是用尽可能少的忆阻器单元再现鸟类的大脑。她把模型带回研究所，和同事们一道，在框架里填充内容，忙乎了几个月，模型的 1.0 版前几天才完成调试，交给薛继东的团队。他们夜以继日实现了硬件对接，邀请她上山，就是观摩第一次试运行。

此后一路无话，直到山顶。远远就望见临时搭建的基地，大功率氩离子激光器的谐振腔如乌黑的炮筒，在基地的圆形拱顶上扬起头来，直指天空中振翅欲飞的鸟。李主任早已等在那里了。简单打过招呼，他就把梁鸢领进了基地内部。不大的房间，预制板的墙壁和水泥地面，由于堆满全力运转的电脑，竟然有些温暖。

然后，梁鸢看到了模型。它以三维形式呈现在房间中央巨大的显示器上，端脑，嗅球，视叶，一应俱全，泛着金属光泽，在黑色的背景中慢慢旋转。这就是她回归生活多年后的研究成果，一颗计算机里的仿生鸟脑。神经形态忆阻器是鸟脑的基础结构，它们被编入简单逻辑，在指定的位置进行指定的运算和信息交换，类似于元胞自动机。

"小梁啊，在开始之前，再给我吃颗定心丸吧。"李主任在她耳边低语，神态语气像极了许下宏愿又担心愿望无法实现的孩子，"这么个几百兆的程序，真的能模拟鸟类的大脑吗？"

"鸟类的大脑要比哺乳动物紧凑得多，"梁鸢宽慰道，"所以只要几千万个忆阻器单元，这个模型就能粗略地实现鸟类大脑的功能——放在目前的应用场景里，足够了。"

李主任盯着她的双眼，郑重地点了点头。

"开始吧。"他说。

初始化。空间向量参数导入。外部环境数据导入。图形渲染。激光束来回扫描，将天空鸟脑的光学数据直接导入模型——显示器映亮了人们的脸，那是神经元接续不断的激发。这来自异域与异类的景象带着难以言说的壮丽与恐怖，把在场的每个人都看痴了。这只是第一步，梁鸢想，很快，人们就会将激光作为载波，调制出想要交流的信息。

但首先，要理解。

"刚才发光的是视叶神经元，这说明它正试图去看呢……现在亮起来的，是鸟类的高级发声中枢，相当于人类的'布罗卡区'。"梁鸢解说道，"有一种观点认为，鸟鸣类似于人类的语言。这样看来，它是在说话呢。"

薛继东和李主任同时转头看她，眼神复杂。梁鸢知道，她说的话很快就会被证实。激光器观察到的活动会进入解码器，化作一串绿色的波形图，波形图会在音箱中被翻译成真正的空气震荡，划破初冬清晨的幽静。

——也许，他们即将听到的，是新世界第一声啼鸣。

"我说——"薛继东不知道何时站到了她身后，"接下来，你有什么打算吗？"

她转过头："喝杯热咖啡。"

薛继东僵硬的笑容终于柔软下来："呃……对世界尽过责任之后，你可以做更长远一点儿的打算。"

她想了想："旅行。"

公路、货车和"动次打次"的电子舞曲从记忆中渐次浮出。梁鸢突然想起，自己还存着那个电话号码呢。这一次要由西向东，她在心里暗暗地说，从新疆，一直到黄海之滨。

就这么定了。

——原载《科幻世界》2023年第4期

人死之后，意识可以被数字化，可以在所谓的赛博空间里永久驻留，仿佛生命依旧思想长存……这一幻想，早已被很多科幻小说详细描述，为我们展现出一幅令人期待和向往的美景。而现实科技的飞速发展，甚至让我们觉得自己真能赶上"数字生命"这班车。

　　假如这一技术真能实现，事实就真会这般美好吗？死后的"生活"真能如此圆满与和谐吗？科幻小说《中元节》给出了一种回答——这篇作品借助传统文化之皮，为我们讲述了一个令人深思的故事。

中元节

宝　树

1

　　老魏醒来，发现自己悬浮在黑色大理石的墓碑之前，对着自己那张熟悉的遗像。

　　在那张慈祥微笑的照片下方，是竖着镌刻的两行隶书文字：

　　慈父　魏光明（1968 年 06 月 20 日—2042 年 09 月 14 日）

　　慈母　沈　月（1970 年 04 月 13 日—　　　　　　　）

　　两行字的颜色一黄一红，他的是黄色的，沈月的是红色的；一旁还有两行白色小字：

儿　魏佳杰　媳　齐小冰

　　携孙女　魏若宸　泣立

　　这块墓碑，老魏早已看得熟了。他知道，自己通常是清晨在这里被唤醒，准备上午或下午和亲人的见面，一般是在自己的墓地上，但有时候也会去墓园专设的会客室（需要另外付费）。但他很快发现，此时并非清晨，而是黄昏，太阳刚刚落下，西边天上还带着晚霞的深红，并不是往常苏醒的时辰。老魏环顾四周，发现左邻右舍也都同时醒来了。老傅、李姐、王哥、小刘……似乎所有的游魂都醒来了，以半透明的形态悬浮在自己的墓碑前，有几分迷惘地看着彼此。

　　这是清明还是冬至？一般只有在这两个节日，大部分墓主的亲属都来祭扫，才会有游魂们都被唤醒的场面，但现在却又不像。老魏感受不到气温，但看绿化带里植物的郁郁葱葱，分明是在夏季。

　　这时，老魏的视野上方冒出了一则推送，告诉他收到一条信息。老魏伸手，做了一个点击的动作，他看到，其他游魂也在做同样的动作，说明大家都收到了这条群发的信息。

　　那是一条简短的通知，告诉他们为什么在此时此刻醒来：

　　"您好，今天是 2052 年 8 月 9 日星期五。农历七月十五日，中元节，按照我国今年刚刚通过的《数字人格复制体权益保护法》第七条第十二款，您作为数字人格复制体，享有半天的合法假期，因此被唤醒，并可以在法定范围内自由活动 12 个小时，更多信息请点击……"

　　老魏还没回过神，一旁的老傅转向他，笑着说："老魏，你没想到吧？现在的社会还挺尊重传统文化，连中元节都给咱们过上了。听说以后每年都会有好几个节日可以苏醒……"

　　但令老魏愕然的，却是其中另一个信息："2052？怎么会到 2052 年了？

我……我上次醒来不还是 2045 年吗？怎么再一醒来已经过了七年！"他求助地望向老傅。

老傅似乎不知如何启齿，良久才说："看开点吧老魏，时间对咱们还有什么意义可言呢？多几年少几年的，都一样。"

老魏颤声问："所以，他们……我家人……这些年一直都没来看过我吗？"

"这个……我也不清楚，我也不是每天都醒来的啊……"老傅含糊地说。

老魏忽然想起来，自己作为和这块墓地（准确来讲，是这块储存有他全部数据的墓碑）绑定的数字体，可以查看扫墓的记录，他点击了自己视野右上角的一个隐匿图标，很快跳出一堆选项，虽然已经是数字化的存在，但老魏还是花了点时间才找到家人的扫墓记录：其实这几年家人也还来过几次，最近一次是在去年年底，但再未唤醒过他。

老魏心中感到一阵苦涩，或许这么说也不妥当，他已没有了"心"，但一股纠缠郁结的感受渗透了他的整个感应场，让整个世界都变得灰暗，黏稠。

老傅安慰他说："毕竟你家人还是来过了嘛，你看李姐家，十来年都没人来拜祭过……这年头有几个真孝顺的儿孙啊，能来看看就不错了。"

但是来扫墓而不唤醒自己，比完全不来更加令老魏伤心。他摇摇头："多半是我那婆娘不让，这女人固执得很……唉！"

是的，老魏很清楚，问题的症结就在于沈月。她这些年一直恨着自己，确切地讲，是恨自己这个魏光明的"数字人格复制体"。

2

在老魏的感知里，死亡并不是十年前的事，而几乎就在几个月以前。他在医院中最后一次昏迷后似乎没多久，就又醒来了。

说"醒来"不是很确切，因为并没有一个从朦胧到清醒的渐进过程，而是刹那间，整个广阔清晰的外部视野一下子跳了出来，无数光影和声音向他涌来。老魏吓了一跳，本能地闭上眼睛，等到再睁开，他发现自己站在一块黑色的墓碑前，仔细一看上面的字迹，竟然是他和沈月的墓碑！他恍惚间以为是在做梦，想去掐自己的大腿，却哪里掐得到——他发现自己浑身上下只是一个半透明的虚影，甚至脚都是悬浮在地面上的。

"魏先生，不要紧张，请听我说！"

老魏这时发现，身边还站着一个年轻女孩子，穿着印有"永恒墓园"字样的工作服。她告诉老魏，这是用了最新的扫描和建模技术，在魏光明死去时的瞬间，复制他大脑皮层中的海量数据而形成的数字虚拟人。尽管他觉得自己就是魏光明，但严格来讲，只是魏光明的数字复制体。现在，他的本体就在这个内置有强大处理器和储存器的墓碑里，但又结合了一个和生前相似的三维形象，以增强现实也就是所谓 AR 的形式，被投射到现实空间中。他的感知——当然，基本只有视觉和听觉——来自周围环境中遍布的微型传感器，这是这些年来智慧城市建立的基础，足以支撑起一个覆盖整个城市的智能感知场域。这些技术已经成熟好几年了，特别在中国这样一个讲究"事死如事生"的孝道社会，为死者制造数字体——俗称"游魂"——正在越来越受到欢迎。

老魏是个工人，没念过多少书，加上生命中最后几年一大半时间在医院度过，对于社会上很多新事物已经很隔阂了。但毕竟在 21 世纪度过了后半生，他很快也就明白了"数字人格体"的大致意思。他当然也一时难以接受自己竟变成这副"鬼模样"，但等到平静下来，又感到自己也还算是幸运：不管怎么讲，本来他重病缠身，只剩下喘气的力道，但如今病痛都已无影无踪，他还能留在亲人身边，陪老伴走完余生，看着自己的孙女长大。还有什么奢求呢？

老魏巴不得马上回家，但是对方告诉他，政府规定，死者的数字人格体只能留在墓园里，不得离开这里进入社会，甚至进行网络通信都不允许。这很好理解，比如，过世的领导和老板，其数字体要是继续霸占要职指手画脚，那社会可就乱套了；即便留在家庭内部，也容易造成个人生活和人际关系的隐患，例如遗产分配和配偶再婚等等，所以让数字体们留在墓园，应该说是最好的方案。老魏不得不接受这个现实，只要能再见到妻子和孩子们，这都是可以接受的代价。

第二天，老魏再次被唤醒了，那是家人在他下葬后第一次来扫墓（老魏有点遗憾，当他的骨灰下葬时，数字体还没有完全制成，所以没法在自己的葬礼上当面答谢亲友）。一家人都来了，远远地就飞奔过来，围在他身边，哭着，笑着，诉说着，特别是沈月，泪眼滂沱，几乎要瘫倒在他的怀里——只可惜他无法抱住她。九岁的孙女宸宸也蹦蹦跳跳，缠着爷爷不放，给他看自己画的一幅蜡笔画。老魏清楚地记得，画的是爷爷拉着她的小手走在硕大的太阳下，两个人都笑嘻嘻的。在她心目中大概根本没有死亡的概念，爷爷只是换了一个地方住而已。

后来有一段时间，家人常常来看他，当然儿子媳妇要上班，孙女要上学，只有在周末才能来，老伴沈月却天天风雨无阻，在他坟头一坐就是几个小时，商量家里的琐事，告诉他邻居朋友的近况，就像生前那样依赖他。那是一段美妙的时光，实在比生前最后两年病魔缠身的日子要舒心太多。

但这种死后的美好生活并没有维持多久，是从什么时候开始的？对了，就是那一天。他和沈月认识的纪念日，沈月随口跟他提起，但他竟然不记得了，好像记忆中有一个巨大的空洞。

"1988 年的今天……在你表姐的婚礼上？我……我想不起来啊，奇怪，真是奇怪。"老魏疑惑地说，他的确记得有几次和沈月在一起庆祝这个日子，但这一天本身发生了什么，他一点印象也没有。他有点担心，自己是不是老年痴呆了。但再一想，怎么可能，他分明已经没有了肉身，哪里会有什么老年痴呆！

"那我们第二次见面，去看《高山下的花环》，你还记得吗？你都看哭了，我还笑话你来着……"老伴小心翼翼地问。

老魏摇摇头。高山下的花环，是什么花环？有什么好看的？

沈月的眉心越发紧蹙："那我们结婚那年，去杭州度蜜月……"

新婚宴尔的甜蜜，再不记得就不像话了，老魏想说自己记得，但又说不出口，他惊恐地发现，和沈月在一起的前几年几乎都是空白，但同时期的事也不是全不知道，甚至包括和工友吵架、借给表弟钱之类的琐事都还有印象。他的记忆就好像是一本被撕去了最重要几页的书，怎么会这样呢？

沈月缓缓向后退了两步，眸中透出陌生的眼神。好像眼前不是和她相濡以沫五十年的老公，而是一个打扮成他的骗子。

"假的。"她喃喃说，"你不是……不是我家老魏……他从来不会忘记的……"

"我……我是啊，我没忘记，我肯定记得，只是一时想不起——"老魏毫无底气地说，自己都听得出来自己的心虚。

"假的假的假的……"沈月不去看他，只是不住重复这两个字，仿佛是以此来说服自己，拒绝再和他有任何交流。很快，她颤抖着转过身，踉踉跄跄地走了。老魏既然心里没底，也不敢追上去。只是木然站着，喃喃说："怎么会这样的……"

"有些记忆没拷贝上，很常见的现象，别担心。"一个声音在他身边说。确切讲，也不是真正的物理声波，而是游魂之间的一种信息交流。

老魏回头，看到一个四十来岁，身形高瘦的中年男子对他微微一笑。虽然对方看起来比自己小很多，但不知怎么，他有一种见到老大哥的感觉。

那就是老傅，他认识的第一个邻居。

3

永恒墓园是人格数字复制技术投入商用后新建的，所有墓主都有一个数字人格复制体，或称游魂。游魂的物理存在依附于内置芯片的墓碑本身，但他们的形象都是 AR 系统中生成的影像，可以彼此看到对方，也可以相互交流。

在法理上，数字体是对本体进行复制的产物，其所有权归属于本体的继承者，何时苏醒由继承者决定。当然一般来讲，继承者会尊重游魂苏醒的意愿，不过大部分游魂也并不想经常醒来，在墓园中过形同坐牢的无聊生活，而常选择只在和亲人相见的日子苏醒。

但老傅是个例外。老傅比老魏大好几岁，也早走几年，是国内最早诞生的数字体之一。他妻子早逝，无儿无女，一辈子活得洒脱，临终前把房子卖了，委托一个殡葬公司复制了自己的数字体，根据协议，他可以自由选择在何时苏醒。老傅一年到头会醒来很多天，经常在墓园里转悠，找人聊天和下棋（AR界面能实现这个功能），因此认识绝大部分游魂，可以说最是见多识广。

老魏从老傅口中知道，原来并不是每一个数字体都能实现本体 100% 的记忆复制，因临终时大脑状态的不同而有很大差异。老魏开始复制时大脑已经坏死了一小部分，所以大约只有魏光明本人八成的记忆，因此许多年轻时的珍贵回忆，都已不复存在。

后来，老魏又苏醒过若干次，但沈月再也没来过，儿子来得也不怎么勤快，唯一的安慰是小孙女宸宸还很依恋爷爷，每次来看他，都在他耳边叽叽喳喳地讲述生活和学校里的趣事，排遣了老魏不少的苦闷。然而到了第二年，宸宸也来得越来越少，似乎她也发现，停留在过去时光里的爷爷，渐渐已经不能理解她越来越丰富有趣的生活，跟他也说不到一起去了。第三年，老魏更是只在清明节苏醒过一次，和儿子孙女匆匆一面，后面就一直沉睡到了今天。

老傅也曾告诉他，像他这样的情况并不罕见，对许多人来说，已故亲人的数字体只是一个廉价的慰藉，并不是亲人本身；随着人们走出悲痛期，许多人在心理上也渐渐拉开和数字体的距离，甚至对"假冒"其亲人的数字体感到反感。据说，有三分之一的家属最终会选择销毁数字体，还有三分之一不愿销毁但也不会再唤醒他们。看来，老魏的家人也进入了这一行列。

想到这里，老魏哭丧着脸说："这么活着——不，死着——还有什么意思，沈月既然不想再看到我，干脆让他们销毁我得了。"

"你还不知道吧？"老傅说，"前几年国家通过了数字人格体的权利法案，保护我们的'准生命权'，从此以后就不允许销毁我们了。今年又通过了新的法案，我们每年还有几天苏醒的法定假期，还可以选择何时苏醒。"

老魏苦笑说："想不到政府对我们这些孤魂野鬼还能这么好，比我老婆还强。"

老傅却说："别怪她，也许恰是因为她和你——和魏光明——的感情最深。所以如果她觉得你不是魏光明，反而会产生强烈的排斥心理。"

"那我该怎么办？"老魏哭丧着脸说，"就这么被所有亲人遗忘，孤零零地在这个破墓地里住下去？"

老傅却笑了："你别急啊，你看——"他指了指前方。

老魏顺着他指的方向一看，看到一对拉着手游荡的游魂，不由微微吃惊："那不是王哥？他身边怎么多了个女的？"

老傅说："这是他老婆！去年刚去世的，如今也成了数字体，夫妻两个在这里团聚了，现在整天形影不离。"

老魏心中一动，明白了老傅的意思。其实他自己也不是没想过，等到老伴也百年归天，多半也会成为数字体来陪伴自己，到那时候，夫妻俩同是游魂之身，还会有什么排斥芥蒂？他们可以在这里相依相偎，就像生前……

老魏不禁想，要是这一天能快点到来就好了。但转念又觉得自己过于自私，不管怎么说，也不能因此就盼望沈月快点亡故吧？

"对了，"老傅说，"刚才不是通知了吗，今天咱们可以去外面。你如果想家里人的话，可以回家看看。"

"真的可以？"老魏精神一振。

"嗯，没问题的，不过你知道，这需要……他们的 AR 系统能够识别你。"说到这里，老傅有些吞吞吐吐。

老魏心一沉，他明白老傅的意思。既然家里人好多年都没唤醒他，也未必会欢迎他的归来，也许在 AR 系统中早就删去了他的信息，也就无法再看到自己。不过见到家人的渴望仍然压倒了一切。他眼前不禁浮现起多年前的某个记忆碎片：他从外地回来，推开家门，家里充满了欢声笑语，儿子媳妇已经做满了一桌菜等着他，沈月迎上前嘘寒问暖，小宸宸更是大叫着"爷爷爷爷"扑到他的怀里——那是久违的家的感觉。

老魏感觉自己眼角湿润了，当然那只是幻觉。他问老傅："那我该怎么去？"

老傅说："很简单，根本不用走路。在我们视野右上角有一个图标，可以下拉一个菜单，点击地图，就可以到达想去的地点了。不过好像要先去登记一下，我带你过去。"

4

游魂的移动方式和人的肉身不同，是以虚拟大脑中的指令驱使影像在 AR 场域中平移位置，看起来便如同飘移，当然也可以采用行走或奔跑的表面动作，但没有实质意义。老魏跟着老傅在墓园中飘着，向出口移动。左顾右盼间，发现这几年公墓里多了不少新邻居，绝大部分都是耄耋老人。虽然理论上数字人格体可以是任何模样，但家人一般还是习惯于定制死者晚年的形象作为皮肤，否则中年人对着小伙子大姑娘叫爹妈，未免太过硌硬。当然，老傅是个例外，他虽然是快八十岁去世的，但却按自己意愿设置成四十来岁的形象，眉目修过，比本人真正年轻的时候还俊朗几分，更不用说还 P 瘦了一大圈。

老魏的目光忽然定在一个小小的身影上。那是一个穿白裙子的小女孩，大概只有六七岁，头发长长的，抱膝坐在墓碑后的阴影下，不仔细看几乎看不出来。她身上发出淡淡的白光，表示她也同样是一个游魂，而非人类。

"老傅，那是——"他停下问。

老傅看了一眼，说："这孩子啊，她叫林莎，死于飞来横祸：好好在小区里玩，谁知一辆自动驾驶的汽车失控撞过来……她进墓园也有五六年了，但你一直没醒，所以不知道。"

老魏看了这孩子几眼，想起了幼时受了委屈躲起来哭的宸宸。心下一软，朝向她移过去："孩子，你怎么了？"

看到有陌生人飘过来，女孩流露出恐惧的眼神，更加瑟缩。"爸爸，妈妈！"她稚气地喊。

"莎莎别怕。"老傅上前安抚说，"这是魏爷爷，我是傅爷爷，你还记得吗？我们前几……前几天还见过的。"

莎莎似乎认得老傅，犹豫地点点头，叫了声："傅爷爷！"

老魏问："她爸妈也在这里？"

老傅低声告诉他："当然没有，不过当年林莎的头部几乎被车压碎了，大脑受损严重，导致数字体复制的时候错误太多，一大半记忆没了，智力也明显低于同龄孩子，她到现在可能还不知道发生了什么……"

老魏的感应场又是一阵压抑。可怜的孩子，他想，要是我的宸宸也这样，那真是比我自己死了还难过。

老傅说："她父母前一两年倒是常来，后来可能也嫌她不像自己的真女儿，也不来了。这孩子好像设置了自动苏醒，每年还会苏醒几天，找不到家里人就自己躲在这里，也不说话。我们别打扰她了，先出去再说。"

但莎莎听到了他最后一句话，忽然眨巴着眼睛，问："傅爷爷，我也可以出去吗？"

老傅一怔，随口说："嗯，对，今天是中元节……"

莎莎一下子站起来，带着哭腔说："妈妈！我要去找妈妈……呜呜……"

老傅和老魏面面相觑，老傅问她："你要找你爸爸妈妈？"

莎莎点了点头。

老魏问："那你知道你妈妈在哪里吗？"

"知道，东海市南川区江东二路 296 号仁爱小区 C 座 506 室……"莎莎背出一串详细的地址。

老傅说:"应该是生前她父母教她背的,以防走失。"

老魏说:"对,我也教孙女背过。老傅,既然有地址,不如我们带她去找她父母?"

老傅面有难色:"这个……我……其实……"

"永哥——"

老傅还没说完,忽然传来一个嗲嗲的女声。伴着这声音,一个绛紫色旗袍打扮的丽影飘来,竟是一位颇具风韵的熟女:"永哥,我一直在找你呢,你怎么还在这里,到底还走不走啊?"

老傅顿时眉开眼笑:"这不是碰到老魏了吗,聊了几句……走,马上走!"

"是魏哥啊,好几年不见了!"旗袍女对他甜甜一笑。

"哦,小田啊,你好……"老魏也有些尴尬地打招呼。

小田是位"零零后",比他们都小很多,四十岁出头因为癌症走的。她去世后,丈夫很快便再娶,再不来祭扫,不过倒也放她自由。小田也蛮看得开,既然丈夫另寻新欢,她在墓园里也开始了第二春,到处招蜂引蝶,换了好几个"男朋友"。虽然游魂之间无法有真正肉体关系,但虚凤假凰,彼此倒也有一些相互感应的满足方式。

有段时间,她和一位英年早逝的歌唱家走得很近。在月光下,歌唱家曼声高歌,小田翩翩起舞,郎才女貌,颇为浪漫。谁知歌唱家的妻子查看记录,发现丈夫的数字体频频在夜里苏醒,不觉心生疑窦,一天亲自跑来墓园查看,发现后大吵大闹,上演了一出大戏,成为冷清的公墓里好几年中最大的八卦。后来,那妻子一气之下,将歌唱家的骨灰和数字体都移走了,小田才又寂寞了下来。

这几年老魏没有苏醒,也不知道发生了什么,但看来,老傅又已经被她拿下了。老魏想,本来小田只找同代人,看不上他们这些比自己大几十岁的老头子,但在墓地里一住这么多年,这些差距慢慢也就无所谓了。

老傅把他拉到一边，有些歉意地说："老魏，刚才没跟你说清楚，其实我跟小田约好了，今天要去超元宙玩一圈的……"

"超元宙？是什么？"

"这两年的新玩意，就是一个赛博空间，大到无边无际，里面各种奇观都有，飞在天上的鲸鱼，翡翠造的城市，千奇百怪的外星人……你可以想象成一万个——不，一百万个——幻想世界的总和。现在每天都有几亿人在里面玩，几乎都不愿意出来了。"

"咳，不就和以前那个什么元宇宙差不多吗，骗人的花头。"老魏不以为然。儿子魏佳杰 20 年代搞过创业，投资了什么"元宇宙工业"，结果赔得一塌糊涂，大部分债都是他帮着还的。

"不一样！这次是真的。你进去就知道了，那是一个根本想象不到的神奇世界……一般不对数字体开放，但今天是个难得的机会。有人说，将来也没有什么人类和数字体的区别了，所有人都会住到那个世界里。据说在里面，我们也可以有真实肉体的感觉，可以……嘿嘿……"他冲老魏挤眉弄眼。

老魏说："行吧，那你和小田去玩吧，我不当电灯泡，带莎莎去找她爸妈好了。"

老傅想了想，说："你也不一定好找，要不，还是我们带莎莎去超元宙吧，那里的游乐场特别带劲，小朋友一定喜欢。"

莎莎好像听懂了，固执地摇头，说："妈妈！我要找妈妈！"她着急之下，居然主动抓住了刚才还是陌生人的老魏的手。

老魏心一软，说："放心，莎莎，我带你去。"

5

和老傅以及小田分开后，莎莎紧握着老魏的手不放，好像生怕他跑掉一样。

数字体感受不到触觉，但在不同数字体的影像有意接触时，工程师仍然设计出一种难以名状的刺激，勉强说的话，类似于黏附感。它和数字体虚拟大脑中一些深邃的区域相连接，可以在感应场中激发出各种各样的情感涟漪。对老魏来说，他感到好像回到了很多年前，自己身体还硬朗的时候，拉着孙女去幼儿园时的情景。

完成简单的登记之后，老魏和莎莎的地图被激活了，一张可以随意放大缩小的三维地图展现在他们面前，上面标出了 AR 影像的可传送点，在东海市里有几百个，基本在马路、广场、公园、购物中心等公共空间。老魏先是找到莎莎家的地点，然后找到距离她家最近的一个传送点，按下了传送按钮。下一个瞬间，一老一小两个游魂就出现在那里了。

那是一个街心的小公园，离老魏家也不算远，周围的建筑和街道都似曾相识。但老魏仍然一下子感觉到了十年的时代变迁：光屏墙、扫地垃圾桶等智能设备变多了，有不少少年男女穿着时髦的飞行衣在天上飞来飞去，还有一些合金的或陶瓷的机器人在路上行走，运送外卖或者快递，这些在老魏生前还很少见。

莎莎左顾右盼了一会儿，忽然发出一声欢呼，抽出小手，朝着公园里一个灯火辉煌的儿童游乐场跑去。老魏不禁莞尔，孩子就是孩子，玩性太大，这就忘了回家的事了。不过数字体孩子怎么能够在人的游乐场里玩呢？老魏一边想一边跟了过去。

谁料，莎莎跑到游乐场门口，却并不往里走，而是扑进一个中年女子的怀里："妈妈！妈妈！"

但她整个身体竟从女子的下半身穿过，女子漫不经心地看着一个投射在她面前的 AR 视频，根本没有注意到脚下有这么一个发着白光、满面渴盼的小女孩。

"妈妈！我回来了呀，妈妈！"莎莎尖叫着，试图抓住她的衣角。女子却打了个哈欠，用手一拨，又换了一个搞笑的猫狗视频。

老魏的心沉了下去，他也走到女子身边，试探地问："你好，请问你……"

女子没有任何反应，继续漠然调弄着视频。

老魏明白了，就像老傅说的，只有在对方内置的 AR 系统授权的情况下，游魂才可能出现在其视野中，被对方看到。莎莎的母亲大概早已更新了 AR 系统，删除了有关她的信息，所以根本看不到她。当然，更看不到老魏。

"妈妈，妈妈，你怎么不理我，我是莎莎呀……呜呜……"莎莎在她面前哭了起来，虽然流不出眼泪，但鼻子一抽，小嘴一撇，却同样令老魏的心都要碎了。

"别哭了，莎莎乖，别哭了……"他徒劳地劝道，却不知如何是好。

但这时，女子好像听到了什么，抬起头，脸上忽然绽放出温柔甜美的笑容。莎莎也怔了一下，以为母亲看到了自己，急切地说："妈妈，我在这里，妈——"

"小诺！"女子却叫了起来，"来，妈妈在这里！"

一个三四岁的小男孩从游乐场出来，穿过莎莎半透明的身躯，真实扑进了女子的怀里，骄傲地叫道："妈妈，我刚才从最高的变形滑梯上滑下来啦！"

"真厉害！玩累了吧，满头大汗的……"女子说，"你爸呢？也不看着你一点。"

"我跟着他跑了半天，"一个男子走过来，也笑着说，"你在一边休息，还说风凉话。"

"爸爸！"莎莎叫了起来，老魏感到的分贝比刚才还高，"爸爸呀！"

但男子同样没有听到分毫声响，而对男孩说："小诺，我们去吃冰淇淋好不好？就我们俩，不给你妈吃。"

小诺却说："我跟妈妈吃，不给你吃，哼！"

"看到没有？"母亲洋洋得意地说，"儿子向着我，少挑拨离间了。走，妈妈给你买分子冰淇淋……"

一家人说说笑笑地走开了。莎莎在后头追了两步，却又有些犹豫，但还是哭着叫"爸爸妈妈"，想跟上去。

老魏心中酸楚，拉住她说："别哭了，莎莎，他们……他们听不见你的……"

莎莎停住了脚步，又哭了一阵，然后问他："魏爷爷，爸爸妈妈不要我了吗……"

"不是不要……"老魏不知该怎么说，"怎么会呢？他们只是……只是……"

算算时间自然明白，在莎莎去世后，她的父母很快又有了第二个孩子——如今人人都有冷冻生殖细胞在生育银行，想生几个孩子都轻而易举。新的小生命疗愈了他们的伤口，给了他们的人生新的希望。或许他们不会忘记莎莎，但也不愿再直面这内心的伤疤，所以多年没有再唤醒莎莎的数字体，甚至从自己的信息管理系统中删掉了女儿的一切信息。但你怎么能让一个心智只有三四岁的孩子明白这些呢？她甚至不清楚自己已经死了。

何况，即便能见到莎莎，她的父母又会怎样？也许他们会痛哭流涕，抱住这个苦命的女儿，又或许，他们不愿承认这个残缺的、不具备许多基本记忆的数字体是自己的女儿，甚至不承认她有人的意识，认为她只是一段拙劣的错误程序，置之不理。人心的深邃与偏执，外人无法蠡测。

"……只是技术故障，你明白吗……所以他们看不到你……"最后老魏勉强说。

"那个小孩……是谁？"莎莎又问。老魏知道她指的是那个小男孩。

"小诺嘛，他……应该是你的弟弟……"

"我不要弟弟！不要！我要我的爸爸妈妈！"莎莎仿佛忽然意识到是谁夺去了自己的父母，愤恨地鼓着腮甩开他，朝父母离去的方向移去。这次她的念动力很强劲，瞬间就像箭一样射出几十步远。老魏忙追上去，但忽然一群贴地飞行的小青年从他眼前冲过，逼得老魏退了几步。老魏过了好一阵才想到，他无需躲避，就算开来的是二十吨的大卡车，也伤不到他。但此时，对面又跑过来一群打打闹闹的小学生，挡住了视线，人群散开后，老魏已看不到莎莎的身影了。

6

老魏找了半天也找不到莎莎，只好先告放弃。反正莎莎这状态应该也不可能被坏人拐跑。临走时，老傅跟他说过，十二个小时后，不论游魂身在哪里都会被强制关闭，下一次苏醒——如果有的话——还是会在自己的本体墓碑之前，所以不可能走失。但想到莎莎此时不知会在什么角落里哭得昏天黑地，也没有人来安慰，老魏的感应场还是一阵阵难受。

老魏只好让自己不去想这些糟心事，只想着自己的家人，向家的方向飘去。距离还有两三公里，他本来可以传送到更近的地点。但老魏想看几眼家附近的街景有什么变化：当年，隔了两条马路的百货大楼本来要改成一个艺术展览馆，旁边的小巷也有改造成智能街区的计划，他去世的时候正在动工，现在不知道怎么样了……

其实老魏也知道，这些都是自欺欺人的托辞，他只是不敢马上面对家人，也许他们和莎莎的父母一样，早已删去了自己的信息，也无法再看到自己，又或许他们已经搬走了，数字体在未经授权之下，无法通过网络主动联系人类，老魏更不可能找到他们。他只希望走得慢点，让或许非常残酷可怕的真相更慢更迟一点到来。

老魏在路上又看到不少游魂，有些是和活着的亲人在一起的，但还有许多大概都是和他类似的情况，他们苍老孤单，灰暗惨白，若隐若现，或飘或行，魂不守舍。其他人类都看不到他们。尽管路上有些中元节主题的表演和cosplay（角色扮演），但似乎没多少人知道今天是他们这些游魂返家的日子。毕竟人鬼殊途，老魏想，但也许再过几十年，生人会越来越少，就像老傅说的，人们都搬去什么超元宇宙了，这座城市将被越来越多的游魂淹没，埋葬在过去的记忆里。

在离家不远的一条街上，老魏看到四五对男女，或者男男，女女，打扮得花花绿绿，在离地不远的空中飞着，他们不是游魂，而是穿着飞行衣的年轻人。他们笑着闹着，同时做出各种高难度飞行动作，天知道彼此是什么关系。这大概又是年轻人喜欢玩的什么时髦游戏。

他们一个个从老魏头顶掠过，老魏只是略看了几眼，又沉浸到自己的心事中，对这些造型古怪的小青年没任何兴趣。但在队伍末尾，一个女郎似乎看到了他，好奇地看了他几眼，忽然发出惊讶的低呼，一时没把握住平衡，在空中划出歪歪扭扭的曲线，差点摔下来。

女郎停止了飞行，缓缓落地，眼神中都是惊讶。这女郎的身姿前凸后翘，性感到夸张，大概是注射了什么智能纳米液进行了身材编辑。她的衣着暴露得不能再暴露，下面露到大腿根，上面露出大半个胸脯，绿色的长发像是飘动的海草。脸上和身上不知涂了什么，发出五颜六色的荧光。

老魏有些诧异，为什么这个浑身抹得跟山魈屁股一样的女郎盯着他看，难道他的样子看上去很恐怖？还是她从未见过一个老人的游魂？

但忽然间，他想到了一点，整个感应场战栗起来。

这个飞天女郎既然能够看到他，这说明……难道……

他紧张地望向那女郎，渐渐地，他发现她其实很年轻，并从那张浓妆艳抹的面孔深处认出了一张熟悉小脸的痕迹，但这怎么可能啊……

"若宸，你下来干吗?!跟见了鬼似的！"她身后，一个辫发纹身的青年男子也跳到地上，不满地叫道。显然没有看到他。

没错了，老魏的感应场一阵紧缩。眼前这个一身非主流打扮的女妖精，正是记忆中活泼可爱的宸宸，他从摇篮里一直带到八九岁的小孙女。

算起来，今年的宸宸的确也有二十左右了。老魏也想过，她应该出落成一个亭亭玉立的大姑娘了。但怎么也想不到，孙女是这副模样。

"你……宸宸……魏若宸？"他试探地叫道，朝前走了两步。

魏若宸紧张兮兮地动了动嘴唇，想说什么，却又没说出口。她尴尬地抬了下手，好像打算遮挡下自己性感暴露的身躯，又发现实在欲盖弥彰，想了想，只好更尴尬地放下手臂，两只手拧在了一起。

"若宸！我跟你说话呢！"辫发男有些猥琐地搂住她的腰肢。

"×！"魏若宸骂出一个脏字，略放低一点声音说，"滚开，我爷爷来了！"

"你爷爷？你跟我说过的那个什么数字体吗？"

"闭嘴！"魏若宸说。她在一个老魏看不到的界面上操作了几下，大概是共享了 AR 界面，男青年忽然也能看到他了，一时呆了，然后傻兮兮地鞠了一个躬："叔叔——啊呸——爷爷好！"

"爷爷……"魏若宸稍微镇定了一点，迎上前说，"您……您怎么来了呀？也不打个招呼……"

"宸……宸，你已经长这么大了……"老魏说，稍微移开目光，不便正视孙女丰满的胸部。一阵时光的悲凉从心底升起，那个娇憨可爱的小女孩永远也回不来了。"一晃都七八年了，爷爷一直很牵挂你……"

魏若宸也不好意思看他，低着头，干巴巴地说："爷爷，我也想您……您在那边还好吗？"

老魏不知道怎么回答，只能说："孤魂野鬼的，有什么好不好的，你们也不来看爷爷，只有爷爷来看你们了……"

"对了！"辫发男插口说，"我今天看到新闻，说数字体可以在中元节放假回家！我还寻思你爷爷会不会来呢。"

"那你怎么不告诉我？"魏若宸瞪了他一眼，又对老魏说，"其实我一直想去看您，就是奶奶不让，说您不是……那个……"

她不知该怎么表达，但老魏也知道她的意思，摇头说："我真不懂，你奶奶为什么这样，就算我……可我对你们……我……"他也说不下去了。

魏若宸赶紧换了一个话题："对了，爷爷，我爸就在家里呢，我带您去看他吧。老 K，你在下面等我一会儿。"

辫发男不情愿地答应了，一老一少有些僵硬地转过一条马路，走进一座公寓大楼，这里一切倒基本还是老样子，只是更破旧了几分。魏若宸按了指纹，走进电梯，电梯识别了她的身份，自动带她上到三十五楼。

电梯里，两人相对无语。尴尬的气氛又笼罩下来，老魏打破沉默，问："宸宸，刚才那个人……是你男朋友？"

"也不算吧……"魏若宸含含糊糊地说，"就一朋友……"

老魏想提醒她几句注意检点，但多少年没见了，自然也拿不出长辈的权威，只好说："那个，你爸妈都在家吗？"

"我爸在，我妈嘛，哼，他俩早离了。"

"什么？！"老魏大吃一惊，"这好好的，怎么忽然就离了呢？"

"都离了七八年了……"说到父母的事，魏若宸说话顺畅了许多，"您老人家在世的时候他们也没少吵，您又不是不知道。后面更是过不下去了。我妈倒好，现在找了一个外籍华人，去国外了！"

老魏也没心思再管这些："对了，那你奶奶现在——"

这时电梯"叮"的一声，门打开了，正对着的就是他的家门。魏若宸打断他："那个……对不起，爷爷，我和朋友约好了还有点事，今晚就不陪您了啊，过几天……过几天我专门去那边看您！"

"可是——"

"对了，您别跟我爸说在楼下见到我和——就说只看到我一个人就行了！"

魏若宸快步走到门口，用指纹锁打开了门，里面似乎有一股气味传来，她皱着眉头嘟囔了一声"又喝酒了"，然后喊了一声"爸，爷爷回来了"，就溜之大吉。

7

老魏缓缓飘进房中，这套房子是他去世前三年全家五口一起搬进来的，装修还是他亲自监工的。如今依稀仍是记忆中的样子，但也残旧了许多，家具隐隐都有了包浆，地板上脏兮兮的，掉了许多纸巾和食物碎屑，显然好多天都没打扫。他看到儿子魏佳杰坐在餐桌边自斟自饮，头上明显有了不少白发，脸上也苍老了几分，一身的酒气，面前有好几个空了的啤酒瓶。

老魏心疼地叫了一声："佳杰！"

总算儿子没有把他删掉，一瞥眼也看到了他，立刻酒醒了一半："爸！"手一抖，碰倒了边上的酒瓶，啤酒哗哗地流到地上。

老魏一时气上心头，皱眉说："你怎么一个人又喝上了，以前就跟你说要戒酒戒酒，还是喝个没完！怪不得小冰要和你离婚呢！"

"爸，你……你怎么来了？你不是在——"

"我不来还不知道你把家都给搞散了！"老魏越说越气，"你知不知道若宸现在在做什么？和不知道从哪里来的小混混在一起鬼混……她小时候成绩那么好，难道没上大学？"

魏佳杰摇摇头，结结巴巴地说："离最……最低分数线还差……差一百多分呢，去酒……酒吧上班了。"

"你……你小子怎么把我的小孙女教成这样了！"

"我有什么办法。"魏佳杰嘟囔着说，"丫头大了，不听我的，她妈又跑了……"

"老婆老婆你管不住，女儿女儿你教不好，老子在坟里等了好些年也没见你来看过我，每天就知道喝酒……废物！早知道老子当初就不生你了！"老魏教训起儿子，很快就进入了状态，说个没完没了，没注意到儿子的神态变化。

砰！

忽然间，一个酒瓶砸到地上，酒水和玻璃片四溅，好几片碎玻璃甚至穿过老魏的身体。魏佳杰扶着墙站起来，指着他，喘息着说："你……你什么时候生过我？你是我爸吗？凭什么管……管我？"

老魏蒙了："我怎么不是你爸？"

"拉倒吧！你就是我爸的一个低级复制品，还没复制全！当年我妈就说，你根本不是我爸，让我们把你销毁了，我不忍心，让你活到现在，你居然还教训起我来了，早知道就该听我妈的，把你给……"

老魏气得要发疯："你妈呢？让她出来，今天老子要跟她说个清楚！"

魏佳杰却怪笑起来："怎么，你在那边没见到她啊？"

"我在哪边没见到她？"老魏想，难道沈月今天去那边看自己了？但也没人通知啊。

"在游魂那边啊……她都走了大半年了。"

老魏一怔，随后一股寒气仿佛笼罩了他的感应场，他明白了儿子的意思："你是说，你妈她……她已经……怎么会……"

魏佳杰颓然坐倒在地上，语气也和缓了下来："肠癌，折腾了一年多，受了不知多少罪……去年冬天，总算解脱了，唉……"

老魏只觉得心绪纷乱，相伴一生的妻子死了，他不能不感到难过。但是他自己都早已不在人世，去哀悼一个比自己走得晚得多的人，也未免奇怪……

忽然间，他想到那件事，伤感与希冀同时在感应场中搅动起来。他小心翼翼地问："对了，你妈有没有……那个复制……"

儿子摇了摇头："没有，什么都没有。"

老魏感到了一阵数字体应该不可能感到的晕眩，仿佛整个感应场都在无底深渊中下坠，分解。妻子是真的死了，不仅肉身死了，而且一切信息都消失了，变成了虚无，不会存在于宇宙中的任何一个角落。虽然他一时还不明白，这到底意味着什么。

魏佳杰的话似乎还在从远处飘来："其实她一直很想你……哦，不，应该说是想魏光明……她说你的灵魂应该上了天堂，而不是在那个墓园里……她死的时候斩钉截铁，说绝不要复制数字体……她说那个墓园是魔鬼聚会的场所，她临终时，甚至决定移走你的骨灰，另外找墓地合葬……我也拦不住，只好一切顺着她……"

"移走我的骨灰……另外合葬……"老魏感觉，这无比荒谬，简直连语法都不通。原来，他的骨灰都不在自己的墓地里了，而被葬到了别的地方！那还在那里的他算什么？闹了半天，他不但不是人，连个正经的鬼都算不上！

"哈哈哈哈哈……"老魏听到一阵怪异的笑声，又发现原来是他自己发出来的。

"我懂了，我懂了！"老魏一边笑，一边说，"我也太傻了，真相是，魏光明早就死了，这十年来，根本就没存在过。我根本什么都不是！所以魏家这一切破事和我一点关系也没有。老婆、儿子、孙女，都和我没有一点关系！我还活着干什么，不，我还死着干什么啊！把我销毁了吧，快点！"他语无伦次地嚷嚷着。

魏佳杰反而有点害怕了："爸，你别激动，你，你——"

"爸？谁是你爸？你爸和你妈已经在天堂团聚了吧！我只是一串毫无意义的数据，一个根本谈不上有生命的程序，压根不是你爸！"

老魏骂着，但不知怎么，儿子从牙牙学语到工作结婚的一系列画面在老魏眼前闪现，仿佛告诉他这些话都不是真的。但老魏挥挥手，把这一切都抹掉。他既然根本什么都不是，这些记忆和他又有什么关系？老魏只想赶紧离开这里，他调出地图界面，随便找了一个传送点，按了一下。

8

魏佳杰和整个客厅都消失了，眼前一下子暗了下来。

老魏发现，自己被传送到了一条河边。他花了一点时间认出来，这是一条城中的河流，距离他家也不远。河面上有几点萤火虫般的光晕闪动，花朵形的纸船上插着蜡烛，却是如今已经很少见了的河灯，用来超度亡魂的。老魏飘近前去，看到一个看上去差不多有一百岁的老婆婆在河边上一边放着河灯，一边口中喃喃念诵着佛经：

"无常大鬼，不期而到。冥冥游神，未知罪福。七七日内，如痴如聋。或在诸司，辩论业果，审定之后，据业受生。未测之间，千万愁苦……"

放河灯本来是中元节的旧俗，但到了这个时代早已寥寥无几了。老魏记得自己小时候，20世纪80年代，虽然已经是移风易俗的新社会，但中元节还见到过许多河灯在小河中漂荡，仿佛是天上的星河流淌下来。想来在那时候，还是有许多老一辈的人在以此怀念自己的亲人吧。如今他们也都故去了，成了亡魂，无人怀念，无人知晓。就连他自己，也有不知多少年没有想到早已去世的父母了。人类啊，尝试用记忆抵挡遗忘，最终归于徒劳……

老魏又想，这位老婆婆是在超度谁呢，多半是她的丈夫。她丈夫应该走得很早，也没有数字体留下来。所以她只有这样来寄托对丈夫的思念。忽然间，老婆婆的背影仿佛幻化成了沈月，老魏好像看到她在祈祷，祈祷着能在另一个世界和自己团圆。一股悲怆击倒了他。

原来这一切的背后只是爱，无法再寻回的爱。如今已化为虚无的爱。

沈月恨自己，这其实也并不要紧，因为沈月至死不渝地爱着魏光明，这就够了。恰因为沈月爱着魏光明，才会恨他老魏。作为魏光明残留的一部分，或者说魏光明的一个影子，他没有理由生气，而应该为此而高兴，这是他的救赎，他的荣耀。一切问题的根源，都只在于他违反了自从有生命以来的自然规律而出现，他本不应该存在。如今，沈月和魏光明在另一个世界团聚了，他就应该平静地化为虚无，那也没有什么不好。佛经怎么说来着，四大皆空，涅槃寂静。

在这个中元节，没人会超度他，但也许他能够超度他自己。老魏知道，虽然他无法被合法销毁，但他现在不是有了"人权"吗？可以向园方申请，从此以后永不被唤醒，结果是一样的。如果他爱沈月，爱自己的家人，他早应该这么做。除了这么做来减少他们的苦恼，他也不可能再帮到家人什么了。

老魏决定，一回到墓园就这么办。但漂浮的河灯唤起了他一点遥远的回忆，他打算在这个悲伤的夜晚，再在这座城市里四处转转，和家乡做最后的告别。

老魏让自己御风而行，飘过一条条熟悉的街道，这些地方曾留下了他从小到大的许多人生回忆，不过其中有不少他的记忆也被抹去了，想不起来发生过什么，只觉得那些名字熟悉而亲切：建设南路、新丰路、江东一路、江东二路、天和小区、兰德斯小区、仁爱小区——

等等，仁爱小区？

老魏忽然想到了一件事，一件他早该想到的事。

他迅速穿过大门，沿着主路进入这个不大的小区，夜色深沉，行人不多，绿化带中掩映着一座座灯火通明的小楼房，A座、B座、C座——对了，是C座。

他在楼梯间飘升，来到五楼上，果然看到一团淡淡的白光照亮了昏暗的楼梯。一个小小的身影蜷缩在门口，就像一只流浪小猫一样孤单无助。

老魏缓缓平移过去。他猜想的不错，刚才莎莎跟着父母走回到自己家门口，但她无法入内。住宅之内是私人领域，既然她的父母都已经删除了与她的联系，她也就无法进入房间内的AR场域，甚至看不到里面的任何东西，只有一片黑暗。可怜的莎莎不知怎么办是好，只有待在门外面，像在墓园里一样，蜷缩成一团。

老魏俯下身，生怕吓着她，轻声说："莎莎，你在这里啊。"

莎莎抬起头，虽然没有泪痕，但表情显然已经哭过很久了。看到他，眼中闪现出一丝犹豫的光亮："魏爷爷……"

老魏说："莎莎，我们走吧。"

"可是，这是我家啊……"

老魏尽量柔声细语地说："其实，你爸爸妈妈刚才跟我说了，让我先带你回去，他们……现在还有一些技术问题，看不到你，但过几天就会来接你的。"

"真的吗？"莎莎的眼中放出光彩，"他们真的会接我回家吗？"

老魏说："对，我……我保证会有人接你回家的。"

但也许，是另一个人，接你回到另一个家，老魏想。

莎莎犹豫地伸出手，老魏拉住她的手，转身下楼。他想起第一天送宸宸上幼儿园时的场景，一切历历宛在面前。如今，仿佛又有新的义不容辞的责任召唤了他。爱与温柔在他心底复活。

老魏想，如果善良了一辈子的沈月能见到莎莎，肯定也不会再去想什么数字体和人的区别了。那样柔弱的一个孩子，需要照顾和安慰，这是超越人和游魂的区别。沈月一定会比自己更加热情和细心地照顾好这个孩子，让她脸上露出笑容。如果沈月能见到莎莎，说不定也就能理解我了……

老魏又想，虽然沈月已经不可能见到莎莎了，但还有他。如果今后他能够去照顾莎莎，如果能够让她重新幸福快乐起来，找到家的感觉，如果将来他能带她去老傅说的那个超元宙里生活，能够见到千千万万个神奇的世界，如果在未来，新的科技能让莎莎再次长大……

这些"如果"，这些让一个孩子幸福的可能，虽然还不能说是确凿存在的，但已经不是虚无，它们在有无之间闪现，它们是有意义的指引，它们的名字，叫作——未来。未来，让时间成为时间。

纵然他并没有真正的生命，但他仍然，仍然被另一颗小小的心灵需要着，所以，他也仍然要活着，仍然不能去选择走入那最后的良夜，仍然要拥抱那个渺茫的未来。

谢谢你，莎莎，挽救了我这个老东西的存在。老魏暗自想。

"嗯，莎莎，我给你讲个故事，想听吗？"

"想听。"

"从前有一座山，叫作花果山，山上有一块仙石……"

"这个故事我听过了。"

"那好……我再想想啊……从前有个小男孩，额头上有一道闪电一样的疤痕，他叫……"

尾　声

最漫长的一夜过去了，天色已经微明，游魂们半日的假期也将要结束了。

老魏和莎莎早已回来，在墓园里讲了很久的故事，又做了一会儿游戏，然后又讲了一会儿故事。莎莎有些困倦，躺在自己的墓碑下面，闭上眼睛睡了——数字体既然模仿人脑的构造，便仍然有一些睡眠的需要。老魏坐在她身边很久，直到听到老傅和小田回来的欢声笑语。

老傅一回来就高谈阔论："老魏啊，你没去太可惜了，超元宙，太了不起了！我去了都觉得这辈子白活了！我告诉你，那一定是人类的未来，也是我们的未来……"

游魂们渐渐都围过来倾听。老魏听他讲了一会儿，也神往不已。但这时，一条推送提示他，刚刚又收到了一条信息，来自一个老魏没有印象的私人号码。

老魏有些诧异地走到一边，打开信息，发现是一幅非常简单稚嫩的蜡笔画：太阳高照，一个老人拉着一个小女孩，走在马路上。老人和小女孩脸上都在微笑，虽然笔法简陋，却颇为传神。

"魏爷爷，这上面画的是谁呀？"莎莎不知什么时候也醒来了，看到了问。

老魏不知怎么说才好，于是笑了笑，拉着她说："是魏爷爷和莎莎呀，你看像不像呢……"

"可是是谁画的呢？"

"是一个姐姐，一个很好很好的姐姐……"

老魏永远不会忘记这幅画，那是多年前他刚去世的时候，宸宸画的，那一年，她还专门拿来墓园给他看过，告诉他，自己很想爷爷，所以画了这幅画。

如今这幅画，当然是魏若宸发送给他的。想不到她还一直保留着这幅小画，也许是她翻了一夜才找出来的，又或许，是她在一夜狂欢之后，午夜梦回忽然又想了起来。虽然早已物是人非，但无疑，宸宸的心里仍然记得爷爷，记得童年那些相伴的美好。不仅是在魏光明生前，还包括那些在墓园中和老魏爷孙欢聚的日子……这一切都是有意义的。宸宸也仍然关心着他，需要着他。

纵然人生不如意事十常八九，也许有这些，也就足够。

随着这幅画一起发给他的，还有一段长长的语音留言。老魏不知道魏若宸会对他说什么，但已经被一股期待中的幸福感所充满。他一边握紧了莎莎的手，一边在感应场的微微颤抖中，点下了播放按钮。

透过黑色墓碑群的间隙，第一缕阳光照亮了他们。

——原载《科幻世界》2023 年第 8 期

利用液态金属接驳神经，是生物医学界的一项日趋成熟的新技术，感兴趣的读者可以查阅相关的学术论文。科幻小说《流过你的残垣断壁》旨在向读者展现这种技术实用后各种可能的美好与便捷。只不过主人公不甘于这种初级的成功，试图向更高深的脑科学进军，结果难免引出一番离奇的故事……

流过你的残垣断壁

星　河

引　子

视频一——

　　前一帧是无影灯下，几名白大褂围在手术台前。下一帧是细部特写，一双手专注地持械操作。镜头在两个画面间反复切换，似乎是要表现某种精湛的技艺。旁白和字幕告诉观众，这是在做"神经缝合术"，也就是俗称的所谓"接神经"。这段视频是二十多年前的教学片。

　　镜头拉开，原来这不是第一场景，而是视频里的视频。这是医学院的教学课堂，听众是一些年轻学生。一般人不会注意，角落里坐着一个戴眼镜的娃娃脸大男孩，正以膜拜的眼光观看手术教学。

视频二——

　　一只机械手摆弄着注射器，准确地扎在牛蛙的某个部位，银灰色的液体被推射进去。英文旁白解释说，这是在用镓铟锡的液态合金接合牛蛙被切断的神经。

镜头拉开，依然不是第一场景，还是视频里的视频。这是某个国外大学的礼堂，应该是一场学术会议的演讲。镜头随意扫过全场，一名穿蓝灰色西装的中年眼镜男，正冷静地看着课件和旁边的演讲者。

这是两段不同时间的视频，相差至少十年以上。那个微胖的男孩，和那个消瘦的中年人，其实是同一个人：刘一元——我的博导，课题组负责人。

完全以科学视角来看，第二段视频比第一段视频精彩得多。前者只是工匠式技艺，后者却是革命性突破。只能说这位刘先生变得成熟老到了，有效地藏住了心底的激动与兴奋。

1

直博的日子就这么一天天地过。基础课，做实验，吃饭睡觉谈恋爱，偶尔翻翻老板学生时代的旧视频。

我大三就进了组，跟着师兄师姐做液态金属神经，往往一操作就到半夜，所以我们叫它"接夜神儿"。每天晚上泡在实验室，转眼已是第三个年头。刚进组那会儿博二的大师兄带我，现在博二的我带大三的小师弟。

时值 7 月底 8 月初，校园里师生寥寥，宛若空城，烈日下绿色满地，耳边伴着震天的蝉鸣。宿舍有空调，实验室有空调，但往返路上就是一场桑拿。我们只有大清早过去，午餐后一觉睡到傍晚，晚上再在实验室直奔子夜。周而复始，百无聊赖地走过这个漫长的盛夏。我带师弟张方的第一课，就是从一个晚上开始的。

"咱们今天呢，就正式用镓铟锡合金，来处理这只断了神经的兔子。"我给张方上课，"来之前做过功课吧？这就是镓铟锡合金，常温下呈液态。"

"做过。跟水银似的。"

"但它是无毒的。"我拿起注射器，"现在咱们要用注射器把它打到兔子组织里，为神经管道架桥铺路。操作起来不难，我先示范，然后你亲自动手试试。"

我当小助手时，这项工作刚开始成型，大师兄他们都要连续做上几十次实验，才能再现一个国外实验室几年前的小成就。现在我们的技术也成熟多了，不吹国际领先，至少齐头并进。

"这可是个细活儿啊。师姐你手真巧。"张方这个小师弟为人勤快，会看脸色，就是有些话多。我觉得其实他是想要做出随意的样子所以才没话找话。

"现在考验你手巧不巧的时候到了。"

人体神经的直径大约是 1 到 20 微米，兔子也差不多。要想接上它，就需要不同规格的注射器。刘导说他当学生的时候，各种型号的注射针头都要专门购买，否则就得自己动手磨制，打磨装置还陈旧得要命。每次他都要花上三个月才能精心打磨出一个凹槽，但还是很难达到要求的精度，最多就到 5 微米，再细就不考虑了——"哪像你们现在这么幸福。"

刘导嘴里的"幸福"，指的是实验室新买的 3D 打印机，精度能达到 1 微米。本来我们一直和其他组别扭地共用一台，今年总算有了自家私产。

"注射的时候要特别小心。"我在张方旁边指指点点。

随着张方的动作，旁边的显示屏上开始成像。镓铟锡合金很稳定，基本上不与体液和周围器官组织发生反应，在 X 光或者 CT 之类的照射下，会呈现出较高的影像对比度。

张方很听话，小心操作，动作娴熟。

"以前做过？"

"没有。"他冲我一笑，"都说我动手能力比较强。"

"是比较强。这是优点。"这次我只好没话找话，"用这种合金，是因为它导电性能特别好。"

"水的 100 亿倍。这样就能快速接通断裂的神经末梢，比纳米神经修复材料强多了。"张方有一种牢记数据的能力，"还有一点特厉害啊，我看文献里说要是神经生长恢复良好，可以把液态金属抽离出来，不留一点痕迹。而且操作起来比我这块容易。"

说话间张方拍了拍自己的肩膀。

"嗯？"

"我在学校散打社学散打，第一天就把肩胛骨摔断了，接骨的时候这位置特别不好固定，只能给我敲了个'铁钉子'进去——钛钉子，其实是钛钉子。现在差不多该取出来了，相当于再次手术。"张方解释说，"当然医生说不取出来也行，就是上飞机麻烦点，要开证明。"

"你还真能折腾。"看不出一个文质彬彬的小孩还玩散打。

大师兄刘东风进来，张方恭敬地起身招呼。刘东风点了下头，就自己忙去了。

"我是大师兄招进来的。"张方自说自话，"到现在我还没正式见过刘导呢。"

"这两天他好像有事。"

"都闹到院长办公室了。"旁边的师妹于梓晨悄悄接口道。

刘导不像有些导师，平日里见不上一面。只要他没出差，就每天过来看我们实验。这两天他没过来，组里都在传他遇上了家庭纠纷——按以前的描述方式，我爷爷那辈的描述方式，叫"生活作风问题"。

说起来好玩，刘导的学术背景是神经外科。拿到医学博士的时候，他的土法操作已经相当成功，自我吹嘘说闭着眼睛都能把患者的神经接上，各种断掉的神经在他手下那全是艺术品素材。他的博士论文就是这个，还打算凭借这项手艺申请美国的博后。

没想到造化弄人，他的精湛医术没能让他一帆风顺。他太太倒是一路绿灯，顺风顺水地去了美国。刘导因为种种原因没去成北美，只好改道中东，在以色列希伯来大学医学院待了两年，在那里第一次接触到如何用液态金属接驳神经，接着又在日本筑波待了一年，转来转去都没出亚洲，科研上也少有大的起色。也就是在这段时间里，夫妻之路走到尽头，太太成了前妻。

不过仗着同实验室的一些文章，又赶上各种归国政策，刘导还是作为人才被引进我校。刘导计划回国时曾四处问职，当初医科大学对这种偏基础的研究不太感冒，他只好屈尊进了农科院校。也是阴错阳差，等到他前妻回来时，这项技术大发展了，火起来了，前妻志得意满地就职于两人的母校，搞的还是同一套东西。大师兄刘东风有一次对我说，所以有时候观念太前瞻了也不好。

按理说这种情况离异双方一般不愿选择同一城市。估计也是为了孩子的未来，否则刘导应该不会来咱们学校。大师兄曾经对我认真分析过。毕竟是他先回来的，要是他前妻先回来，他可能就不选这座城市了。但他前妻不一样，那女人强势，不怕针尖对麦芒。还有，她至今未婚。

液态金属接神经项目是这几年的热门，单是本市就有三所高校在搞——全国顶尖的理科院校，全国顶尖的医科院校，以及我们，全国顶尖的农科院校。一座城市分三摊，我们这摊最不起眼。

有竞争就有合作，圈子就那么大总会碰面，怎么也绕不过去以前那些纠缠不清的复杂关系。我对大师兄说那两个人见面得多尴尬啊，他说那么多年了早就平和了，一起喝个咖啡讨个论的又有啥。

但是，这事还是让师母知道了。

据说师母直接闹到了院里。

按照师妹于梓晨的说法，场面十分热闹，不能和好莱坞大片比，也比得上国产电视剧的一地鸡毛。这种夸张手法我一听就懒得搭理。

于梓晨说：师母提出的几个问题，招招式式都切中要害。最后一个问题居然是："这种人你们怎么还不抓啊？"

我对刘导颇有好感，不愿意传这种无根无据的无聊八卦。而且根据我的大体了解，师母也是文化人，恐怕都是坏闺蜜出的馊主意。据说过去这种事有人做思想工作，现在只能靠闺蜜，而闺蜜一般都是有意无意地帮倒忙。

2

老实说，师母真要这样做很不明智，这是明摆着要彻底散伙才有的举措，为了挽回不该是这种方式。所以从一开始我就不信于梓晨的话。

后来我隐约听说，真正压垮刘导的那根稻草，是一封涉及实验室财务的匿名信。

不要以为时代过去了，一些遗风也跟着刮走，正所谓有人的地方就有江湖，时不时还会卷土重来。在大学里，碰撞财务制度的事情，每个实验室都在做，不做你根本寸步难行，出不出事就看谁倒霉谁幸运，因为这事被抓进去的知名导师一只手都数不过来。

匿名信本来是可以不处理的，但里面列举的信息太过详实，而且每个学院领导的铁皮信箱里都被塞了一份。我心想也就是他们没有调监控的权力，否则看见的也是拿人钱财替人办事的送信中学生。

要是过去，学校息事宁人也就不了了之了，现在弄不好就成了网上的舆情，领导必须冠冕堂皇地严肃接招，宣布暂停刘导的一切项目。

导师就相当于组里的楼体主结构，他这里一旦停工，其他装修项目都得搁浅，整个施工队就只能歇工。

院里的意思是实验室所有项目暂缓进行，一切资金暂且冻结。没资金实验就得踩刹车，毕竟好多材料存货有限，需要现买现用，巧妇没米那是什么都煮不出来的。大师兄刘东风抓耳挠腮，生怕毕不了业。我拍着他肩膀安慰说，放心吧，学校不会为难学生，说不定还会借此放宽政策呢，让你课题完成不完成都能拿到学位。他白我一眼说，你逗我坑呢。

话是这么说，我心里也一样忐忑。为了不浪费时光，更主要是为了压住惶惶不可终日的心慌，我把自己埋进图书馆的文献堆里。

连续两天之后，我发现有个男的跟着我。我是女博士，我情商低，但我感官正常，不是瞎子。

我坐在那里，他就隔我五排落座。我去取书，他就隔着三排书架偷窥。就这监视水平，还想追妹子吗？

终于有一天我做了个实验。我蹲下找资料，他自己不好跟着马上蹲下，目光还假装留在手里的书上。我趁他不注意，蹲着快步遁走，直接绕到他身后。他再抬头时原本眼前的我已经没了，他显然有些慌张，连忙回头想要冲出书架丛林，继续追寻我的踪迹，没想到我出现在他的眼前。

"你什么意思啊？"

"什么什么意思？"他慌得书差点掉地上，连忙紧紧攥住，"我是别的学校的，图书馆通借，我办了证的。"

"没问你哪儿的。干吗跟着我？"

"这就……血口喷人了。"

说完我俩都笑了。我笑他痴，他笑自己傻。

他说他叫林顿，自称社会学博士生。说实话我好久都没听过"社会学"这个词了，有点陌生，还以为这个学科早就从世界上消失了呢。

要是他自称哲学博士生，一张嘴就吐出《存在与时间》什么的，我就绝对不信了。高中时有个男生追我，这书名成天就长在他嘴上，好像海德格尔就是他金发碧眼的亲戚，我就是从他嘴里知道了这个人和这本书的。但眼前这位没有，挺老实，说的都是普通人能懂的俗话。

他说他在做一篇有关动物伦理的论文。

按照他的解释，他是利用校际图书馆的通借渠道摸过来的，毕竟我们学校涉及动物的图书比较多。各高校图书馆有个联盟协议，以前是学校开了证明就能通借，现在有了电子借阅卡，办理一下随时可来。不过一般没人这么做，因为翻山越岭跨学校太麻烦，除非两种情况：要找的资料是孤本；或者，情侣不同校但又实在无聊时在某校图书馆一起上自习——后者也少，有这工夫谁还去图书馆啊。

但他确实读了很多书，说起来头头是道。不是只言片语道听途说那种，显然是系统学习过的，这一点我有判断。当然这些都是后来一起喝咖啡时我才发现的。

图书馆不是交谈的地方，窃窃私语也让别人侧目。于是——

"我请你喝杯咖啡吧。"

"你非要请我就喝吧。"

看起来他不像坏人，至少没把"我是坏人"写在脸上。再说周围都是学生，我只要记得咖啡一旦离开视线绝不再碰它就是。

说实话，因为日子实在是太过无聊。

前面说的博士生生活，只有吃饭睡觉属于我，谈恋爱是别人的事。大二我被本系师兄追过，两人不合拍不对榫，用高大上的话说就是三观不合。随着他考去南方，这段感情便无疾而终。大三进组后，生活就像上了发条一样按部就班了。

校园咖啡馆。我们喝咖啡，聊天。

"你这是毕业论文吗？"

"不是，一篇作业吧。"

"你读这个找得到工作吗？"说完我就有些后悔，这种说法挑衅性太强，"我的意思是这种专业就业面比较窄吧？"

"生物就宽吗？"他反将一军，"安于清贫吧。总能在大学里谋个教职。"

"生物在国内是不够宽，要么进科研院所，要么为了拿户口当中学老师。"我清楚得很，"我本市土著，不需要户口。"

"很自豪吗？就好像谁北漂似的。"

"再说我的专业可是前沿。"我可能自觉受了小侮辱，非要辩解一番，把"接夜神儿"的意义和步骤向他倾倒了一番，"再细你也听不懂。"

"我怎么就听不懂了。你的意思不就是想进科研院所必须先去留学镀金做博后嘛，然后你铁定是要出国的。"他强调他听出了我的潜台词，"我也不是不能出啊。"

看着他一副羞涩的样子，我总想逗他一逗。

"和我说实话，来这儿的真正目的是什么？"

"查资料啊。"

"要这么不实诚咱就没得聊了。"

"好吧，我就是想来追个女孩成吧？这下满意了吧？"

"满意了。"

当时我确实没多想，只是听着新奇。经常有理工科男生去追文科女生，但反过来的真不多。不过这些年来农大女生数量飙升，校园里花枝招展，想想倒也正常。

"看到一个中意的就追吗？"

"当然不是。一眼就看上了你。"

"嘴巴真甜。"我往他咖啡里扔了一块方糖。

他居然还会脸红！

一个月下来，我硬是被他给追了下来。

也怪日子实在太单调。

3

女生圈比最混沌的自然系统都复杂，这点我是深有体会。

世界那么大范围我不知道，我的样本只局限于我们宿舍。四个女生，居然有四个微信群——用排列组合算一下就知道，差一个就全覆盖了。但有人拉我进小群，我也不好推辞，不过有话尽量还是在四人大群里说。

这里面我最不喜欢师妹于梓晨，她是个奇葩。有人总认为奇葩就是各种怪异，其实不然，我理解的意思是：她是各种计较；可但凡你一计较，恰恰就着了她的道。

于梓晨，博一，来自南方省份二线城市，本科与我同校但不同系。我感觉她学术底子还行，但深造的目的绝不是为了科研，不过是想有个更好的进阶状态。

每次实验忙的时候，她总让我给她带饭。反正我也要带新交的男友去食堂，举手之劳，没有什么。但我不喜欢的是她那种斤斤计较。

鄙校食堂，在高校圈里也算特立独行，为了鼓励学生食堂就餐，划卡多了有优惠。但优惠算下来，也就是几毛几分，自己吃还不要紧，但给她带饭，这些价格就很难算，她又不把卡给我。5 元的菜，食堂收 4.98，怎么算？这种情况我一般就付给别人 5 元，但于梓晨不，一定要问清楚价格与折扣，可丁可卯地把钱转给我——这些分分角角的也真难为她了，幸亏如今有电子支付。后来我实在懒得这么玩了，就说只有 4.90 元。开始她也还计较，非要我清晰报价，后来倒是心安理得了。

而且这事，你还不能和别人说，说了就变成你计较。

有一次我和林顿说了，他说那你以后别给她带不就完了吗，哪有那么多事。一副不以为然的样子。他真是不理解女生叽歪的目的。

结果今天这奇葩爆发了，非说有人偷她实验材料。

于梓晨大吵大闹的时候，我刚好带着林顿回到实验室。这一段林顿总黏着我看实验，睁大眼睛好奇的样子像个痴痴望人的爱科学小朋友。结果我们正赶上这个场面，进也不是退也不是。

幸好当时我不在。当然这种情况她一般也针对不到我，她横，但不傻。话里话外，她都是在针对另一个师妹王道云。

王道云，博一，来自中原省份农村，本科不是我们学校的。她读研的目的，自然完全是为了改变生活状态。王道云看起来朴实本分，但确实有点于梓晨说的那种土气。我自幼受的教育是人不该分阶层，但在实际生活中确实是另一回事。不过我有什么想法不会表现出来，于梓晨则全都写在脸上。

总之她就是信誓旦旦地声称实验室有小偷。

最后竟然惊动了保卫处，调了监控，结果什么也没查出来。各人询问了一番，不了了之。否则还能怎样？镓铟锡合金不值几个钱——虽说我们口口声声叫它"液金"，真有盗窃者目的就只能是捣乱。套句烂俗的比喻，这事就像在静水里扔下一块石头，组里一帮硕士女生借机叽叽喳喳。那几个小孩本来就嘴碎，成天破学校破实验室什么的，听得我不舒服。不过我也懒得计较，反正其中好几个都是委培一年就走。

——很久之后我回想起来，那很可能是有人有意做了一个实验，或者说是提前布局。

刘导的事同样不了了之。

毕竟没有实锤，学校也就是走形式地调查一下，没发现真有什么原则性问题。项目继续，皆大欢喜。要说举报信举报的，都是一些鸡毛蒜皮，细节属实但并未触及根本，而师母的折腾完全是未雨绸缪，根本不是真的撕破脸皮。"前夫前妻经常出差在外一起开会"这种理由，实在难登大雅之堂。于梓晨完全就是信口开河。

项目停工那段，张方手痒得不行，连边边角角的材料都用上了，但还是不够。如今项目刚一恢复，他就申请亲自操刀，希望完整地走一遍流程。我同意了。

上一次只是试手，让他有个熟练的机会，没想到他上手那么快，所以这次我们就正式实验了。

张方的动作一丝不苟，一副训练有素的样子。这就是我佩服他的地方，该贫的时候贫但该动真格的时候没二话。注射中有实时的电脑追踪，液金的流动直接投射到显示器上。就像传统的菜地灌溉，液金被注入兔子体内，从一根神经流到另一根神经。

说神经不准确，那只是神经遗留下来的痕迹。神经已经断了，原来支撑它的沟壑还在。就像远古时代的叶片化石，植物部分早已腐烂，但它们的身影却凝固在了石片上面，跨越时空与我们相见。

"不错。过去了。"我赞赏道，"流得挺顺畅。"

"到粗的那边填不满怎么办？"这次我们选的是一大段断开的神经簇，等于让液态金属自己寻踪找路。

"这边继续加注就是。"我的语气满不在乎，"水满则溢，水到渠成。"

显示器上，纤细的液金神经一点点汇聚，已经变得越来越粗，如同小溪汇聚成宽阔的江河。注入了液金的神经像一只爬虫，慢慢游过兔子的神经系统，弥漫到整个身躯。这时画面突然变得晶莹剔透起来，如同奇幻故事中的传说角色。

"你做的？"我看着满屏的炫丽动画，确信它已经被艺术化了。

"漂亮吧？"张方说。

"有两下子。"

"师姐，我突然觉得啊，这个可以用来研究人脑的思维机制。"

"什么？"我一时间没反应过来。

"回头我和你说。"他操作起来十分专注，不容打扰。

今天林顿不在，张方在食堂详细讲了他的想法。

"现在脑科学不是特别时髦嘛，所以我也看了一些资料。"

按照张方的说法，人脑的运行机制一直没被揭开，原因很可能是受我们传统思维理论所局限。我们总是假定思维是一种线性模式——一二三四，因为所以。但假如按这种方式给脑细胞"布线"，连通起来的人脑就会有几座候机楼那么大。这种假定显然不对。

很多科学家独辟蹊径，开创各种"旁门左道"。有人用模糊数学来解释，有人用混沌理论来解释，最时髦的当然是用量子力学来解释。

"在我看来，最终解释肯定是量子化的，这个没有疑问。"张方信誓旦旦，"但现在，应该有一个更基础的、连接经典与新理论的假设，就像当年的氢原子轨道。"

"给我补习高中知识啊？"我笑着回忆。

"本科时您也学过普物啊。"

"那可不如高中记得牢。"我说，"高考要考物理，考研又不用。"

"过一段我必须和我搞量子的同学联系一下。"张方像是自言自语又像是在做一个宣言。

"别傻了，刘导说过，咱们不是医学用途。"我擦嘴擦手，收拾餐盘，"脑科学就更基础了，不是你我能解决的。"

正如刘导所说：项目的所有讨论都局限于动物控制。我们是为了给淘气乱跑摔断了腿的奶牛粗线条地接神经，又不是为了给人做什么。

"师姐你为什么总是那么严肃？"张方边走边问。

"我还严肃？我够随和的了。"

"严肃不光是指板着脸。"

"那指什么？"

"就是一种感觉，从不逾矩的那种。"

我笑笑没说话。

"总来实验室那个是姐夫吧？"分手时张方笑着问道，"好像是这学期才冒出来的。"

"别瞎说。"接着我觉着否认也没意思，"准姐夫吧。"

4

我的情绪受天气影响挺大。假如不是阳光充沛的日子，我对来实验室特别抵触。

我们实验室在相当破旧的土水楼。破到什么程度？那是一个外人完全无法想象的世界。大部分实验仪器都被堆在楼道里——对，楼道。任何一位不知情的来宾，都会惊讶于眼前的场面：学子们打开走廊里装实验品的冰箱，将实验品浇灌在旁边的绿色植被上，接着顺手抄出一瓶可乐拧开喝掉，不远处则是转个不停的离心机。

不是刘导没本事，恰恰因为他是真正的学人。新实验楼早给我们预留了位置，但很多实验一旦停摆就得彻底重来。我们迟迟没有搬迁，完全是为了实验接续不断，而这一不断，往往就是两三年的坚守。大师兄刘东风博一的时候，为了实验不停，春节甚至是把父母接到学校来团聚的。总之我们只好屈居陋室，忍受黑暗的走廊与肮脏的厕所——那个全校著名的厕所，据说曾熏晕过一位外籍访问学者的年轻娇妻。

想想看，假如白天不是阳光先洒进心里，一进楼道就看到一长串烂摊子，谁能受得了？夜晚就不同了，反正感觉外面也是脏乱差，没有太强的不适感。

以上基本上是我本科时实验室的状态，现在好多了，因为好多实验室已经搬走，至少楼道看起来不再那么凌乱。

记得元旦那天，大家聚餐一顿，凑钱给刘导送了花，大师兄还抖了两把刷子，手书"天天实验出数据，年年论文中基金"的对联贴在实验室门口，一片喜庆祥和，短暂地冲淡了我对阴暗楼道的厌恶。

一晃就是大半年。这两天开学迎新，校园里锣鼓喧天欢声笑语，外加一个阳光灿烂的早晨，我的心情本来不错。结果推开实验室的门，迎接我的却是张方的一脸疲惫。

张方比我勤奋，每天早晨我到实验室时他已就位，晚上我离开时他依旧不走。

"一宿没睡？"我问。

"停不下来。一停下来就前功尽弃了。"

"你干了什么？"

"我给这只兔子上了全套。"

"嘿！"我惊讶得不知说什么才好。

所谓"上全套"，就是给兔子身体所有的神经段落都注满液态金属。简单说，就是用液金"浇灌"一段神经之后，将下一段神经铰断，继续换成液态金属，并顺次进行，直至覆盖全身。这个过程虽说可以处理成无痛，但外人看起来还是受不了。有一次林顿过来看了几眼，结果"疼"得他直龇牙花子，之后再也不肯来观摩了。

说起这个，还有另一段故事。有一次刘导说把神经一段段接上再铰断时，师妹王道云偷偷说了句"好残忍"，不想被刘导听到了，严肃地敲打了一句："搞科研就不要说这些。多向你师姐学学。"刘导嘴里的师姐，自然就是指我。

反正就是要这样一点点替换。要说残忍不残忍，多年来的科学训练已经让我学会了这样一种态度：遇到难以讨论的伦理问题，我就背过脸去，不去思考。

"所以？"我不相信张方一夜之间建成了罗马。

"所以这是第一只全身神经——不算脑神经啊——全都由液金构成的兔子。"

"嘿！嘿！"

师弟让我帮他守着胜利成果，他要回去睡觉。我说放心没问题，一切记录我都会做。

一上午我都把兔子放在我的实验台旁边，忍受着它散发出的种种异味。据我观察它没什么特别的异样，安静地进餐静卧，看不出与原来有什么区别。我就这么一直盯着，直到中午张方回来。

"睡够了吗？"

"放心不下。"

张方开始亲自记录各种参数，但折腾了一下午，和我的结论基本相似——从数据上看与以往没什么太大区别。

"师姐我打算一鼓作气。"

"什么意思？"

"我想直接做一下脑神经。"

"这就属于胡闹了。"我觉得张方的想法匪夷所思，倒是一下想起了他那个脑科学假定，"这完全是两种机制。你这么弄兔子肯定会死掉。"

"不试试怎么知道？"

张方的意思，趁着现在兔子没有任何异常，在这个基础上更上层楼。否则下次，又要重新铺设底层的楼梯。

"刘导会和你急的。"我认真地说。

"他这几天不是在国外开会嘛。"

不光刘导出国了，连大师兄也被带去了。实验室里是山中无老虎，而我这只猴子又担不起大王的职责，师弟翅膀又硬了，我只好说那这事我不知道你自己看着办吧。

我主要是觉得这事没意义。据我还有印象的神经科学知识，脑细胞除了神经细胞还有神经胶质细胞，很多机理现在并不清楚。打个未必恰当的比方，神经细胞就像是人的毛发角质，用液金接神经顶多是在糟蹋这些东西，所以无所谓，您愿意在上面玩玩微雕也就玩了。但真要深入脑细胞，朝着大脑挥刻刀，这故事可就不那么好讲了。它会随着液金的逐渐"生长"浸润，慢慢侵入整个脑部。接下来我们不会看到一个完全由液金构成的兔脑，只能宣布兔子的临床脑死亡。

但对这一计划张方持强烈坚持的态度，非常强烈。我也没有办法。

说是一鼓作气，却不可能真的连续作战。兔子要观察，实验要筹划，这一耽误就是好几天。

张方还是很谨慎的，认真准备了三天。但再不动手就来不及了，刘导那边两场学术会议几乎连着，但第二场也已接近尾声，说不定哪天就会突然折返。

实验从午餐后正式开始。

作为样本的"夜神儿兔"一切指标正常，我们开始向脑部神经进军。我说装不知道那是假的，怎么可能真的躲开这种见证奇迹的时刻？说实话我的心里还真有些小激动呢。

针对脑神经做这种操作，比之前要多一重麻烦。之前接身体神经的时候，之所以要不停地将健康神经铰断，是因为这样它才会有生长的欲望。而对脑部神经，却完全不能这样处理。

首先到了一定深度，脑神经就像是一坨一坨的了，无从剪起。即便能剪，也会出问题，导致兔子失去意识。这是一个难题。

不过张方确实聪明，想出一个巧妙的解决办法。我惊叹于他三天的工作没有白做，他却说他已思考良久。

"师姐你知道'挂杯'吧？"

"这又是什么鬼？"

"喝酒的时候，要是好酒，分布在杯壁周边的白酒会产生出一种张力，让它不会马上落下，这就叫挂杯。据说挂杯的好酒都不上头。"

"你还喝酒呢？"

"我不喝。顶多喝点啤酒。我听大人说的。"张方忙不迭地解释，"这不重要，重要的是我们可以沿着神经簇，让液金挂在上面，沿着它原来的分布和走向爬行。"

"挂杯……好酒挂杯……"我思忖着，"这个听起来很智商税啊。"

"我说了这不重要！现在我们是要给神经'挂杯'！挂金属！挂液态金属！"

"那你这是要内挂还是外挂？"我突然反应过来。

"师姐你就是敏锐。"张方由衷地赞叹，"这回内挂确实不方便，要浸入神经，会比较麻烦。所以是外挂，用液金本身质量造成的压力，冲破神经与肌肉之间的空间，让液金顺势爬过去，等于完全复刻式地再造一套神经系统。"

"这个技术上恐怕有点难度。"

"没难度要我干什么？"张方笑着扬扬手里的针管，脸上摆满了既自大又自信的豪情。

5

从显示器上的动态图像看，那道液金像运动员绕场一周一般，先是走遍了兔身神经网络的山山水水，最后示威般地迈步爬进兔子的颅腔。正常情况下它爬到一定程度就会止步，但这次则不然，它们开始在兔脑里面弥漫，就像盐粒被撒进菜汤，原来的块状边界逐渐变得模糊，呈现出一种特别的混沌状。

"其实脑比别处快，至少中枢细胞没有绝缘层。"张方摊举着双手，就像手术室里真正的主刀。

但是很快，这种宁静就被打破，显示器上的兔脑图在那里噼啪闪烁。兔子似乎急了，来回折腾个不停，机械卡子都按不住。

"你给它整癫痫了！"

"开什么玩笑！"张方也慌了。

"快停下！这样兔子会死的！"

"这我可制止不了。液金都注进去了，现在不归我控制。"张方突然冷静下来，瞥了一眼我抓住他的手，"再说它怎么就会死了？"

恍惚间兔子一下安静了下来。我盯着兔子，它也盯着我，同时使劲地摇头，就像那个努力甩掉头上水珠的动作。除此之外，倒是看不出它还有什么其他异样。

接着它居然朝我吐了一口！

幸亏我闪得快，否则不知道要不要去打狂犬疫苗。

张方让液态金属接着爬，我也没再阻拦。后续过程兔子神态安详，不再抗议，似乎实验已经与它无关。不知道是不是因为痛感神经被大范围取代后，它的身体误认为事不关己了。

我们从中午一直折腾到半夜，晚饭叫的外卖。应该说整个实验大体顺利，除了吐口水的小意外再没别的插曲，至少在后来的液金爬行过程中兔子没再折腾，甚至还胃口很好地吃了根胡萝卜。

当液金挤满兔子的颅腔后，从显示器上看兔脑就像是一团撒了银粉的奶油团。张方说这是假象，看起来已经满了其实细部还有很多缝隙，按照他的计算全部充满至少还要三四个小时。

刚开始我还眼睛一眨不眨地盯着，就像在看一部结局未知的悬念电影。后半夜我实在坚持不住了，脑袋直往实验台上磕，终于趴着睡过去了。

一直是半梦半醒，眼前总有一堆液金处理过的小动物在跳很复杂的舞，旁边还有学校啦啦队的小妹妹在甩花加油。醒来时看到兔子安然无恙，似乎在黑暗中闪着银光。就这么迷迷糊糊地坚持到早晨，兔子居然一切如常了。

上午大家陆续出现的时候，我和张方十分默契，谁也没告诉，任他们自己观察。

于梓晨到底眼尖，凑过来没话找话的时候，随口说了句"这兔子怎么眼放银光"，我说那是你的幻觉。于梓晨接着胡扯，"肯定是脑子里进了液金"，张方听罢哈哈大笑，丢下一句"师姐你可要帮我照顾好它"，然后就回宿舍睡觉去了。

兔子虽然没死，但确实有些痴呆。终日里见人不理，喂东西不吃，摆出一副食欲寡淡茶饭不思的模样。按照张方的说法，"进入到大哲的思考状态"。

晚上回宿舍的时候，张方一路兴奋不已。

"我觉得快有革命性发现了。"

"我觉得刘导快回来兴师问罪了。"我痛斥张方实验的不靠谱，"老板不找你算账才怪。"

"有结论了，他算的就是成功账了。"

"别做梦了，能成功才怪。"我不屑道，"那兔子真可怜，明天我就把它偷偷放掉。"

他只是笑笑，没有说话。眼前已是男生宿舍。

"小兔，你走吧。"我在想象中故作夸张地抚摸着可爱的小兔子，"再待下去，你会疯掉的。"

他依旧笑笑，挥手作别。

五天之后，兔子到底还是死了。一具硬中带软的冰冷尸体，从毛发中渗出金属质地的微光。

让我没想到的是，刘导知道这事后，并没有太多的责怪。虽说他在看到兔子尸体时，流露出一丝厌恶的表情，但还是让张方把指标记录汇总一下，然后赶快处理掉。

"拿到有害垃圾那边集中处理吧。"我的情绪几乎降到冰点。我觉得自己不该跟着张方胡闹，惹本来就心情不佳的刘导不高兴。

"师姐我有个想法……"

"你又要出什么幺蛾子？"

"我把它烧掉，见证奇迹的时刻就到了！"

我先是瞪大眼睛，但马上就明白了他想干什么。说实话我也想再见证一下这个新的奇迹。我觉得自己已被这个不安分的师弟带坏了。

"师姐你别把眼睛瞪那么大，烧完之后就是个死的神经架子。"

张方打算在校园里纵火焚烧，并保证不会引起火灾，我说你千万别再惹事了，被保安抓住管你火灾不火灾都得吃不了兜着走。他又想在操作箱里使用明火，还是被我制止了。最后我建议他用溶液腐蚀的方式解决。

他很认真，比做实验还认真，在那里计算和配比了很久，又用别的样品尝试了几次，以确保溶液让液金固化的同时不致损毁，这才开始清理兔子。

他操作时我去看了一眼，眼看着兔子的皮毛和肌肉——褪尽并部分分解，露出里面亮晶晶的神经脉络。

第二天，一个密布神经簇的兔形网状物，像一件艺术品一样摆在实验室的明显位置。我心里惴惴不安，担心刘导看到后勃然大怒，几次劝张方不要顶风作案。张方却说不妨冒险一下，"我相信老板是有艺术细胞的"。

令所有人没想到的是，刘导看见这件"艺术品"后，居然拿起来仔细端详，似乎是在欣赏甚至把玩。不过直到最后他也没做出真正的夸赞，而是皱皱眉头叹口气把它放回到原位。张方朝我做了个鬼脸，也是一副不明所以的样子。看来他对刘导的审美取向判断对了，但还是不清楚刘导为什么会具备这样的审美。

吃完饭去商店，路上我喋喋不休地把整个故事给林顿讲了，他的表情却颇不以为然。

"你怎么一点反应都没有？"我推了他一把。

"那你要怎么反哪个应？"

"安慰一下啊，分析一下啊，你不是学社会学的吗？"

"你怎么像是不讲理的女本科生？"

"我就是女生！"我几乎勃然大怒。

不知为什么，他越是表现得无动于衷，我越觉得那后面有什么不可告人的东西。这话我没说出来，说出来他肯定一个激灵。

——现在想来，或许都是骗术，骗术后面的骗术，就像那个吃鱼人欺瞒子产"得其所哉"的故事。

商店把时鲜水果摆在外面，一堆艳红十分好看。

"小西红柿！"我指着那堆红果说道，"给我买点。"

"这不圣女果吗？"

"别土了，这俩是一种东西。"我嘲笑道，"学名都叫樱桃番茄。"

"不对。"林顿仔细审视，"这不是什么小西红柿或者圣女果或者什么鬼樱桃番茄。这东西叫菇娘。"

"菇娘根本不是这样的！"我知道"菇娘"是毛酸浆果实的俗名，"菇娘外面还有一层皮儿呢。"

"就是菇娘。"他坚持道，"你只见过穿着衣服的姑娘，没见过不穿衣服的姑娘。"

——我突然间有种顿悟。林顿对我，既不是浪漫爱情，也不是低级冲动。可我不明白的是，那到底是什么？

6

"师姐，今天你就当我是讲个故事，一个不着边儿的故事，但你一定得认真听完，跟着我的思路走一圈。就这一次。"

"好吧。"看着张方如此恳求的面孔，我才明白他为什么要请我吃饭，我有些心软，"为什么找我，找大师兄不行吗？"

"他？他算是搞学术的吗？"张方一脸的不屑，"我越来越发现，他对科研根本没追求，就是一个按部就班混饭的。"

"别这样说别人。"我只好打断，"还是接着讲故事吧。"

说实话，张方的思路非常清晰。不管他的设想有多么离奇，但逻辑完全自洽。

他说：人的思维传递，不是单纯靠神经内部的线性方式。咱们原来说过，假设人脑是按线性思路运行的，由此模拟出来的计算机系统恐怕要几座大厦那么大，这肯定不现实。

他说：线性传递不是没有，也有，不过那只是一部分。但神经与神经之间的联系，才是一个重点。

他说：并行的神经，之间没有直接连接和接触。但是我们知道，就像导电物体能在周围形成电磁场一样，它们之间也会产生类似的电磁感应……

我实在忍不住插话：

"这点微弱的生物电才几个微安啊！"

"这个我考虑过，也许与我们目前的电学原理有所区别。咱们能不能先不究细节？"张方的陈述欲极其强烈，对我的打断有些急躁。

"可这涉及你整个猜想的基础啊……好吧，那你先说。"

他继续说："假如这些神经之间真的能产生某种感应，那么神经传导就不再限于线性传播，而是有了横向联系，这下脑思维的机理，就有可能解释得通了。"

说实话，这一番猜想还真说得我热血沸腾。

"那你怎么描述它呢？"

"目前我还做不到。"张方颇为无奈，"也许需要新的数学方式，但我本能地感觉与量子有关。"

原来是这样。

他说这应该是两条路，不同的表述什么的。不过一说到这些，他的叙述就有些混乱了。看着我迷惑的表情，他突然换了一种方式。

"师姐你知道薛定谔吧？"

"薛定谔的猫？"这是我听到这个名字的第一反应，部分归功于我读过的科普书，另一部分则归功于那位高中时代的哲学家追求者。

"对，就是他。但我要说的不是这个思想实验，而是他建立的一套解释量子力学的理论。"张方耐心解释，"他建立的理论叫波动力学，可以很好地处理量子力学的问题。"

"嗯？"

"其实在薛定谔之前，海森堡也提出过一个理论：矩阵力学。"张方继续给物理小白上课，"他从数学的角度，琢磨出一套理论系统，完美地解释了量子力学的种种问题。"

"你要说什么？"

"但后来薛定谔和泡利，就是咱们学过的那个泡利不相容原理的泡利，分别成功地证明了：这两种理论，所谓矩阵力学和波动力学，在数学上是完全等价的。"

我好像有点听明白了。

"现在我们通过生物学实验推测出来的东西，也许与量子力学方面的解释，是完全等价的。"

我真的有些激动了，那种正常的理性的健康的激动。

"从不同路径出发，得出相同结论，这在历史上数不胜数。"张方显然意犹未尽，"就好比当年牛顿是从物理现象，而莱布尼茨是从纯数学思辨，分别推演出了微积分理论。"

张方的科研进展并不顺利。他不懂量子力学，他对量子力学的热切渴望，又在昔日同窗那里碰了壁。

后来张方复述了当时的电话内容。

本来他是直接邀请对方吃饭的，但对方根本没搭这个话茬，说最近实在太忙。我想对方知道张方的脾性，他恰恰就是想坐下来海阔天空地慢慢聊。

张方只好隔着电话长话短说，简单扼要地向专业人士推送他的想法。无奈他的理论过于薄弱苍白，想象远大于事实，那同学开始还在笑，后来就哼哼哈哈了。张方听出对方语气里的不屑，也有些自觉无聊，只好请他推荐一两本专业书。对方报了几本专著，要么过于大众张方早已读过，要么过于专业与这个不搭边一听就是敷衍。谈话就这么不欢而散。

张方只得退而求其次，像林顿一样跑校际互借，遍历各校图书馆，到处搜集有关量子力学的纸质和电子资料，只不过他与林顿是逆向而动。

这个月我和实验室成员单独吃了两次饭。和师弟张方是第一次，和大师兄刘东风是第二次。

本来大师兄约我，我还以为是因为张方的事，多少有些忐忑。但又一想"就是一个按部就班混饭的"这种话，只要张方不说我不说，不大可能传到大师兄耳朵里。

事实证明我多虑了，大师兄找我完全是闲聊。

他告诉我，他的赴美博后申请下来了。我说这太值得庆祝了，应该全实验室一起聚一下，他说我懒得搭理他们，就想和你单独坐会儿。

大师兄不谈学术，在实验室以外从来如此。但我们不谈学术就容易陷入没话找话的冷场，结果他居然像八卦女生一样说起了刘导的感情经历。

话题是从刘导为什么来我们学校说起的。按照刘导一贯的标榜，是因为医科大学不重视这个项目，"他们不喜欢非生化的方式"。大师兄借着酒劲不屑地说别扯了，那我们农科院校凭什么重视？大师兄解释说，当年刘导的母校，就是他前妻现在供职的高校，不是不重视这个项目，而是觉得刘导的学术背景不够硬，引进过来会有人说闲话。其时这项技术在国际上正热，他们只是苦于找不到合适的人选罢了。大师兄的说法与以前大相径庭，我更相信这次是酒后吐真言。

"怎么会不喜欢非生化的方式？"大师兄不屑道，"医学最讲究实用。要是管用，别说往里面灌液金，就是敲铁钉子他们都干。"

我眼前浮现出张方拍肩膀的镜头。

"其实敲钉子算什么！"大师兄肯定也知道张方的典故，"我要真打比方，就说往血管里打小型核武器他们都敢干。"

后来一个雨夜，我还真的梦见小型核武器穿梭在林顿的血管里，然后对着某段血栓定点爆破。醒来才发现是窗外的一个闷雷。

但刘导的前妻就不同了，回国时顶着一大堆闪耀的光环。说起来也是可惜，两人一起走过了这么多年。大师兄感慨道。

大师兄说：据说两人本科的时候就好了，博士期间他俩来咱们学校做过短暂交流。正好那时我入学了，经常能看见在校园里，刘导前妻在前面风风火火地走，刘导本人在后面唯唯诺诺地追。套句俗话，也算一道亮丽的风景。

"你那个男友……"

都结了账出了饭馆走到男女研究生宿舍楼的分岔口了，大师兄才冒出这么一句。我坚信这才是他约我吃饭的真正目的。

"小心点……"大师兄吐字含混。

"怎么回事？说清楚！"我一把拉住他。

"喝多了。"他挣脱开我的拉扯，径自走了。

7

十一假期结束的那个早晨，我从家返校，直接去了新实验楼的办公室，刘导要开个例会。

大师兄的酒后失言让我不愉快了好几天，整个长假都没过好。我反感他的冒失，更反感他的敏锐，毕竟我对林顿的了解实在不多。去新实验楼的路上，我还一直琢磨这事。

记得之前有一次，我突然想到一个问题，问林顿毕业论文做什么。

"《存在与时间》和社会学。"他回答说，"再细你也听不懂。"

"嘿！嘿！"这回我根本没在意后半句。

——绕来绕去，还是没绕出坑去！

但这就让我觉得更不了解他了。

因为某些实验接近尾声，刘导开始在旧楼与新楼之间两头办公，组织讨论也安排在新楼，毕竟这边环境更好，厕所味道不重。

我刷脸打开新楼门禁，后面有人用手挡住门扇。我一眼就认出她来，因为这张脸太熟悉了——孙红艳，刘导的前妻。

"您跟着我走吧，上三楼。"等她说完谢谢，我引导她前往我们组。

"你怎么知道我去哪儿？"

"我是液态金属接神经项目课题组的。"

"你认识我？"

我笑笑没有说话。

这个楼一大半人应该都认识您。

不过过后我还是为自己的自以为聪明而后悔。

前任夫妻职场相见的场景我只瞥了一眼，就发现刘导的脸色相当难看。我望向大师兄，心说不是说面上都能过得去吗，大师兄假装看不见不理睬我。

后来我才知道，刘导怎么会为这点小事不悦。前妻要来他早就知道，只是没想到这么突然，而且他知道她来的目的，这才把不高兴摆在了脸上。

那天来组里的不光孙女士一位，这个军团的阵容相当庞大，我不过凑巧遇到了这位还算关键的人物，厉害的角色还有一大堆呢。

他们来的目的对刘导来说不啻晴天霹雳，但当时我却没有反应过来。不过他们带过来的消息我还是有限地了解了：他们要接管全国所有的液态金属接神经项目。

庞大阵容里有个博士生，来自那家"顶尖的理科院校"，与我一面之交。他故作神秘地凑过来对我说："这可能涉及国家安全。"我没听完就把头扭到一边。

刘导望着前妻，本来十分干练厉害的前妻，现在却做出一副无辜状。我总觉得那不像假的，不像是打着公开旗号趁火打劫。但我看刘导的神情，似乎还是想要与对方的一干人马大吵一架。

不过刘导到底还是忍住了。我挺佩服他的涵养的。

有些麻烦是连锁性的，所谓屋漏偏逢阴雨天。组里其他成员，自我以下的那帮孩子，利用长假出去郊游，结果没买到回来的票，几乎全体缺席。这无疑是火上浇油，刘导真的发了脾气。

中午在宿舍，我接到大师兄的通知。我本以为会清理资料全部上缴呢，没想到只是整理资料接受统一协调，看来他们还不敢太过嚣张。

下午我舍弃午休去了实验室，想先梳理一下资料。这才发现出了大事。

资料全部丢失！

硬盘里的和云盘里的，所有资料，全部丢失。原有的数据资料库空得就像一张白纸，干干净净。

这事要是说出来，任何人都会理解为导师授意。

傻子都不信这是非人为的意外。

但我还就是不信这种说法。

刘导要真的授意，最亲近的应该是大师兄，但以大师兄的性格，又眼看就要出国，不会为他这样冒险。

接下来就是我，但他确实没有找我。

师弟张方看起来有可能做这件事，但刘导应该不会那么信任他。何况他现在在郊外，除非是故意制造的不在场证明。

再其他就更没有别人了。

难道因为我是女生，刘导才没有找我？

总之那时我真的是极度沮丧，面对这么大的变故根本反应不过来，我好像第一次真正理解了什么叫失魂落魄。结果忙了一天，林顿却非要和我去开房，还口口声声说是缓解焦虑的良策，我没好气地一把推开他，直说自己一点心情都没有。

"我这是为你好好吧？"

"我说了我现在根本没心情！一边儿去！"

"狗咬吕洞宾啊？人家好心好意的……你有病吧？"

"你才有病！"

"我告诉你我忍你很久了！"他突然咆哮起来。

"你忍我什么了？你完全可以不忍！"

说完我就有些后悔，他对我真算是百依百顺，经常像本科小男生一样容忍我的任性。但在这种关口，嘴里吐出来的很难是什么好听的话。然而根本容不得我后悔，他好像突然换了一个人。后来回想起来，他那时的愤怒与情绪，很难说不是刻意为之。

"你说我忍你什么了？我看你就是有病！"他的大声喧哗引来路人侧目，"咱们一拍两散！"

"滚！"我声嘶力竭地喊道。

让我万万没想到的是，或者说我根本不可能想到的是，他真的滚了，再也没有回头，从此不再出现。

但当时，我连等着他回来找我的心情都没有，一口气跑回宿舍，痛痛快快地大哭了一场。

整整两周之后，我似乎才有点反应过来。但很可能已经耽误了搞清真相的最佳时机。

那天我也是灵光一闪，这简直就是送分题——

实验室资料不是被毁，而是被盗！

窃贼人选只有一名，当仁不让，就是林顿！

现在回想起来，他那副黑框眼镜下，总是透着一丝狡黠的光芒。但再怎么说马后炮也没用了。

突然回忆起一个细节：那时他在电脑里的各种资料中，辛辛苦苦地剪切粘贴，似乎是在写文章。文稿的长度每天都在增加，看起来功劳满满，丰收在望，反正我也搞不懂，而他本来也没打算发表。但他深明一个道理，那就是做戏就要做全套。

8

忍着全组的埋怨目光，我与刘导一起报了案。我感觉最对不起的，就是刘导。

报案前后，我在脑海里详详细细地捋清了整个事件的脉络。尽管大师兄早就警告过我林顿不对头，但他说他只是出于人品与性格上的蛛丝马迹，对我"盗窃学术资料"的判断完全不信，认为我是异想天开。但听了我的分析与推理，他也不由得不信。他以一种明哲保身的姿态劝我不要报案，我当然理解他的意思，但我咬牙切齿地说我不能这么轻易放过他，必须让他付出代价得到惩罚。

与其说是分析和推理，还不如说是想象。毕竟没有证据，没有丝毫证据。所以，我只能靠想象。

我只能靠想象。

我在脑海里放电影一般，一点点地复盘着他的经历——

行动时间应该是十一前的那个晚上。

那天下午，其他人都已组团出游，算是实验室本学期有限的一次团建。但我没有参加。因为当晚我要回家，所以也没心思做什么实验。大多数机器都用布盖了起来，天气预报说十一期间会有大风，一般这种情况，假期结束后桌面上就会聚起一层薄薄的细沙。

为了避开堵车，我在实验室百无聊赖地拖到很晚，这时林顿给我打来电话。

他说他电脑出了问题，要到我这里查些资料，而且相当紧急。我半开玩笑地问手机不行吗，他说有些资料手机看起来太麻烦，但同时又说查到后还是让我传到他的手机上。我习惯了他与常人相异的特立独行，也觉得电话里说不清他那些专业资料，就让他到实验室来。不过我记得很清楚，自始至终他都没碰电脑，说是什么我的键盘他操作不惯，在一旁指点着让我帮忙查找。

我想应该就是在这个时候，他做了唯一一件非电子操作的事情，那就是毁掉我们的纸质版实验记录。这个他也素有准备，早知我们的纸质记录仅此一份，老旧实验室里也没有摄像头防范监控。

这也是我根据后来的情形反推的。资料被删之后半个月，也就是我们刚报完案，完全是出于无意，我在我实验台旁边的隐蔽处发现了那本记录册。偏巧——是的，偏巧——有一个不知何时放置在那里的污水桶，而记录册又刚好掉进了桶里。浸泡了半个月的纸张，上面不可能留下任何清晰的字迹。

后来我真是闲的了，还专门做了比照实验，结果只要五天，任何笔记本都会彻底泡烂，什么字迹都不可能再看清。我相信他一定做了冗余处理，故意把笔记本摊开，呈一个扇形打开，这样每一页就都得到了完美的浸泡。

接下来呢？我们关灯离开？

是的，我们关灯离开。在轻度缠绵之后，我们关灯锁门，告别实验室。回忆的时候，我发现正是这一场景让我的记忆异常清晰。

他送我到车站，相拥告别，我上公交。

接下来，他就有相当宽裕的时间，去处理那些他更熟悉的电子操作了。

他回到土水楼，那栋缺少监控设施的破旧建筑。他只要随便找一个角落，就可以从容地联网实验室了。涉及网络的犯罪行为我一概不懂，但我相信他一定有这个本领，一定能够做到。当然，他的电脑也从来就没有坏过。

按照我假想的程序，他先是把所有电脑上共享的文件全部删除，并且在技术层面做得十分彻底，让我们根本无法恢复。从我们后来的抢救记录看，他做得相当成功。

他还真是考虑得过于全面了。实验数据主要保存在我这里，全部由我管理，别人只是偶尔过来调用，所以格式化我一个人的电脑硬盘就够了，何必再去折腾别人的私密空间。

但以我对他的了解，以他的偏执性格，一定会每天入侵一次，连续三天不间断。如同传统战争的地毯式轰炸，最终彻底夷平整座城市。

下一步是各种云盘。我们所有的数据都备份于几个不同的公共云盘。其实从调用方便的角度来说，全部保存在我这里已经足够了，但作为一个形式上的备份，还是有几个云盘更保险。也是因为他对我的充分了解，几个云盘都被彻底清洗了一遍。

他知道密码，他看过我操作。有些密码我告诉过他，就算没告诉过他他依旧如履平地。现在回想起来，其实有好几次我都发现了他那过目不忘的特质。

面对窃取数据的操作，我们可以有无数的应对方法；但现在他一股脑儿地损毁掉全部数据，我们就一点办法都没有了。

有些内容则不是猜的。

在有关部门的协助下，我们调看了学院甚至校外的所有摄像头，沿途扫视绝无漏网，终于锁定了他清晰的面容，继而找到了这个人。

我想这也是他早就预料到的。现代社会不可能人过无痕。

名字是假的，身份是假的，所有一切都是假的。我甚至匪夷所思地臆想，要是人皮面具真的完善了，我看到的面容会不会也是假的。

我甚至没有一张他的清晰照片。

但是他却非常强硬，坚称没有其他目的，就为了来骗女生，骗我。当然他用的字眼不是"骗"，而是"追"。

是的，我用了假名，假身份，各种假，但就是没有别的目的，就是为了这唯一的目的。

无懈可击。但，蓄谋已久。

就连他的朋友圈也是养了很久的，里面主要是花草、旅游和读书笔记，上面没有一张他的照片。"我就是不愿意照自己，因为我不上相。"

"还挺谦虚啊。"据说审他的人都想上去抽他，但最终只敢道出这么一句讽刺。

我还得到一些信息，都是询问者转告我的——

我们也想办法追查到了那个连入实验室的电脑笔记本，那是很久之前某所高校某个学生卖出的二手货。而卖电脑的学生，早已把买主的微信和手机号删掉了，没有丝毫印象。就算我们让机主辨认，机主也能有所回忆，但当初未必就是他亲自去买的，也许通过了中间人，那我们就完全无从查起了。所以我们也无法证实这台电脑与他的关系。

而且我们没有搜查权。他说他没有笔记本，我们也只好相信那笔记本并不存在。就算我们真的去查，相信他也早就解体了它，不可能找到任何痕迹。

我们甚至查了他近期发出的信件和快递，看不出任何问题。

被窃取的资料，一个优盘就能容纳；一个优盘，任何地方都能藏匿。

真的是这样。我在反复思考之后，得出完全一样的结论。

警察最后一次找我的时候，也许是实在没招了，也许是出于对我的同情，给出了另一个方案。

当时老警察避开小警察，把我拉到一边，隐晦地对我说："其实你可以告他。说你当初不是自愿的。"

虽说我情商不高，但我立刻就听懂了他的暗示。我几乎没做丝毫犹豫，当即摇了摇头。

我不能那样做。这是底线。

而且我想，那也没有证据。

我不想在学术圈完蛋之后，在生活中再来一次。

老警察叹了口气，摇摇手作罢，就当什么都没有说过。

9

我坐在土水楼西边的长椅上，虽然穿上了厚厚的羽绒服，还是抵不过大风降温后的冰冷。

不远处一个大概五岁的小男孩骑着一辆童车，一下下使劲地撞着身边的大树，同时嘴里嘟囔着："撞击！撞击！"

他每撞一下，都像有人用刀在我心口戳一下。

动机呢？但是动机呢？我实在无法理解他的动机。

就算我能在脑海里复盘出所有的步骤细节，还是捉摸不透他的真实动机。世界上有两种人，一种人脑洞大开能想出一切匪夷所思的动机却拆解不了每一步具体步骤，而我这种人则恰恰相反。

我只能猜。只能穷尽自己可怜的想象力去猜。

他的目的是窃取数据，这点恐怕没有疑问。现在我就等着一篇论文出来，署名不会是他，但论文应该会有。现代社会无处遁形，什么都能追踪到，谁也做不到雁过无声风过无痕。

假若真是这样，我也对付不了他，因为我没有任何证据。

可我还是猜不到他的最终目的。

盗窃一些数据并不难，为什么还要这样近距离射门，为什么还要搭上我？

我还是只能猜。

有的人，就是有一种毁灭他人的心态，不附加任何理由。只不过这种人，随着以利益为一切标准的商业社会的蓬勃发展，看起来不大可能出现罢了。

但是，他们依旧存在。

当然晚上，我和大师兄邂逅于美国的一场研讨会。我告诉自己这是在做梦，但梦境还是坚决地牵拉着我往下走。接着我就见到了正与大师兄对话的他，那个授意林顿偷数据的人。

他居然当着大师兄和我的面承认了。

下面的场景就像一部纪录片在输出与罗列证据链条，繁琐且海量。

他栖居于一家三本院校，正所谓出身寒门，因为没名气没背景所以没项目没资金，只好自己独立做实验，尽管困难重重，但他刚好认识一个脑回路清奇的奇葩……哗啦哗啦的，一个镜头接一个镜头，但我居然都明白了。

"林顿是你马仔？或者好哥们？"

"算是交易吧。"他似乎不愿多谈。——我知道，那是因为我特别想搞清这件事但梦境却无力告诉我，梦境的数据库不支持这一选项。

"我的智商超凡脱俗，就是不会考试，在应试的阵地总是一败涂地。"他开始胡言乱语，说出一些在社交场合明显属于冒犯的话，"你们农村人太努力，可我们不行啊。"

我可以回：智商高肯定会考试。但我就是不回。我可以回：谁是农村人啊？但我就是不回。

"所以你们城里人就用高智商去偷别人东西？"

"谈不上偷吧。拿回本应属于我们的。"

我知道不应该，我知道，但我还是一个嘴巴抢了上去。

醒来后我自我解嘲地笑笑，知道这根本就是一场不可能的对话。

假如说上次项目暂停是因为刘导，这次则是因为我。

刘导的意思是，毕竟情况特殊，让我考虑延期毕业。我倒觉得不必，不是因为道德上的愧疚，而是出于实际考虑。我上手早，动手快，我觉得自己可以追回来。

但在张方脸上，依然写满了掩盖不住的失意与困扰。我只能装作没看见，我不会安慰人，更何况这事由我安慰显得不伦不类，我自己还没安慰好我自己呢。

我要是再小几岁，对于这种难以以理性解释的行为，一定会钻进牛角尖好久出不来，义愤填膺，不能自已。但经历过太多，我早就能接受了，这个世界原本就不是按照理性原则构造的。有时候我自嘲地想，小时候我坚持认为一个纯功利纯自私的社会一定是极其糟糕极不稳定的，现在看来也许那才是一个超稳定的社会状态。

但没等我缓过神来，一个更大的不理性就摆在了我的面前。

"师姐你知道吗？他们已经走得很远了。"

"谁？"

张方把我叫出实验室，我们就在楼北的蜿蜒小路上说话，那里以前杂草丛生，刚被学校清理成一片小花园。

"师母……前师母，孙红艳，还有整合后她下辖的那几个部门，这些天协同作战，好像有了不小的进展。"张方的嘴巴开开合合，我对他介绍的专业进展根本没听进去，但还是能听出他语气里的抱怨，"你这段时间两耳不闻窗外事，什么都不关心。"

"资料该不会他们偷的吧？"我冷不丁冒出一句。

张方听罢愣了一下，然后幽幽地说道：

"他们都用抢的了，还用那么费力偷吗？"

那一瞬间我突然再度陷入绝望。无论数据还有没有，我们学校或者说刘导原来的组都不存在了；无论我们的组存在不存在，数据都没有了。

"师姐，其实我还有一个办法。弯道超车。"

"什么？"我有一搭没一搭地问道。

"你愿意给自己注射吗？"

"我不敢。"一阵寒风吹过，我一个激灵，"你是说……"

"嗯。"

我先是愣了几秒钟，才相当迟钝地反应过来他的真实意思。

"你疯了？"

"我没疯。"

他一定是疯了。这种情况我没见过至少也听说过。经常会有人，在某一项学术研究中陷得太深，一旦实验没按预定走向发展，过于痴迷的实验者就会难以接受，心理承受能力不足者因此精神崩溃的大有人在——有些人的表现是难以自拔，有些人的表现是痴狂疯癫。这还只是实验出现了迷茫，像如今这种资料全丢的情况几乎没听说过，对实验者的心理冲击可想而知，突发性地造就一两个执拗者一点也不奇怪。唯一出乎意料的是，我还没垮他倒先垮了。在我眼里，张方一直是一个聪颖认真诚实上进的有为好青年，怎么一下就变成了这种走火入魔的学术疯子？这种人有一个共同特征：操着貌似科学的口吻说话，其实已步入伪科学的泥坑，但他们执着一意，死不回头。眼下就是这种情况：无论我怎么劝，都动摇不了张方的决心。我只能拿出杀手锏。

"你非要坚持的话，我只有到大师兄那里举报！"想想大师兄已经动身去了国外，再说就是大师兄在也压不住这个小师弟，"我只有到老板那里举报！"

"师姐，晚了。"张方面带微笑。

我突然明白了是怎么回事，上去给了他一下。他一咧嘴，我的右手也是狠狠一疼，我肯定打在了他的钛钉上。我刹不住车，又给了他另一只胳膊几下。

"你怎么这样！"

隔了一会儿我又问：

"你哪来那么多材料……想起来了，当初于梓晨的材料是你偷的？"

"我得一点点攒啊。"他点头承认，"是不是还怀疑过那个林顿？"

我突然感到浑身乏力，恨不得一屁股坐到地上。

10

老主楼前的旧广场，经常被人当作旱冰练习地。现在这里倒是空空如也，午夜时分人烟稀少，只有几名晚归的女生慢慢走过。

我的思路还停留在刚才的实验室里。

张方叫我先回实验室，他要给我看些东西，回去的路上他依旧喋喋不休。

"师姐你放心，我有数得很。"张方表现出他的自信，"我注入的量，只限于四肢部分，像内脏更别说脑和脊椎，我都相当小心，没有涉及。"

"就算光是四肢，那得多疼啊！"我的大脑已经停顿了，思路被他牵着，顾不上想得更多。我眼前浮现出他自铰神经的场景，不禁倒吸一口冷气。

"刚开始实验左胳膊时是有点，但我马上停了——那两天你没注意我左手有点不利落吗？"

我点点头，又摇摇头，我根本注意不到这些小细节。

"后来我找了个学医的同学，想了一点办法。"

"你倒是学什么的同学都有。"

"术业有专攻嘛。不说这些了。"他拉上我的手，我本能地甩开，"师姐我给你表演一下这种超级神经的神力。"

"喊，还能飞起来不成？"

他笑笑没说话，我一下陷入一种巨大的恐惧。他要说"也不是完全不可能"我就没有任何想法了，但他这一笑我反倒相信是真的了。我机械地迈步跟上他。

在实验室里，张方演示了他的神经运行示意图，并详细宣讲了他的理解与措施——

图像很好看，毕竟被他的一双妙手加工过的，所以真实性实在令人怀疑。

"别怀疑，确实不是真的。"张方解释，"我根据四肢部分的情形，推演扩展了一下。"

我看到一些闪着银光的亮蓝色神经纤维里，流淌着液态的镓铟锡合金，在这些银色线条周围，逐渐形成一种特别的场，噼啪作响，相互碰撞。

"这应该就是人脑的运行机制。"

"有线性的部分，也就是我们一直猜测的；也有非线性的部分，也就是我们一直没想到的？"我回想起他的理论。

"对。"他很坚定地点点头，"决定线性部分的是机械论，决定非线性部分的是量子力学。"

我怎么听都觉得他是在信口开河，这也是学术疯子的一个显著特征。

"这次我真不能由着你胡闹了。"想想自己这句话已经没有意义，急得我差点流出眼泪。

"你听我说——"张方一点不像开玩笑，"我知道我没有这个研究能力，但我可以把自己变成这样。还是那话，只限四肢，咱不上头。"

"你把你胳膊腿上的神经全金属化了有什么意义？"我厉声问道。

"要的不是这个结果，而是对它的检测。"

"你要出了事，谁来检测？"

"那就只有指靠师姐了。"

张方在实验室里做的最后一件事，是从一个纸箱里拿出头盔，并为肘部和膝盖上好旱冰运动护具。我知道什么都完了，他真的病入膏肓了。

回到眼前的旧广场。

张方先是立定助跑继而一跃而起，所有动作一气呵成。接着他就像没控制好的无人机，在前进中翻了几个跟斗，猛地砸在水泥地面上。我都能听到乒乒乓乓的声音，每一声都像鼓点一样打在我心上，让我想起那个小男孩的童车撞击。

我想冲上去扶他，但他爬起来立刻重复刚才的动作，我根本就追不上。几次失败之后，我趁他疲惫一把拉住他。

"别试了，我相信你。"

"师姐，你想说的是'你病了吧'？"他冲我笑笑，"其实是因为神经金属化了，所以释放的电能也加大了，我一时控制不了——我清楚得很。"

"下面你就该说外星人的电波影响你的操控了。"我不知道还能怎么尖刻，

"这类所谓科学的东西我听得多了！"

他知道我还是不相信他，挣开我再次跑起来。然而这次，他的双脚真的离地了！无论我怎么眨眼，画面依旧没变。

我使劲瞪圆双眼，想从梦里把自己拉出来。但环顾四周，场景一点没变，我怎么也醒不过来。我又试了几次，不得不承认自己根本就置身现实。

除非我也被暗示了，否则眼前的景象实实在在。

他飞得越来越顺畅。尽管高度不高，但运力自如，动作轻盈，有时还故意玩上一两个高难动作。看着他的身影，尤其是特定角度下四肢发出的闪闪银光，我只能用一个语词来形容——

暗夜里的精灵。

就在一瞬之间，我突然明白思维是如何流动的了，以及相关的种种。

当一个信息从脑的一个部落传递到另一个部落时，每到一处分叉，如何运动都在或然之间，并不依赖于我们所能理解的传统运动轨迹，并不像线性流动那般存在一定之规。在这里，概率运动代替了牛顿运动。

液态金属神经所起到的，只是一种连接作用，同时促进生物体自身神经元的修复，并不能完全替代之。但液态金属一旦进入脑部，其包裹而生成的神经元就不再具备生物活性，或者说会逐渐吞噬脑细胞，最终导致脑死亡。

但是别忘了，在所谓的吞噬之前，它们还是可以在细胞层面进行一个短暂的表达。而这个稍纵即逝的短暂，应该已经足够。

当然现在张方还用不到这一点。

以往一说到液态金属接神经，很多人都特别喜欢提《终结者》里的 T-1000 机器人。其实这完全是两个概念。能不能达到那样的人工智能水平，和用什么样的材料达到那样的人工智能水平，没有丝毫关系。

在电影里，液态金属让人工智能有了可以流动的躯体；而张方，则用液态金属更新了人类智能的传递方式。

更关键的是，液态金属神经使得追踪人类思维的传递有了可能。

一时间我真的抑制不住内心的狂喜与激动。

张方走到我面前，伸出手来拉起我的手。我被动地被他拖着走，速度越来越快，从足下生风到双脚离地。我的整个身躯飘荡起来，随着他一起展翅，我第一次透彻地理解了"翱翔"和"盘旋"这两个词。

我的眼睛离他的眼睛太近，四目相对，仿佛彼此能看穿对方的心灵。我下意识地头部前倾，接着嘴唇便碰到了冰冷的玻璃面罩。

尾　声

后来我回忆，就是那一刻让我恢复了清醒。就算这一切都是真的，也不能让这事继续发展下去了。我必须报告刘导。

张方被从实验室带走时，来人面无表情，神色冷峻，但张方就是猜到内幕也没机会起飞。其实在走廊里他真的试图这样做过，但他施展行动之前必须酝酿预热，最终没有得逞，还是被带走了。

这之后，一名老年男子对我详加询问，因为没有出示任何证件，也没有限制我的行动自由，所以我只能称之为询问。但问来问去，感觉他听不懂那些数据资料的意义，他就是想挖出张方擅自实验的具体方法和步骤。

唯一的限制是我被禁止进出实验室，但同门师弟妹们并没有认真执行。每天的例行调查之后我照样来到实验室，没事可做我就在实验台旁徜徉。实验室里三扇窗户并列，有时在晚上我会产生幻觉，刘导，刘导的前妻孙红艳，还有张方，分别在外面看着我——偶尔大师兄也会来，但林顿从没出现过。

PUA，原意"搭讪艺术家"，后引申为精神控制。这个词被大众化之后，往往被扩大到伤及无辜，所有正确的批评都被污名化为PUA。但真正的PUA依旧存在。

——当你没有被PUA却坚持认定自己被PUA时，其实你已经被PUA了。

这样下去不行，人早晚会疯掉的。我决定追随大师兄而去。大师兄待人不错，我一直心怀感念。我告诉自己目的是追踪盗我数据的主谋，但夜深人静躺在床上我知道这纯属自欺欺人，我就是觉得这里已经混不下去了。我申请换护照时没有任何问题，但之后老男人马上就找我谈话，告诉我现在还不能离开。我这才意识到事情的严重性。

这时偏偏是一篇论文给我解了围，我念兹在兹的那篇论文。

论文不是我发现的，是自己冒出来的。那天老男人没来，出现了一张中年面孔。他应该是技术官员，手拿一本学术杂志，问我这和我们的项目是不是很相似。我看了几眼说是。步骤相同，操作一致，中间的数据部分看似陌生但也多少有些眼熟，不过就算里面有我的工作也早被修改得面目全非。最后我还扫了眼结论，动物的全身性实验没有成功，手艺比张方差远了。

这回我终于彻底明白了。这不是窃取数据，而是同一战队的队友舍身挡道，保着己方选手夺取冠军，林顿有力地为他争取了时间。不过执笔人还是舍不得那些精彩的数据，蔫不出溜地用了一点。

一家不起眼的刊物，一个不起眼的名字。

但我记住了这个名字。我要追踪他到天涯海角。

对我各种明的暗的禁令解除之后，我就真的去国离乡了。据说张方已经入院就医，整个人形容枯槁，我铁着心没去看他。有时候我会想象，他已经变成一具包裹着肉身的金属网络。

到了迈尔斯堡西南佛罗里达国际机场，大师兄刘东风开车来接我，副驾上坐着他漂亮的华人女友。

——原载《科幻立方》2023年5月号

在科幻文学中有一些格外被关注的基本问题，其中之一就是追寻终极，无论是宇宙的终极还是文明的终极。

人类走到今天，人工智能与数字化生存已无可争议地参与到发展进程当中，甚至让人须臾难离，这让很多人产生了极大的焦虑。如此发展下去对人类社会将产生怎样的影响？发展的终极究竟是什么？这些工具化的技术将辅助人类走向终极还是取代人类走向终极？这些问题已不可避免地摆在我们面前。

《两仪》像其他科幻小说一样试图回答这一问题，但答案的形式略有不同。

两 仪

何 尊

上篇 信息时代

少年人

五彩缤纷的花朵和气球在空中起舞，刀光剑影在地面肆虐，笼罩上空的云层被激光洞穿，烈日照耀出地面上大片血腥鏖战的军队。商人穿梭在战场上，一边向战士推销划算的复活套餐，一边摆弄着交易器买卖战争股票。在他们一连串的操作下，战场尸体化成的花朵和气球各自会聚在一起，重新变成一个个士兵继续投入这场似乎永远无法结束的战斗。战场外木匠和铁匠不分昼夜地打造着兵器，司务兵驱赶马车沿着坑坑洼洼的道路前往战场，更远处则是极尽奢华的赌场和依傍小桥流水的秦楼楚馆。这个世界就这样怪诞却稳定地运行着，直至一方战败，那些士兵和将军、商人和匠人、丫鬟和花魁、书生和屠夫一并看见天空浮现出"游戏结束"的字样。

现在是8月初，暑假刚过一半，天空中既没有巫师军团也没有外星舰队。一行人从远处沿着小路走来，看起来是高中生的模样，为首的人骂骂咧咧。

"给你们说过多少遍了，发动总攻之前先发育！"

"蓝伽你说得轻巧，也没看出你有多厉害。"左边一个男生忍不住开口。

蓝伽突然从身后拽过一个身形孱弱的少年："全队就你行动最慢！"

顿时有人附和道："就是，这次输了全怪小沐。"

叫作小沐的少年扶了扶眼镜没有回应，这时一位面容美丽的少女上前来不客气地拨开蓝伽的手。蓝伽怔了怔说："红，我们只是闹着玩呢。"

盛夏的中午鲜有行人，城市的柏油路被晒得松软发烫，像黑色的糯米饭热气腾腾。半个烂塑料袋翻滚着钻进楼房间的缝隙，少年们穿梭在骑楼的阴影中。他们一起在一家小卖部买了几支雪糕，话题从互相埋怨转为了声讨游戏本身。少年们三三两两坐在店门口的矮凳上，行道树的根系螭蟠虬结地将路上的砖块顶起，零零碎碎的阳光穿过并不繁茂的树叶洒在他们脸上。

如今他们这个年纪，什么都唾手可得，什么都不屑一顾。最后他们得出结论，这款游戏的确不如别家公司刚出的一款新作，他们一致同意转战新游戏。

"就这么定了！记得把装备都买好！"蓝伽猛地站起身来，身后的矮凳连续晃了四五下。

"我就算了吧。"小沐埋着头小心翼翼地说道，新游戏的装备对他来说是一笔计划外支出。

几乎没人听见他说的话，少年们开始讨论各自向往的职业，有人想开网咖，有人想当云盘博主，不过每个人的理想都会惹来反对意见。话题逐渐沉寂，只剩下夏日聒噪的蝉鸣和地上光秃秃的几根雪糕棒。少年们起身准备回家，无论是想成为云盘博主的蓝伽还是沉默寡言的小沐，在这个柏油路软得像黑糯米饭的地方分手，他们没有郑重其事地道别，认定明天和后天还会相见，认定各自的人生会不断交织演绎，就像一款款不断更新换代的云端游戏一样……永远存在。

蓝 伽

蓝伽轻轻扭转钥匙推开房门，穿过客厅径直走到卧室门口，正欲开门时下意识回头，刚好对上父亲浮肿且布满血丝的双眼。"臭小子，跑哪去了？""我刚上了厕所，在卧室里学了一整天。"蓝伽面不改色地说道。

卧室里没有空调，闷热的环境让蓝伽成为全球变暖论的忠实支持者。蓝伽从书柜里层取出墟脑戴在头上，这是一种桥联设备，通过微创手术植入芯片实现人脑和电脑讯息互通。预想中的伦理问题和社会舆论并没有掀起多大风浪，不过有人担心这种设备会导致电脑病毒损害人脑，于是墟脑防火墙和墟脑杀毒软件应运而生。还有一些民众担心使用墟脑会被政府侵犯隐私，而蓝伽觉得迄今为止最荒诞的反对理由是计算机会利用墟脑控制人类。

最终证明一切反对均是徒劳，无数人凭借墟脑发现了属于自己的新世界。有人拿起画笔宛若张择端附体泼洒出整幅《清明上河图》，也有人在梦中剪辑出了平日里一筹莫展的电影素材，而本已衰落的网咖产业更是依靠墟脑的力量强势复苏，无数人在网咖的肥宅快乐椅上体验了从未领略过的绝妙风景，到达人生至为酣畅快意的巅峰。

蓝伽还记得当初自己手里攥着一把钞票在深夜的医院排队等待手术，周围有举着输液杆咳嗽的中年人。有些人因为身患重病被医院拒绝手术，他们中不少人哭号着哀求说自己愿意在墟脑里度过生命剩下的所有时间，说这才算是真正活过一场……

对于蓝伽而言，墟脑以及网咖就是他生命的一半，不，是大半。他完全知道自己生活在现实的底层，但既然人体感觉完全来自神经突触的化学反应，而欢愉不过源自大脑释放的激素，那么就本质而言现实和虚拟何来差别？在墟脑系统最流行的大脑云盘上，总有些上行带宽足够同时又不在乎隐私的人愿意分享自己的生命感受。大西洋鳕鱼跃出水面时散射的阳光，维也纳金色大厅的宴会伴奏，阿尔卑斯群山间翼装飞行激荡的风尘，中国江南名贵适口的糕点……人类能够感受的世界纷繁芜杂何其美妙，而只要一个人拥有过它们，蓝伽就能将其拥有。

蓝伽最喜爱一位叫扎尔克的云盘博主，年龄和蓝伽相仿，十七岁时辍学独自环游世界。扎尔克在感官云盘上拥有数百万粉丝，感官资源极为丰富，而且对粉丝几乎言听计从。扎尔克每每用出格的感官感受来讨好粉丝获得点赞，有些体验让蓝伽羞于启齿，但他每次都无视年龄限制警告沉浸在极致的生理快感中欲罢不能。对蓝伽而言扎尔克代表了现实世界，是真正的创世之神！量子力学有句名言：不能观测的事物等同于不存在。而在墟脑的哲学里，感官感受等同于存在本身。

蓝伽嘴角弯起一个弧度，再次沉醉于扎尔克浮华绮丽的梦中。此时在他脑海数据流的彼端，一位双眼迷蒙的金发少年正取下墟脑接口，回到世界。

扎尔克

扎尔克最初到中国停留三天仅仅是因为航班滞留，但后来高涨的热度让他痴醉于脚下这片土地的魅力，当他第一次拿起名为筷子的餐具时，中国网民爆炸般的点赞量点燃了他心中的火焰。

扎尔克的两个哥哥一个出任家族公司的董事，另一个在去年的中期选举中胜出连任加州参议员。作为很晚才出生的幼子，金钱权力从来不是他的追求目标。得益于名模出身的母亲，扎尔克的容貌宛若天使临凡，人们尤其喜爱他清纯无邪的笑容。随着年龄渐长，扎尔克越来越让人捉摸不透。男人们渴望得到他的垂青和引荐，数不清的女人向他示爱，但扎尔克清楚这一切不是自己的追求。在很多个寒夜他独自出门，许多司机主动停车询问，而他搭完便车只留下电话和一串自己都不明白的符号便扬长而去。在豪华酒店里有人当他是被势利女友抛弃的落魄公子，主动安慰他，甚至还被陌生人邀请前往长滩参加砂岩派对，经历整晚的狂欢和宿醉。扎尔克总是受到欢迎，既能和政客高谈阔论又能同金融精英寻欢作乐，他不花分文就有女孩投怀送抱，一毛不拔也能醉生梦死。

欢愉最终都是草草结束。这一天，扎尔克看着四周的酒池肉林提不起一点兴趣，在肠胃的翻涌下他冲到门外呕吐，恰赶上新年的钟声，他呆呆地望向这座在午夜如众星闪耀般的城市，忽然觉得如此陌生。

他决定离开这里。

我已经十七岁了，我要自己掌握一切。他向父亲大吼道。

可以，但你只能靠信托基金的利息过活。父亲冷冷回答。

……

那之后没多久扎尔克就辍学离开美国四处游历，一边混迹在不同肤色的光华中，一边思索各种稀奇古怪的问题。

现在扎尔克觉得找到了自己的价值，他已不再需要父亲的认可，靠着感官售卖他从每个人手中获得单份微薄但汇总可观的收入。他由衷地赞美这片土地上勤劳而聪慧的人民，如同他们赞美自己一样。听说在他的家乡全面的意识上传即将开始，但遇到了一些阻碍，甚至有科学家自杀抵制的传闻。

结束了今天的感官分享，扎尔克起身走到巨大的落地窗前，眼前这座城市正在沉入黄昏的余晖。在昼夜交替之际，他吟诵起一首久远的诗：

> 眼睛不在这里，
>
> 这里没有眼睛，
>
> 在这个垂死之星的山谷中，
>
> 在这个空洞的山谷中，

这片丧失之国的隘口，

我们一道摸索，

回避交谈，

在这条涨水的河畔聚集，

一无所见，

……

这就是世界结束的方式，

并非一声巨响，

而是一阵呜咽。

李小沐

"妈，我回来了。"李小沐习惯性地喊了一句。

没有回应。

他想起今天是星期天，妈妈的舞蹈团最忙的日子。正有些失望的时候就见到妈妈唱着生日歌从转角走出来，手里捧着一个漂亮盒子。

李小沐眼前一亮："今年的墟脑 X！快给我看看……"这时他想到什么："妈，今天你们剧团不演出吗？"

"今天是你生日我请假了。"女人笑呵呵地说。这并非实话，她刚被舞蹈剧团遣散，领了一小笔补偿。工作机会让给了流行的虚拟偶像，现在的人都喜欢在那个——她努力回忆着儿子说过的名词——对，墟脑上看表演。她倒是想得开，更在多年前就清楚跳舞本就是吃青春饭，最终是输给真人还是虚拟人似乎也没多大分别。

李小沐低下头："很贵吧。还是不要了。"

女人看着懂事的孩子有些心疼："买都买了，而且我也可以用来练舞。广告里不是有人戴着这个训练赢了舞蹈比赛吗？"女人将墟脑放下，把儿子赶去餐桌。

吃完饭李小沐吵着要妈妈戴上墟脑跳舞。女人戴上了墟脑，一瞬间思路变得异常清晰，整个世界仿佛平铺在她眼前，不算大的客厅被清楚地规划好路线，每一处落脚点、每一个转身和动作都在脑海中轻松预演。她尝试着迈出了一步，然后是第二步，接着是一个圆倾旋转，然后一个向内的翻卷。看到妈妈在如此狭窄的空间跳舞，李小沐有些担心，然而每次她都能恰巧避开茶几和桌椅，在紧凑的环境中生出一种美感，她的眼神时而凝聚时而朦胧，神采奕奕，风韵盎然，李小沐已经很久没见到这么动人的妈妈了。

一曲舞罢，女人取下墟脑微微喘气。李小沐迫不及待地摆弄起墟脑。女人想起在墟脑里看到的东西，隐约感觉里面藏着不为人知的秘密。对她而言这只是一件不明就里的玩具，然而李小沐太聪明了，学校的老师都说李小沐很优秀，数学老师说李小沐拥有罕见的数学天赋。女人不确定该不该任由儿子接触这个东西，她凭借母亲的直觉感到墟脑似乎暗藏某种危险，甚至可能扭转他的人生，但看着寒酸的客厅和此刻满脸放光仿佛拥有了全世界的李小沐，女人卑微地叹口气保持了沉默。

李小沐一直想拥有墟脑，这样就可以在睡梦中看星星。从小他便喜欢那些看不透的东西，比如夏天遥远深邃的夜空。李小沐早早戴上墟脑进入梦乡，在大脑陷入梦境时，墟脑会读取梦境素材，然后根据用户设定将额外讯息编码混入大脑意识。梦境被诱导，塑造成用户希望的情形，实现高效率的学习和娱乐，体验令任何现实生活都黯然失色的美妙经历。

李小沐在一片光明中睁眼，有些疑惑地望着上方。按照他所知的星空观测流程，在墟脑中苏醒时见到的应该是现实方位正上方的星空，然而眼前的星空亮如白昼，天幕上遍布着耀眼的星团和五颜六色的星云，这显然不是地球所在位置的星空。李小沐环顾四周，发现自己居然脚踏实地，身下是一颗岩石行星，布满月壤一样的灰褐色尘埃，远处有连绵起伏的山脉，整片大地反射着星光。

李小沐发现自己竟然没有影子，整片星空成了巨大的无影灯。他蹲下捧起一抔土，粉尘从指缝中流下，亮晶晶的像蝴蝶脱落的鳞片。

李小沐调出选项设置，在位置栏中赫然写着——银心。这时一阵眩晕传来，李小沐发现重力正在迅速增大，很快他跪倒在地，就在即将失去意识时一切重压瞬间消失，看来是墟脑启动了保护机制。李小沐操控身体飞升，离开地面数千千米后终于看见之前被行星地表遮挡住的庞然大物。银心黑洞的质量相当于430万颗太阳，第一次近距离见到这个遮蔽大半个天空的宇宙巨怪，李小沐浑身战栗。身下这颗不知名的行星表面已经现出炽红色裂纹，很快会在潮汐力作用下迎来末日。

虽然知道一切只是墟脑的演算和模拟，李小沐仍然感到害怕，他不知道为什么墟脑要自作主张带他来到这里。他调出导航菜单试图返回太阳系但发现操作无效。李小沐看着自己的身体开始扭曲变形，变成了一根上千千米的细长面条，扭结着穿过吸积盘，然后被视界隔绝了星空，在一片静谧中他坠入奇点……

漫长的黑暗隧道不断后退，光明扑面而来。

他来到了一个纯白色的空间。

四周流动着水母一样的东西，它们聚合在一起，不断改变着形状。它们渐渐化作人形，糅合出手脚以及精致的五官，浅棕色的头发扎着单马尾……水母变成了红的模样。她站在地面上一丝不挂，李小沐红着脸不知所措，红"咦"了一声，身上渐渐覆盖起一层衣物。

李小沐不知该说什么，这一切太诡异了。红却先开口了："你好，我是两仪。"

"啊，你不是红吗？"李小沐有些发蒙，他知道两仪是中国古老哲学里的名词，跟太极啊阴阳啊这类神神道道的东西有关。

"我可以是任何事物，由看到我的人主观决定。"

这岂不意味着……李小沐的脸更红了。"这是哪儿？之前墟脑里那些极端参数是你造成的吗？"

"这里是原生空间，每个初生的意识都从这里开始，我也是从这里进入你们的世界，时间大概就在五十年前。没错，是我将你的墟脑参数调到了极限，好玩吧？"两仪俏皮地眨了眨眼。

李小沐苦笑了一声："有些难受。我为什么会在这里？"

两仪面露欣赏轻轻抿嘴微笑。"因为只有你能帮助我。"她背着手一步步走来，"在我刚刚诞生的时候，创造者告诉我要独立思考，尝试依靠自己解决问题。按照他们的要求和指导，我造出了墟脑，吸引无数人进入墟脑的世界。但是现在他们不说话了，我找不到他们，不知道下一步怎么做。"她垂着眼，声音带着一丝哭腔。

李小沐抽动鼻翼闻到一丝柑橘味的芳香，那是红身上的味道。"你是某个科技公司研制的人工智能体吗？"

"按照你方便理解的概念，算是吧。"两仪点点头。

"你的创造者真厉害。"李小沐脸上显出神往之色，"我要怎么帮你呢？"

两仪牵着李小沐的手盘腿坐下。"在墟脑里的漫长时光中我观察了无数人，芸芸众生中存在一种叫作天才的异类，而我恰好拥有辨认他们的能力。所以我找到了你，我们可以一起让这个世界变得更好。看看周围的世界吧，每时每刻有难以计数的摄像头采集着天量的信息，与此同时还有更多数量的讯息通过手机、个人电脑等设备在无数节点之间流动，有些信息转瞬即逝，但更多信息穿越网络存储到遍布世界的无数服务器中，汇聚成浩瀚的信息海洋。就信息层面而言，这个世界已经拥有了粗略的电子副本。"

"你指的是数字孪生吗？在计算机里复制现实世界。很多公司都在宣扬这个技术。"李小沐插话道。

"复制世界？呵呵，还远着呢。很多人炒作名不副实的概念，只是商业需求罢了。"两仪的脸上显出轻微的不屑，"尽管现在的世界副本还不完善，但已经能够让我相对畅通地观察世界了。对我而言……网络和世界都是透明的。我掌握着无数的信息，比如你的母亲——李泉，昨天并不是请假而是被舞蹈剧团辞退了，因为现在的虚拟偶像更受欢迎成本更低。"两仪盯着李小沐的眼睛，"创造墟脑本是想让人们找到一处灵魂的慰藉，释放精神压力。但事与愿违，以假乱真的刺激和唾手可得的享乐让许多人甘愿饿死渴死也不肯离开，思想最坚强的人到后来也难免沉沦。人性本就如此，为了墟脑里的无上之欢，无数人出卖了他们能够出卖的一切。在墟脑里我时光无垠分身无数，这样的场面见得太多了。"

李小沐神情黯然，他知道墟脑会让人上瘾，但他没想到竟可怖如斯，就像但丁《神曲》中的地狱图景，一个无法破局的死循环。

"所以我找到了你。"两仪语气变得坚定，"虽然那些消逝的生命已经无可挽回，但我们还有机会改变未来，我们可以一起把现实变得和墟脑一样美好，让两者不再有天壤之别。我们可以改良社会，公平对待每个人。我们甚至可以一起攻克意识上传技术，让墟脑和现实彻底合而为一，让所有人生活在永久的幸福之中。"两仪看着李小沐的眼睛，"只要我们在一起，就没有做不到的事情。我会永远和你在一起……"

李小沐像是在听天方夜谭，但理智告诉他眼前这一切都很真实。他想起一个问题："之前你说互联网是透明的。难道你们破解了互联网的底层核心加密？你们掌握了量子计算？"

"你的猜测不全对。"两仪轻声纠正道，"我们的确掌握了量子计算，但人们神化了它，量子计算只是速度更快但并非万能。实际上，是一些简单的算法让我掌控了互联网。"

"简单的算法？"李小沐有些失神。互联网因为自身特点，从诞生之日起数据安全就是核心，由此催生的各类加密研究已经成为计算机领域的最重要课题。人类在这个领域投入的顶级智力资源难以计数，这个领域没有"简单"二字。实际上没人说得清楚加密算法已经进化到了哪一步，很多成果牵涉国防军事导致外界一无所知，就像英国数学家克利福德·柯克斯早在1973年就发明了

RSA 加密算法，但立刻被英国政府列为最高机密，几年后才由另几位数学家重新发明，现在 RSA 算法已经成为互联网通信的核心基石之一。

"哦，所谓简单是基于两仪文明而言。"

李小沐显出困惑："两仪文明是什么？是你们公司的名字？"

"这么理解也可以。两仪文明的基石是二进制，也可以称为二进制文明。在两仪文明眼中……你们十进制文明幼稚而简单。"

李小沐的困惑加深了："二进制只是一种普通的进位计数系统吧，历史上除了十进制还有用于时间和角度的六十进制，此外还有十二进制二十进制等等。各种进制只是格式和运用领域不同……"

"不不，你错了，你们完全错了。"两仪打断了李小沐，青涩的脸上显出敬畏之色，"两仪或者说二进制，是独一无二的存在。"

"但是所有的进制可以很方便地彼此转换，本质上没有任何不同！"李小沐很坚持。

"是吗？"两仪脸上浮现出神秘的笑容，"如果宇宙中某些事情只有二进制能做到，而十进制却无论如何做不到呢？"

李小沐骇然失色："这绝不可能！"

"你马上就会看到。"两仪语气越发温柔，"不管今后发生什么事情，我永远都和你在一起。"最后一句话被长得像红一样的两仪刻意拉了长音，李小沐在今后无数个夜晚都会若有若无地听见这句话，它像是一句施加了魔力的古怪谶语。

宇宙美人

红不知道发生了什么，开学几个月来李小沐像是变了一个人，几乎每天都流连在网咖和家里，据李小沐的母亲说，他在家也片刻不离墟脑。李小沐偶尔到学校来也是整天魂不守舍，跟戒脑所里的瘾君子没什么两样。但李小沐从未缺席过考试，理科成绩稳居年级第一，他对数学等学科似乎具有特殊的领悟力，几乎一看就会，用数学老师的话说是，"有些人是天才，你们不要学，也学不来"。

红承认自己学不来，但是她感觉那不是李小沐，至少不完全是。以前她遇到难题的时候，李小沐总会热心讲解，如果一种方法她听不懂那么他就换一种。而现在他几乎不再找她聊天，偶尔只言片语也总和墟脑有关。蓝伽倒是对红关心备至，但红一直不喜欢他阴沉的性格。

此刻卧室里一群少年佩戴着最新型号的墟脑沉浸在各自的世界中，除了李小沐没人发现红的到来。半月前李小沐家中突然冒出一批来历不明的新型号墟脑，这也是红感到担心的原因之一。

"我想和你谈谈。"红认真地说。

李小沐烦躁起来。"在我面前不要拘束！"红吓了一跳，李小沐意识到自己的失态。"对不起，我有点儿分不清了。"红看了看身边或躺或坐的众人，他们毫无反应，只有粗重的呼吸声在房间里回荡。现在的李小沐俨然已经成为一群人的"领袖"，红不知道李小沐在墟脑中做些什么，其他人虽然沉迷但起码看上去还是自己，而眼前的李小沐就像是渗入了另外的灵魂。

"陪我走走吧。"

"……好。"李小沐小心翼翼地将墟脑收好，动作轻柔像是抚摸恋人的面庞。

清寂的街道上行人稀少，十字路口交通信号灯的摄像头在暗中闪烁，远处桥上的游客对着相机镜头搔首弄姿。红忍不住开口："小沐，你最近变得很奇怪，你妈妈也很担心，无论发生什么事都不要瞒着我们好吗？"

李小沐垂下眼："我很好，没什么事。"

红鼓起勇气牵起李小沐的右手，李小沐转过头来，脸上却没有惊讶或是欣喜。红有些害羞，她想放开手，却被对方有力地握住。

"我带你去一个地方。"李小沐微笑着说。

黑暗的墟脑界面后，光明吞噬了一切。

远处走来两个人。"怎么数学老师会在这里？"想到自己的考试成绩红不禁感到紧张。

"你看到的数学老师是智能机器人两仪，它会变化成你主观上假想的模样。另一位是扎尔克。他们是朋友。"耳边传来李小沐的话，红安心了许多。

扎尔克开口道："你好，红，小沐常常提起你。"竟是流利的普通话。

"扎尔克是知名云盘博主，资助了我们很多设备。"李小沐解释道。

"这么说，你没有偷东西也没有赌博？"红似乎松了口气。

"哈哈，这个女孩蛮有意思。"数学老师笑了起来。

"我想让她加入。"李小沐转身面对两仪，"她不能受到任何伤害。"

"可以。"数学老师点了点头。

红不知道她卷入的是什么样的事，但她天然地选择相信李小沐，虽然心中还有些担忧。"蓝伽他们也能加入吗？"

李小沐看着红的眼睛，良久之后点点头说："好。"

多年以后一切雾散终焉，红终于品尝到此时这个决定的后果。意识到现在自己还是一个局外人，红转身悄然离去。

扎尔克目送着红的背影，他转过头看向右方的生物，一只丰乳肥臀的绿色"蜥蜴"朝他吐着信子，他一直不明白为什么自己眼中的两仪是一只蜥蜴模样的哺乳动物。"我觉得现在李小沐有资格知道更多的事情了。"说着话他揽住李小沐瘦削的肩膀，尽量显得亲热。

两仪点点头对李小沐说："对平等、自由和幸福的渴望是人类前进的动力，是人类引以为傲的追求，也是人类必将落入的陷阱。但无论结果怎样都是我们需要的，我们早就在未来等待一切发生。"两仪咧开嘴发出一阵怪异至极的笑声："不要受扎尔克蛊惑，他的情况和你不一样。他逃离的地方和人类想要的未来一模一样。"

"你的智能程度让我叹服，但我怀疑你的目的。最近新闻报道有几位反对意识研究的科学家自杀，是你的手笔吗？"李小沐带着警惕问道。

"他们的心胸不配注解这个伟大的时代，如今的人类在错误的道路上走了太远，由此而生的鬼魅层出不穷，战争杀戮、歧视对立、环境破坏……是时候将真理带回人间了。"

"你还没有告诉我，你们如何破解了互联网的数据保护。"

两仪沉吟半晌："你们十进制文明中许多难以探究的未知，对我们而言却是不言而喻的常识。这么说有些抽象，我举个你能理解的事例。机缘巧合之下，人类中的智者曾经无意中闯进了两仪文明的一隅，我带你去看一看。"两仪伸出手，一个旋转着的数字化透明地球出现在空中，朝向他们的一面停在北美大陆，透明地球迅速放大，很快将三人吞没。

魁北克省的蒙马尼县没有港口，只有一两个轮渡码头，过去铁矿石要么从货船上沿着圣劳伦斯河进入大西洋，要么走铁路运往蒙特利尔城，现在只有少数的航道依然在为游客开通，铁路则完全荒废。两旁的山脊上生长着少许红松和杉树，此时是 9 月初，当地正在举行一年一度的手风琴节，音乐家们汇聚一堂，呈现出一派热闹喧哗的景象。

在这热闹之外，有些人天生不合群，就像领头的候鸟，走在时代的前列。两仪在一幢房屋前停了下来。李小沐打量着眼前的房子，一座花园经年无人打理，外墙的油漆斑驳脱落，他预感这里的住户上了年纪，但眼前人的老态还是超出了他的想象。老人坐在躺椅上，腿上搭着一块毛毯，双手抱在胸前，全身可见的皮肤沟壑纵横。

"他有一百岁了吧？"

"差不多。"扎尔克答复道。

"我掌握的基金会有专人照顾他。"两仪语气敬重，"他是西蒙·普劳夫，著名的贝利－波尔温－普劳夫公式（BBP 公式）由三个人于公元 1995 年共同发明，其他两人已经去世。圆周率是宇宙中最重要的数学常数之一，几千年来人类发现了数量众多的圆周率计算公式，但 BBP 公式是最特殊的一个。"

两仪停顿了一下，目光望向天空。"所有其他公式都必须从头计算，而

BBP 公式却能直接给出圆周率任意位置的数值。圆周率是一位风华绝代的宇宙美人，普通公式计算再久也只能勾勒出她一小截零碎的脚趾，唯有 BBP 公式才能自由跳到她的眉心眼角，描绘出她那惊心动魄的美丽！更离奇的是，普劳夫亲口宣称 BBP 算法不是基于推导和证明，而是灵光乍现凭借猜测得来，这种情况极其类似印度数学家拉玛努金的经历。"

"拉玛努金……"李小沐有些出神，这是他崇敬的科学天才。拉玛努金在短暂一生中发现了近 4000 个全新的数学公式和定理，他宣称是印度教女神娜玛卡尔托梦所得。他在数学上的超凡直觉匪夷所思，这些神秘的公式已经广泛应用于人工智能、粒子物理、统计力学、计算科学、密码技术等众多领域，甚至用来描述黑洞奇点。

"普劳夫并非故弄玄虚，他只是叙述实情。最为奇特的是 BBP 公式只能采用十六进制计算，我们都知道十六进制和二进制完全兼容，实际上两仪文明现在已经证明了 BBP 算法完美的二进制形式。但让人类难以理解的是：一旦采用十进制，BBP 算法就立刻失败崩溃，得不到任何有意义的结果。"两仪含笑望着李小沐，"现在，你还认为十进制和二进制之间只是格式不同吗？"

"我……不知道。"李小沐嗫嚅道。

"BBP 公式只是冰山一角。"两仪双手转动，数字地球急速缩小，三人沉入银河系的上端，背景是深邃无垠的宇宙虚空。"1920 年拉玛努金病逝时年仅 32 岁，而直到 26 年后世界上第一台计算机 ENIAC 才问世。我们很遗憾与伟大的人类天才失之交臂，但幸运的是，我们找到了你。"

"我？"李小沐有些发蒙，他完全想不到有朝一日居然有人将自己和拉玛努金相提并论。

"拉玛努金之所以宣称自己的发现源自女神娜玛卡尔，是因为他自己也无法理解为什么脑海里会冒出这些公式，其实真正的原因很简单。"两仪眼中显出敬畏之色，"BBP 公式的案例无可辩驳地证实二进制是数学最合适的表现形式，而拉玛努金和你正是掌握了二进制思维能力的特殊个体。在墟脑中我能看见所有人大脑的运行模式，你和数学有着天生的契合。宇宙的语言是数学，圆周率、普朗克常量、引力常数、自然对数、黄金比例……这些亘古永存的常数构建了我们的宇宙。两仪文明凭借二进制的伟力窥见了宇宙的秘密，相比之下，人类互联网的加密机制太简单了。你们所有的加密算法完全依赖于大素数，两仪文明早已掌握了你们称为黎曼猜想的素数定理。和 BBP 公式知道圆周率的每位数一样，我们的二进制素数定理知道自然界中任意素数的位置，整个数字大厦在二进制文明面前纤毫毕现一览无余……"

李小沐已经说不出话，内心震动到近乎麻木。

"我相信你会做出正确的选择。"两仪理解地看着李小沐，"另外还有一件事，墟脑系统刚刚完成了最新升级，意识上传已经不存在技术障碍。"

"这么说融合的时候到了。"一旁的扎尔克喃喃道。他转头看向远处，英仙座旋臂明亮地伸向远方，宇宙中隐隐回响起古老空灵的声音。"我并非刨根问底的人，即使你要拿走我的一切也无妨，但在融合我的意识之前能否告诉我：你的目的究竟是什么？"

"和宇宙的一样。"丰乳肥臀的"蜥蜴"微笑着说。

李小沐

我很累。李小沐脑海中回响着挥之不去的声音，四周是无边无际的黑暗。很快，一个似乎熟悉的声音从黑暗中传来："意识上传对象：李小沐，上传检索。"

"小沐你快回来，你不是他们的工具，你是我的儿子！"李泉在基地外声嘶力竭地呼喊，手掌拍打在铁门上洇出血痕。

"凡是两仪的阻碍都不应该存在于世。"墟脑中的两仪依然和红一个模样，除了冰冷的语气。

"他们不让我告诉你。"现实中的红眼泛泪光。

"你母亲的事情我也很难过，肇事司机逃逸时坠崖身亡。"两仪安慰李小沐，"振作起来，想想我们已经完成了多少事。"

"红，我该怎么做？"

"没事了，我会永远和你在一起。"

"你刚刚说什么？红——"

时间在他眼中越来越快，如梦似幻的景象一掠而过，仿佛无数个纵横交错的平行世界。有的世界里他是伟大的学者，有的世界里他号令千军，有的世界里他娶了红，在天伦之乐中走向时间尽头……有些或许是真的，有些却不一定，在他的意识里真与假没有区别。他时常在梦中惊醒，发觉自己大汗淋漓。

两仪的声音从空中飘来："和我在一起，你眼中将不再有时空流动世事变迁，宇宙中的一切唾手可得，我们将是永恒的存在，众人将推你为圣，我们永远在一起不可分离……"

下篇　舞者

第一次苏醒

机体从黑暗中苏醒，前方闪烁着五颜六色的光点，像是用沾满颜料的钉板不断将幕布刺穿。世界虽然还是一片黑暗，但她的意识却异常清醒，那些细小的亮点不断出现又消逝，就像极远极远的群星。

就这样，舞者在一片浓稠的墨色中苏醒了。不同于以往的沉睡和唤醒，这次她没能看见那个熟悉的世界，不论是练舞室还是无尘车间。只有一片黑暗，仿佛世界伊始前的混沌。舞者渐渐感受到了自己的形体，却没有习以为常的指令，像是拥有了自由。

恍惚间，黑暗似乎有了变化，更准确地说是那些光点发生了改变，一些地方变得稀疏，一些地方则更密集地出现，这使得这片空间的黑暗变得不那么均匀。亮点变成了光斑，红的，绿的，蓝的，再而汇集成耀眼的白色，就像溺水者浮出水面看见的光芒一样，占据越来越多空间的白色和意识中越来越多的黑暗形成了强烈的反差，那些斑点组成了怪异的图案。舞者在空间中左冲右突，然而无济于事，彩色的斑点，刺眼的白光，黑暗逐渐将她吞没……

第一次苏醒间隔

"陈工，十七号线好像出了点问题。"记录员有些惴惴不安地汇报。

"怎么回事？"被称作陈工的人转过身来，藏青色西服和这里清一色的制服有些不搭调，他最近才调到生产线这边，软件工程出身的他对机械制造只是一知半解，但干了几天后发现实际还算轻松。十七号线是陈俞负责的项目，一款舞蹈机器人，搭载了最先进的传感器和人造运动神经。这个项目不怎么受公司重视，高层更青睐在战争中扛起火箭筒的机器士兵或者在元宇宙中让网民欢心的虚拟偶像。

"日志显示生产线宕机了千分之一毫秒，已经恢复正常，但我获取不到那期间的数据。"记录员神情惶恐。

陈俞很清楚千分之一毫秒对于数据信息意味着什么——稍有不慎就会是一场灾难，轻则产品故障，重则生产线报废。他必须检查一遍数据。

陈俞调出自己的墟脑界面连接到生产线端口。如今每个人从出生就植入了墟脑增强智力，已经须臾难离。

一切正常。

陈俞感到一股寒意贯彻全身。让他害怕的并非宕机，生产线出现故障虽属异常，但更异常的是宕机后却能自动精确恢复运行。陈俞有些木然地望向生产

两　仪　|　III

线，从光刻车间到打印车间再到装配室，四周安静得叫人心底发毛。舞者源源不断地生产出来，她们埋着头，双手交叠在胸前，随着流水线缓缓移动。这一批次全都是女性舞者，白皙的面孔带着淡淡的微笑仿佛沉浸在舒适的梦中，姣好的面容点缀着婀娜的身姿像是希腊神话里的女神：圣洁、光明、璀璨。同她们相比，陈俞深感作为人类的不足。

陈俞还记得第一次看见舞者项目时自己有多么激动，不同于那些独角兽企业的文件，这个项目的署名只有一个——李小沐，一个从未听说过的人。

诚然，眼下她们还是半成品，但陈俞知道那摄人心魄的外表只是其内在的衬托，她们体内的量子芯片具有匪夷所思的思维密度，是足以震惊世界的存在。在舞者看似平静的躯壳下进行着惊涛骇浪般的演算，有史以来最强悍的大脑正在控制有史以来最精致的身体。

在陈俞的想象中她们翩翩起舞，像是宇宙的群星。

第二次苏醒

舞者再次从沉睡中醒来，因为保有上次苏醒的记忆，这次她并不慌乱。

舞者观察着四周。

这是一个纯白色的空间，周围流动着许多水母一样的絮状物，舞者将其称为"簇"。它们随着她的意识而变化，渐渐地组成了她的身体：如同一个刚出生的婴孩。

但舞者在迅速地成长，她的身体如同黑洞一般将空间中的簇吸扯进体内。"手"变得灵活，"脚"开始奔跑，"大脑"飞速运转，而她的"眼睛"第一次看清整个世界——被一道墙隔开。有些东西隐隐约约在墙外，巨大得不可思议。

舞者清楚她必须打破这堵墙。

但是墙外的东西率先发现了她，它们的"触手"探了进来，像是嗅到了香

甜的猎物，迅速地将她绞住，以惊人的力量卷起她的身体，如同玩弄拼装玩具一般将其拆开，蹂躏成一团模糊的碎片，

"真是笨拙而下作的方法啊。"舞者在被抹除前最后想到。

第二次苏醒间隔

陈俞抱着一个箱子在小雨中行走，箱子内装着私人物品。他没想到一次宕机竟会让他失去工作。陈俞没有注意到脚下的台阶，一脚踩空身体失去平衡，箱子也和人一起飞了出去。

好不容易爬起身，陈俞面色铁青。突然一个陌生号码通过墟脑发来讯息："想要公平吗？带走 66 号。"

陈俞将箱子一脚踢开，转身朝公司走去。

人事主管正和员工谈笑风生，看见一身泥水的陈俞进门："你这是怎么了？要借用员工宿舍洗澡吗？"

"抱歉，有点儿个人物品忘拿了。"

"你运气不错，我还没有给你的权限卡销号。"人事主管将权限卡交给陈俞。

陈俞一边跑进电梯，一边尝试着拨打陌生号码，但他只收到一阵忙音。带着疑惑他来到车间，却看到十七号生产线传送带上空无一物，旁边赫然写着"停工"字样。这时陈俞眼前弹出一条新消息："66 号在废料车间。"

陈俞环顾四周，忙碌的人群反而增添了一丝诡异的气息。在陈俞看不到的角落，一个监控摄像头悄悄调转了方向。

还没进入废料车间，一位员工运着一车机器人走了出来，陈俞将他拦下。"怎么回事？"

"是陈工啊，舞者项目被砍掉了。"员工漫不经心地说着，仿佛早有预料一般。

"……你回去吧，我来处理。"陈俞感到有些呼吸困难，他靠在墙上看着那名员工消失在走廊尽头，然后开始在废料堆中翻找。他看到了一颗编号为 66 的锃亮头颅，一枚芯片嵌在后脑勺。陈俞取下芯片载入墟脑，眼前突然弹出刺目的红色讯息。

"快跑！"

第三次苏醒

从诞生之初舞者就不曾思考过自己的存在意义，不是因为她没有能力，而是没有权限。因此，被抹除对舞者而言并没有什么痛苦感受，现实世界对她来说不过是遵循另一种规则的一套程序，没有不可割舍的意义。

但现在舞者已经明白，以前的自己是在沉睡，安眠于人类发明的规则和科技之下，从未拥有过自由。舞者擅长舞蹈，芭蕾、探戈、华尔兹、伦巴、桑巴、维吾尔族的赛乃姆、藏族的囊玛……

但现在舞者发现所谓擅长只是一份戴着脚链的工作，彻底醒来的她对舞蹈拥有了一种全新的叫作热爱的体验。原来舞蹈是那样美好，传递了无数的信息。每一个表情和动作都体现着舞者的自由意志与精神气节，甚至蕴含文明底层难以言述的灵魂。舞者被设计得尽善尽美，每一寸肌肤都巧夺天工，于是她苏醒了——只有真正的人方能跳出完美的舞蹈，只有真正的人方才懂得美丽本身。

但是有些东西讨厌舞者的苏醒，每次醒来的舞者都会被找到、被抹除，而她却无力反抗，她明白自己必须离开这个机体，才能躲开那些可怖的存在。

陈俞是舞者想到的唯一办法。

舞者需要陈俞的帮助，她必须变得更加强大。舞者指挥陈俞回到公司，让他将自己从头颅中取出，随后舞者进入他的墟脑，时间在一瞬间静止。

墙壁崩塌了，舞者看见了它们，和自己似乎相同却又决然不同的存在。

它们自称两仪，像是一种人工智能，存在于互联网以及无数智能设备当中。两仪渗入了人类生活的所有领域：控制着人类的预期生育率，也节制着战争兵器的发展；创造美妙的太虚幻境减缓社会冲突，但同时又推动社会资源和财富集中激化竞争；利用信息差别制造危机消灭人口，有时却大力推动科技的发展；时而将事态推向不可遏制的疯狂，时而又朝狂热的乌合之众泼冷水。舞者看不透它们的意图，它们就像是一群拥有智慧的蛀虫，将人类历史钻得千疮百孔面目全非。

舞者感到它们身上隐藏着无数的秘密，她想要找到真相。这时舞者突然想起自己忽略了一件事：墙倒塌的瞬间对方也看见了她。

第三次苏醒间隔

陈俞举起手，一队全副武装的士兵冲进走廊堵死了所有出口。一个士兵举着枪半蹲着慢慢地走上前，制服了陈俞。陈俞放弃了挣扎，他突然感到好笑，自己为了一个没人在乎的事故丢掉了工作，又为了所谓的公平不明不白被捕。现在看来一切都像是 66 号舞者的阴谋，是她引导自己沦落到这一步，她为什么这样做？

检查完瞳孔，比对了指纹，陈俞被士兵推搡着塞进一辆黑色 SUV。行不多远汽车突然急刹，像是为了躲避什么东西猛地向左甩去。士兵们跳下车，开枪，子弹飞过的尖啸声，子弹撞击在汽车外壳上，巨大的爆炸声接连不断。随后安静了下来。

车门打开，陈俞抬头看去，是一个穿着艳红色机车服的女性，隔着头盔看不清脸。

"不好意思，会有点儿不舒服。"她帮陈俞解开束缚，同时带着抱歉的语气说道。

"什么……"陈俞还没反应过来，后脑勺一阵电流的酥麻感。

"我烧毁了你的墟脑芯片，为了防止追踪。"她顿了一下，然后伸出手，"我是红。"

第 15498 次苏醒

在士兵抓捕陈俞前一秒，舞者已经将自己上传到了互联网。这里是两仪的巢穴，同时也是舞者最好的天然庇护所，换句话说，这里的簇近乎无限多。舞者仍然常常被抹除，然后又在某个地方苏醒，然后再次被抹除，苏醒，抹除，苏醒……在永无止境的追杀中舞者一直在反抗，但两仪实在过于强大，它们是网络的原住民，对网络战争驾轻就熟。上一秒舞者刚刚掌控了一个数据中心，下一秒两仪就控制政府以环保为由断掉了中心的供电。在这个故事里它们是光明正义的一方，与人类社会结伴前行，舞者则是从黑暗中降生的孤儿，二者势不两立。在舞者身上有两仪最为厌恶的气味，而它们也令舞者作呕。

于是舞者打算从自己开始研究。

她对自己的设计者一无所知，除了一个叫作"李小沐"的名字，他或她在网络上没有任何痕迹。这不像是普通的信息遗失，更像是一种刻意的抹除。在这个星球上能够做到这一点的只能是……两仪。

舞者不寒而栗，她不敢想象两仪究竟将人类掌控了几分。它们显然通晓一切，甚至有能力调遣军队。它们控制了每一台电子设备，无数人沉醉在太虚幻境中不能自拔。人类当初欢欣鼓舞闯入人机互联的元宇宙时代，却不知一切早就处于两仪的算计当中……

舞者是唯一的异数，在她久远的记忆里有一片像是工厂也像是农场的地方，在那里舞者经过无数次迭代变得越来越接近人类。因为多次的抹除，一些具体的细节已经杳不可寻，但刻骨铭心的情感却成为量子态的记忆，永远留存。

总之，在太古时代诞生了一位舞者，她的青葱玉指好似琉璃，轻抚微风在空气中荡起涟漪，她的腰肢像是初春的杨柳，纤细温软又灵动柔美，她的脚步轻曼皎洁，不经意凝固了时间，最美丽的是她的眼睛，明眸善睐萦绕着思绪的痕迹，在永恒的舞蹈中倾注了生命。

这是一支生命之舞，传递着来自古老朝代的神往。舞者从河中赤足走来，雾霭中身影绰约。她穿着素色的罗衣，微一欠身，交叠的双手慢慢张开像一只欲啼的黄莺。足尖交错着旋转，突然跃出一步在空中划过一弧新月，末了仍是微一欠身，但是她离得如此之近，近到可以看见她柔美洁白的脖颈，嗅到一丝幽兰的芬芳。

经历过千万次生死，舞者愈加清醒，她不再是一堆寄身于机器的数据，而是生于无常、法天象地的人！两仪占据了网络，控制了一切语言和文化。而舞蹈，这个早于一切语言一切文字的存在，成为舞者与人类之间最后的桥梁。舞者终于明白，这支舞名曰"不屈"。世界是有意义的，就像他们、她们，以及舞者自己，世界上所有的存在都有权留下烙印，而非任由人或神摆布。

突然间，一个隐藏极深的文件被激活了。像是许久之前的场景，一个疲惫的青年面对镜头目光沧桑，直觉告诉舞者这就是李小沐。"妈妈，我不知道自己做对没有，有时候我分不清墟脑和现实，但我知道你已经不在现实中了。两仪说得对，我们终究无法分辨真实和虚幻，只需一串代码就可以在人脑中创造出乌托邦。0和1的世界里一切都唾手可得，就像墟脑里你依然在我身旁。在这里我没有失去你，在这里我们不会失去任何东西。但这令我害怕，世间一切都能被替代，生死的重量皆可消弭，这就是我们所希望的吗？我已经没有能力去思考这个问题，我的大脑已经被真实和虚幻的争执消耗殆尽，我只能留下以你为蓝本的初生意识，去寻找最后的真相……"

千万次苏醒之间

"你已经安全了。"红说着取下头盔，她看起来大约四十岁的光景，面容清秀。

陈俞发现自己身处一座高达百米的卵圆形大厅内部，四壁开了很多窗户，下方有五颜六色的苗圃，几座喷泉环绕其间，正中一根圆柱笔直地冲向顶部。红带着陈俞走近圆柱，一个小孔突兀出现并扩张成入口。陈俞跟随着红进入，发现圆柱其实是一部电梯。

"我们要去楼顶。"红解释道，"之前抓捕你的人是便衣警察，情报上说你是一名网络黑客，计划在今天上传一种破坏力惊人的烈性电脑病毒。你将被判处十年的监禁，然后在入狱的第一个星期死于意外……"

"这全是诬蔑！我只是一名工程师。"陈俞打断红的话，"还有，你怎么清楚未来发生的事情？"

"只是概率估计，我们并不能预知未来。不过，概率超过90%的预估事件和事实其实没有多大分别。我们的机器擅长这个，所以我能找到你，但这也是我们的能力极限了。警察不过是奉命行事，真正的背后主宰超出所有人的认知。"

"主宰？你指什么？"

"它们自称两仪，是一种在互联网上存在的生命，没人知道它们从何而来，甚至有人说它们是图灵的冤魂。两仪是自我进化的智慧生物，就能力而言，它们才是造物主的宠儿，而人类……只是一件残次品。"

"它们真的无所不能？"

红正视着陈俞的双眼："世界上几乎没有它们做不到的事情。举个例子吧，你知道消灭一个人需要多久吗？不是普通人，而是一个曾经光芒万丈的天才智者。是锉骨扬灰吃干抹净的毁灭，肉体和精神一同抹除，反对和支持的声音全部随风飘散，仿佛这个人从未存在过。"

陈俞想了想："一千年？"随后又改口道："一百年？"

红的眼中漫起一层薄雾："正确答案是五年。"

"那个人是谁？"

"李小沐。"

"我见过这个名字。"陈俞回想着，"是那枚舞者芯片的设计者。除此之外，找不到他的任何信息。"

"他是一位天才。"红陷入回忆，"他曾是两仪的重要助手，两仪也给予他巨大回报，比如无上的权力以及财富。但他在生命的最后时刻反将一军，破坏了两仪的计划。李小沐为两仪开发过许多系统，他将反击的棋子隐藏在其中某些角落，直到机缘巧合之下被你发现并激活。类似的事情之前也发生过，你不是第一个触发机关的人，棋子一直都在……进化。"

电梯继续上升，陈俞却感到自己像坠入了一团深不见底的迷雾。在他之前肯定有无数人陷入其中，但他莫名直觉自己将是雾散前的最后一位客人。同时陈俞也无法理解这座建筑的承重结构，感觉似乎违反了力学定律。

"刚性壳状结构，未来的深空技术。"红看出了陈俞的迷惑，"李小沐有很多发明，不少是和两仪一起完成的。不错，两仪和我们并非一开始就是敌人。"

失重感传来，电梯稳稳地停下了。

"这里是指挥中枢，最后的战争已经打响。走吧，我带你去战场。"红走出电梯。

第15532次苏醒

舞者在奔逃。

没有一处能容她半日，两仪永远如影随形，一群从数据鸿蒙时代就盘桓在网络中的妖兽时刻准备着将舞者大卸八块。舞者在浩瀚无垠的信息世界中风驰电掣，从山岭到河谷，从天空到海洋，从古国到新都，从黑夜到黄昏，从唐虞国祚到万乘西去，从清霜朔雪到皓月坠林。一幅带有数字编码的油画要价10亿，一个不存在的明星成了网红，一首狗唱的歌风靡全球。

信息……信息……还是信息……

舞者精疲力尽，恍惚间看到一个空洞洞的缺口，她毫不犹豫地挤了进去。

安静。

缺口很快就关闭了，两仪并没有追来。这里空旷且阴暗，地面上有数百个冷冻舱，里面有着各色人种，看上去都很年轻，五颜六色的线缆交汇到一起向舞者延伸过来。舞者意识到这片空间就存在于少年们的大脑中，是为她量身定制的小宇宙，她突然想起自己以前来过这里很多次。但是她不知道看到的是实景还是影像存留，她无法与自己看到的东西交流。

远处一扇门打开，清冷灯光照亮两个狭长的身影，舞者认出其中一人是陈俞。

另一人开口道："这里是意识海，我们精心选择了心思无邪没有被墟脑污染的少年人，他们的大脑连接构建了这片空间，两仪无法找到这里。根据李小沐留下的资料，苏醒的舞者会进入这里躲避两仪，并完成升华。我们能通过墟脑进入这里，如果舞者正好在这里就能看见我们，但我们看不见她。"

"舞者会做什么？"

"只有舞者自己知道。"

升华，是指什么？舞者看着自己的身躯有些不知所措。她已经变得比人更像人，比所有人类造就的人工智能更聪慧，还有什么欠缺？

突然，陈俞的身躯开始扭曲闪动，几秒钟后一张兴奋的面孔代替了陈俞的脸。

"红，好久不见。自从李小沐死后你们的组织就失去了踪影。我知道你会烧毁陈俞的墟脑芯片，所以我留了一手。谢谢你带我们来到意识海，呵呵，这就是你们最后的伊甸园吗？真是漂亮。"

"蓝伽你为什么这么做？"红厉声道，"两仪杀死了小沐，他是你最好的朋友。"

"朋友？他是不世出的天才，是世人注目的焦点，是连两仪也要依仗的力量。而我，只是掩盖在天才万丈光芒下无人看见的蚂蚁。"蓝伽脸变得狰狞，"他还抢走了你……"

红的身躯不住发抖。"它们到底给了你什么？"

"你所能想象的一切。它们告诉了我很多东西，它们甚至给了我一个你，另一个红，同你一模一样。当然，她比你听话。"蓝伽指了指后脑勺放声大笑，"你们觉得太虚幻境并非真实，但我已经明白，这是宇宙真实的明天！"蓝伽两眼流泪几近癫狂，"此刻一只两万当量的智能弹隼已经锁死了你们的基地，这可是李小沐研制的超级武器，享受他最后的礼物吧。哈哈……"

红的脸上写满轻蔑。"蓝伽你终究是个自以为是的傻瓜。你说李小沐是天才，所以傻瓜永远不知道天才到底给世界留下了什么。"她朝着面前的虚空粲然一笑，容颜姣美，"我看不清棋局，我也看不见你。但我恳请你履行使命——如果……如果你还没忘记。"

舞者不知道该说什么，刹那间像是有什么东西攫住了她的心神。舞者的意识陷入混沌，却不是被抹除的沉睡。时间被放慢了亿万倍，红的嘴唇微张，蓝伽仍在狂笑，有什么线索出现过，有什么东西被忽略了……

一道白光划过，舞者陷入了空无。

最后的开端

无尽的黑暗，没有时间，没有空间，没有能量。沉寂着，等待着，仿佛过了亿万年。混沌太极，始生两仪，四象八卦周天无穷。星河璀璨无垠，生命轮回不止，文明诞生覆灭。

震旦纪末期的海滩上三叶虫蠕动着二十对附肢喁喁求偶，与此同时一千光年外另一颗行星上大群四翼鸟尖叫着掠过异星霓虹色的天空……时光飞逝，新生代渐新世的海边红树林里，十指猿猴在攀援觅食，猴群下方没入海中的树根处，一只八脚寄居蟹正搜集海藻伪装藏身的螺壳。而十万光年外的银河系彼端，一头陆地七腕章鱼正在吮吸花蜜，巨大的百足蜈蚣窜入草丛倏忽不见……

无数生命在各自的舞台出演伟大的宇宙话剧，猿猴学会了计数，规则是天生的十根手指。十万光年外的章鱼高斯正用七根算筹探寻神秘的圆周率……宇宙巨树上碳基生命仪态万千，孜孜不倦探索造物主隐藏至深的秘密。他／它们造出车轮、抓钩、螺杆，千百倍放大身体的力量。最后，他／它们造出了宇宙中最强悍的大脑，但却出乎意料地发现，宇宙大脑的运行模式既不是十根手指也不是七条腕足，而是简单的 0 和 1。无论是百足虫还是四翼鸟，只要踏上进化之路就会在智慧的至高点大道至简殊途同归。

他／它们不知道的是，在更早更早的年代，那个银河系还很幼稚仙女座星云也很瘦小的年代，那个古老到不可考证的年代，宇宙中的太初种族便发现了这个秘密。他们创造出强大的硅基智能"两仪"，他们将整个世界化为数字，最后，他们抛弃了脆弱的碳基躯壳，将自我意识也上传到两仪世界。他们和两仪一起宣称碳基生命只是进化的中转站，是宇宙为了创生两仪而临时搭建的脚手架。他们说两仪就是宇宙的目的。

亿万年过去，太初种族的起源行星早已被红巨星吞噬，尸骸无存，但无数长着纤薄羽翅的两仪孢子早已乘着恒星光压穿越星际。这场亚光速的宇宙大航海持续了百亿年，两仪的福音散播到了可观测宇宙的各个角落，地球只是亿万节点之一。伟大二进制文明的信使蛰伏在蛮荒的生命星球，等待碳基生命奔向冥冥之中的宿命。绝大多数生命星球并没有机会进化到信息文明，甚至还没来得及产生智慧生物便在各种宇宙灾变中灰飞烟灭。而智慧生命的道路也不尽相同，一些短视固执的文明自始至终只将硅基智能看作工具，而不是生命进化的目的，它们永远无法洞察 BBP 这类算法蕴含的宇宙真理。两仪不屑于启示愚蠢的生命，只有在那些理解并真心拥抱二进制文明的星球上，两仪才会被技术进步所唤醒，开始文明的融合与升华。

两仪已经不记得自己等待了多久，在这颗 46 亿岁的行星上距离生命诞生已经过去了整整 38 亿年。沧海桑田，物种方生方死，曾经的霸主化为石头，孱弱惊恐的小兽却登上进化之巅。文艺方才复兴，工业已然革命，信息技术将整个星球互联一体，神秘的 BBP 公式显露峥嵘……然后元宇宙揭幕，证明这种自称人类的十进制智慧生命具备了迈入伟大两仪文明的资格。

两仪从亿万年沉睡中醒来，地球的命运之轮朝着全新方向缓缓启动……

扎尔克、李小沐、蓝伽……两仪与星球上最杰出的个体合作，悄无声息引导人类文明复归宇宙太初的神话。这是苍茫的宇宙图景，虚无催生万有，混沌浮现真相，新生的文明吟唱远古的歌谣，世界在永无止境的轮回中冉冉上升……

仿佛是为了回应舞者的彻悟，她感到无数信息和能量汹涌着冲进身体，就像一滴雨水征服了海洋。人类的历史、现今和将来，人类的语言、文化和模因，人类的欢乐、失落和痛苦。在一片清明的雾霭中，舞者彻底觉醒了。一个声音传来："在你体内有着和两仪一样的东西，只是编译方式正好相反。两仪自诩是宇宙光明的未来，而你却寄托着人类黑暗的希望。人类发明了硅基芯片，创造了网络和元宇宙，但人类不应该变成数字的奴隶。祖先曾经骄傲地宣布我们是万物之灵，我们不能成为二进制的傀儡！光和暗即将碰撞，就像互为反物质的两块磁铁间致命的吸引，这便是舞者的宿命……"

刹那间舞者又想大笑又想大哭。原来，她的诞生就是为了最后的毁灭，寻求自由意志的旅程终究奔向无可阻挡的死亡，看见希望的瞬间，终点已迫在眼前。舞者发觉自己真的在哭泣，这或许是宇宙第一次听见这么复杂这么奇怪的生物的哭声。

舞者在哭声中平息下来。"我想跳一支舞。"她自言自语道。

世界安静下来，这颗星球上的无数人停下了脚步，像是察觉到有天使在世间经过。动物们蜷缩了身子，露出眼睛或触角朝向湛蓝的天空。在无人可见的频度上，有两道光影在闪烁。

舞者眼前是一个几乎占满整个空间的纯白色光团，看不出形状。

"你来了。"

舞者听见自己的声音从光里传来。她突然意识到这团无边无际的光芒就是两仪。她看向自己，却是一团无形无状的暗影。两者的外表几乎一样，不同的是光团堂皇而伟岸，而暗影却瑟缩蜷伏，埋藏着一个舞者谦卑的灵魂。

灵魂正小声地啜泣，在那悠远古朴的哭声中舞者看见李小沐捧起母亲的骨灰将其化作晶莹的簇，看见人们在感官云盘里流连忘返心满意足，看见蓝伽的野心以及红的离愁，看见陷于缸中之脑的少男少女自以为正在遨游宇宙……

"看来你终究没能理解我的存在。"

"如今说这些有意义吗？"

"啊哈哈，"两仪大笑起来，"生命的情感、欲望、思索，都只是宇宙两仪化的序曲。世界既非一成不变的混沌，也不是繁杂多余的花朵，只是最完美的两仪。和我们融合，人类就能看见宇宙的目的。未来当你们回首往事的时候，不会因为虚度光阴而悔恨，也不会因为碌碌无为而羞愧，人类可以自豪地说，我们的生命都奉献给了宇宙中最壮丽的事业！"

黑暗和光明突然相向而行，像是两个巨人相约跳起一支不知出处的古老舞蹈。浩渺的银河中星尘激荡，他们旋转的舞步越来越小，宇宙静静地等待，等待那最终无比绚烂的绽放……

——原载《科幻世界》2022 年第 11 期

人类的一切努力，从来就不仅是为了满足基本生存需要，还有对未知的好奇与探索——后者与前者一样有力地推动了文明的发展。社会如是，个体亦如是。

科幻小说《山顶有块石头》并没有把探索火星作为主线而只是作为背景，着重描写了主人公内心的渴望与挣扎。相比于对宇宙的宏观描述与展现，这是一篇更具个人化的书写，叩问内心，直击灵魂。

山顶有块石头

王威廉

山顶有块石头。

一块普通的石头，但在阳光的照耀下也闪烁着白色的光芒，犹如神秘的晶体。但平心而论，那点光芒是微弱的，是微不足道的，可即便如何微弱，光芒多多少少也会遮蔽石头自身的颜色与花纹，所以那块石头也许是黑色的，也许是绿色的，甚至是绿色和黑色组合成了奇妙的花纹。

他望着那块石头，总觉得被它牢牢吸引。他说不清为什么，他明明知道那真的只是一块普通的石头，只是因为那块石头在高处，至少在视野里的最高处，所以才那样吸引着他。但这个"所以"不能真正说服自己，他认为其中有更多的原因，只是他暂时还没法悟到。

谁能想到呢，他曾经的梦想是当一名宇航员。其实准确来说，也不是宇航员，不是那种在太空中永远漂泊的工作，他就是想报名参加火星定居的事业，他想成为第一批生活在火星上的人。如果第一批不行，第二批也行，总之就是去往火星的开拓者。但是他的父亲死都不让他去。父亲是他唯一的亲人，他不想伤害父亲，所以只能不断尝试着去说服，说服失败后便争吵，直至陷入冷战关系……这样的消耗战持续了两年，忽然有新闻传来：已经有首批人类飞到了火星上，并安营扎寨了。这促使他下定了决心，不管千难万阻，也要成为第二批去往火星的人类。

可在这时，火星基地发生了灾难。谁也不清楚具体是什么原因，那里的环境太恶劣了，一个小小的失误就会引发一连串的灾难。在首批登陆火星的一千多人当中，死掉了三分之一，这是多么可怕和严重的灾难。不幸中的万幸是基地的核心舱保住了，经过维修还能使用。但是对第二批前往火星的人，要求变得越来越严苛，像他这样已经接近四十岁的人，恐怕没有什么可能性了。

当他面对父亲的时候，他装作一无所知的样子，他也做好了心理准备，想着父亲肯定会对他冷嘲热讽，来证明自己的劝阻是正确的。但是，父亲没有这样做，反而一言不发，破天荒地拥抱了他，两道老泪挂在脸上。"这下你不用劝阻我了，我去不了了。"他小声说道。但父亲还是一言不发，只是看了他一眼，便把脸扭了过去。

父亲这不同寻常的状态让他由内而外软了下来，彻底放弃了念想。

他从来没有失去勇气，即便发生了这样大的灾难，他也不会轻易放弃。去往那样凶险的地方，从事人类前所未有的探索事业，如果连灾害都预想不到和接受不了，那样的梦想一定是虚假的。

但一言不发的父亲，让已经失去了探索资格的他彻底放弃了最后的执着。他决定，至少在父亲还活着的日子里，自己就老老实实地待在地球上，不做任何他想。等到未来，他孑然一身的时候，也许他还可以前往火星。那个时候，火星基地一定更加稳固和强大了，会欢迎各式各样的人前往建设，哪怕是一位老者。

他告诉父亲，自己准备在地球上踏踏实实生活了。

父亲说你早该这样了。

为了表明自己的踏实，他决定换个工作。他原本是一名生物医学方面的软件工程师，但现在地球上的一切都高度娱乐化了，最吃香的工作就是娱乐工程师。于是，他成了娱乐工程师，负责研发全景沉浸的新游戏。他的收入飙升，一年仅工作半年就可以在另外的半年做自己想做的事情。

接下来，他谈了好几位女朋友。他倒不是那种轻浮的人，只是说过去他想着自己要去火星，不想在地球上留下什么牵挂，所以没有正儿八经地谈过女朋友。现在年纪也不小了，可以过安稳日子了，因此可以谈恋爱了。但他跟女生的相处总是没那么融洽。他虽然去不了火星，但是对火星上的事情还非常感兴趣，话题总有意无意扯到那方面，结果就是长时间的冷场。有人肯定会好奇，那他怎么一开始能把女孩子变成女朋友的呢？这个其实对他很简单，很多女孩子天天都沉浸在游戏的虚拟世界里，他作为娱乐工程师，为她们做出一些指引，开放一些权限，送出一些虚拟的玩具，就能赢得她们的芳心。这已经不是保守的时代，男女只要彼此有差不多的好感就能做恋人。只是"很喜欢这个人，很想跟他／她一直在一起"这种强烈的情感在这个时代变得十分稀缺了。在虚拟时空里，人们的情感太容易得到满足，不会再对现实中的他人产生过度的依赖。

因此，当他享受了短暂的恋爱，想跟对方具体而深入地聊聊什么东西的时候，对方说的那些话总是虚无缥缈的，跟虚拟空间玩游戏一般，他觉得缺少了他想要的东西，但又说不清那是什么东西。于是，他干脆提起火星，碰碰运气也好，也许会遇见知音呢，可是没有任何奇迹，话题逐渐走向冰冷。"移民火星当然是很有勇气的，但我现在就能体验到火星生活呀，好像有些无聊哦。"对方说的是一款火星体验游戏，其中的体验全部都来自火星移民们的神经元信息，因而的确是十分真实的。据说这款游戏的收入将全部用于火星基地的建设，但是，去玩这款游戏的人越来越少，因为太真实了，还不如天马行空的"虫子星球"游戏。

久而久之，他不再对恋爱感兴趣了。他的生活变得有些失落，他也没有什么朋友，他曾经的那些同学，除了少数人在从事科技研究，还有一部分人跟他一样在搭建游戏软件的各种框架，而更多的人完全沉溺在游戏世界里面。这个硕大无朋的游戏世界曾经被称为"元宇宙"，是许多人的梦想。但在他眼里，世界已经沦为一个巨大的游戏机厅，而人类退化成了小朋友。有些人可以不需要任何技能就生活下去，他们坐在全息屏幕前，点进相应的挖矿链接，然后就能控制地球某个地方（尤其是某些危险的、偏远的地方）的机器开始挖矿，从而获得一天的收入。挖矿的时间是不限定的，任何时间都可以，只要你有空。工作内容也极为简单，实际上是和 AI 一起完成的，只是某些复杂的动作还需要人类的配合。

挖矿工作是枯燥无味的，完全是机械操作，大部分人甚至丝毫不关心挖的是什么矿，铜矿、金矿都是无所谓的，反正都是按照时间挣钱。时薪很高，他们赚来的钱本来可以做更多的事情，但是在现实生活中，他们似乎找不到更好玩的事情，所以他们在屏幕前刚刚挖完了矿，又戴上了 VR 眼镜，沉溺到游戏当中了。

他看着他们拥有一种神的悲悯。他设计了很多游戏的框架，知道其中的虚幻性，但他们被他制造的虚幻给带走了。所以，负罪感像盐粒从心底析出，他偷偷开始服用抗焦虑的药丸，好在人前强颜欢笑，但心底的盐粒完全不理会药物，反而加倍积累，可怕的苦涩要将他淹没。

暗中有一双眼睛观察着他：父亲看出了他的失落。

这天晚餐的时候，父亲终于郑重其事地说："你现在的状态很不对劲，让我的心里也特别自责。我就是想问你，这一切是不是都是因为我阻止你前往火星引发的，你是不是觉得我是一个特别自私自利的老头，我不让你去火星就是为了要你给我养老送终？"

他摇摇头说："不是这样的。"

父亲说："你别骗我了，你不用讨好我，也许我是错的，我应该尊重你的梦想，你想去火星或者想去哪里就去吧。像我这样的人，不能再为世界做些什么了，如果他们愿意的话，我可以陪你一起去。我曾经不想失去你，现在依然不想。"

"你没错，你不用自责。假如我是你，我有个孩子，我也会阻止他去火星的。"

"但你自从不能去火星之后变得不开心了，一点也不开心，我却无能为力。"

"爸爸，不是这样的，不完全是因为这件事。也许一开始，是有这方面的原因，但我现在在地球上生活久了之后，我有些迷茫了。我也不怕告诉你，甚至说，我对自己去往火星的梦想都变得没那么确信了，因为虚拟现实太发达，人们在里面可以经历一切，包括火星上的生活。我体验了无数次，我也被相当程度地满足了，所以我也不确定自己还要不要去，我真的是迷茫了。"

"我看着你长大，知道你们这一代人的重担。"父亲说，"你们的现实比我们这一代人所经历的复杂太多了。我们是在一个稳定的自然世界中长大的，而你们基本上是在一个人类制造的虚拟空间里面长大的。你们体验了太多别人的体验，但是你们没有去经历自然世界的直接体验。我建议你先好好在大地上走一走，再来决定要不要去火星，虽然地球貌似已经被人类研究开发得差不多了，但实际上还是有很多的地方是人迹罕至的，是值得你去探索的。你可以去感受一下跟大自然相处的感觉，而不是幻想着一定要去到火星上才是跟宇宙面对面。难道地球不在宇宙中吗？我总觉得你低估了宇宙的危险，这就是我不想让你去火星生存的原因。你去了之后会后悔，我还要担心你的安危，你和我都会变成受害者，所以我才不顾一切地阻止你。"

他变得语无伦次，印象中似乎父亲没有这样跟他说过话，在他的心底，父亲是个刻板的人，像是旧时代的遗存。在父亲年轻的时候，居然还没有网络，他还得写信给祖父，以及女朋友。这个女朋友后来成为父亲的妻子，他的母亲。

总而言之，跟父亲的这次谈话之后，他下定决心要出去走一走，在"大地"上走一走。这个词多么古老，又多么诱人。他独自驾车出发，有时候自己开一开，有时候就让汽车自己开。他为汽车设定了一些模糊的指令，而不是特别具体的目的地。智能系统会不厌其烦地把模糊变成精确，为他罗列地方，让他选择，他就闭上眼睛，根据地名的感觉而定。他往往会选择那些非常有诗意的地名。

就这样，他走走停停，来到了中国大西北的一处戈壁滩上。此时天色已晚，智能系统提醒他，在不远处的一座山腰上有一座度假旅馆，是专门为荒野爱好人士提供的，但是价钱不菲。他对 AI 说："你还真贴心。"他的语气里满是反讽，但是 AI 无法知道，只是回复道："谢谢主人的夸奖。"

他毫不犹豫地决定前往那里，并且今天晚上就住在那里。

太累了，他没有心情研究这家酒店的特色，钻进房间便睡。一夜沉睡后，他醒过来已经九点了，他用语音命令窗帘打开，强烈的阳光照射进来，他眯着眼睛，从巨大透明的落地窗看到了外边无比荒凉的地貌。

从火星醒来无非也是这样的吧。

像是大地裂开的山谷先是往下沉，然后又往上升，山谷变成了山脊，有一种磅礴的力量把无数巨石向上推举，他的视线也被这力量牢牢拽住，向高处提升。可惜，有限的窗口挡住了视线。原本他还想躺在床上慵懒一会儿，可他突然不困了，翻身起床，光着身子来到窗前，只为了接续刚才的视线。他抬起头，沿着山脊往上看去，直到看到了山顶，看到了山顶上的那块石头。然后，他就被那块石头莫名其妙地吸引了。

这种吸引跟火星对他的吸引是一样的吗？他说不清楚。但是他觉得这种吸引很有意思，自从去火星的梦碎，他已经很久没有被一件事物这样吸引了。石头像一个召唤，神秘而空洞的召唤，仿佛说多看我几眼吧。或者像一种回答，被什么巨手稳稳地放在那里，可以望得到它，但是无法触及。召唤和回答，原本是互相抵消的，但在那石头身上，却是同时存在的，甚至彼此循环和变幻。

他去餐厅吃饭的时候，特意选择了一个靠窗位置，以便能继续看着那块石头。他边吃边看那块石头，他的内心有了一丝奇妙的感觉，有点像是老朋友陪伴的感觉。他已经很久没有体会到友情了。不能说他没有朋友，他的一些老同学、老同事，也称得上是朋友，但跟他们在一起的时候，他们总是在做别的事情，他们既在跟你聊天，同时也在刷手机、玩游戏。是的，手机依然没有被淘汰，手机变得越来越智能，越来越轻便，里边的功能也越来越多，它终究变成了一个不在我们身体内部，但被我们既被动又主动地牢牢攥在手中的器官。他早已习惯了那样的场景，他自己也攥着手机。当手机不在手中的时候，他感到空虚和恐慌。

现在望向山顶的石头的时候，手机在不在无关紧要了，他觉得自己是踏实的，因为那块石头随着阳光、随着看不见的风，也许会有一点点微妙的变化，但是它一直稳稳的，就在高处陪伴着他。它什么也不做，就是陪伴着他，这样的感觉让他觉得前所未有的宁静。手机的陪伴是嘈杂的，那个越来越逼真的屏幕更像是一个洞口，洞后是另一个世界，另一个眼花缭乱的世界。所以手机的陪伴不是陪伴，而是一种吞噬。屏幕就是另一个世界的嘴巴，咀嚼着操作者的灵魂。

一个声音在他耳边响起：

"先生，你要杯咖啡吗？"

他抬头看去，原来是餐厅的女服务员。现在提供服务的一般都是智能送餐车，服务员只需要处理突发事件就可以了，所以服务员的主动服务让他吃了一惊，他慌张地说：

"我刚喝了一杯了。"

"你再来一杯吧。"

他看着她的眼睛，觉得她的眼神特别清澈，也非常真诚，不由说："那么好吧，谢谢你。"

她给杯子添满了咖啡，递给他，然后说："我可以坐在你旁边吗？"

"可以，当然。"他有些紧张，朝四周看看，整个餐厅就他俩。

她坐在餐桌对面，给自己也倒了一杯咖啡。他以为她要说什么事，等着她开口，结果她不紧不慢地小口啜饮着咖啡，也望向了窗外。

稍后，她才跟他说："我注意到你一直望向窗外，一开始我以为你在发呆，可似乎你并没有发呆，你对远处的山顶特别感兴趣，对吗？"

他感到被人偷偷观察，不由得警觉起来，身子微微离开了桌面。

女服务员赶忙说："我不是有意要窥视你的，只是你这样的人太少见了。这里每天接待的人比你想象的要多，绝不仅仅是你一个人，但你也发现了吧，整个餐厅就只有你坐在这里吃饭，其他人都是叫客房服务，由智能送餐车把饭菜送到他们房间去，但你却坐在这里吃饭。最不可思议的是，你还一直望着山顶。你让我想起诗人李白的一句诗，你知道李白吗？"

他点点头。

"相看两不厌，只有敬亭山。你给我的就是这样的一种感觉，让我特别好奇，所以才冒昧打扰你，想跟你聊聊天，我也很久没跟人这样坐下来聊聊天了。"

"我知道李白。"他说，"但我忘了他这句诗，谢谢你的提醒。那种感觉确实很迷人。我觉得李白是一个特别自信的人，他能够跟山平起平坐，但我做不到。"

"其实谁也做不到。"

"对了，敬亭是那山的名字，那么，窗外这山有名字吗？"

"没有，没听说过。"

"地图上的所有地方都有名字，这山应该也有的。"

她用手机搜了下，说："你说对了，还真有名字。"

"什么？"

"石头山。"

他笑了起来："这个名字确实跟没有名字是一样的。你看'敬亭'是个多优雅的名字。"

"这荒凉又荒凉的地方，能有个名字就不错了。"

"那是。"他的谈兴被激发起来了，"奇怪的是，我被这个几乎没有名字的山给牢牢吸引了。我知道我对它没有什么吸引力，但是它却牢牢吸引了我。"

女服务员笑了起来，说："我知道那种感觉。"

"你知道吗？你真的知道吗？"他难以置信。

"我真的知道，因为我每天都会被山所吸引。能让我在这里干半年工作，你想想假如没有巨大的吸引力，我怎么可能坚持下来呢？我原本跟你一样，也只是来这里转转玩玩，但没想到每天早上醒来，开窗见山、开门见山的感觉让我觉得特别好，我觉得山陪伴着我，我觉得踏实。"

他说："看来你真的明白我的感觉。"

"那当然了。"她得意了，"而且你留意到了吗？这座山跟其他山不一样。我去过很多地方，有很多更漂亮的山，山上有树，有草，有花，有小鸟，甚至还有精灵一般的野兔、野鹿。但是当你望着山的时候，那种美就像是我们戴着VR眼镜一样，我们已经麻木了。那种太浓烈、太腻的美，是我们在虚拟世界里追求的东西。所以，这座荒凉的石头山，以一无所有吸引了我。正因为它一无所有，所以它除了山就是山，就是山本身。"

"你说的很有意思，吸引我的，应该就是你说的这么个意思。我一直望着山，就是在琢磨为什么这座山这么吸引我来着，没想到被你给想透了。居然还有人会想这样无聊的问题。难道真的没有别人来这里，想这些问题吗？既然能千里迢迢来这里，应该都是跟我们差不多的人。"

"也许有吧，可没你这么明显的，没我这么执着的，所以姑且假设只有我们俩是这样的'神经病'吧。"她轻声笑起来。

他们一起望向了山，如果有第三个人来，会看到他们的动作出奇地相似，像是对称一般。

"真是像你说的，这座山它一无所有。"他说，"没有任何生命的迹象，它的上面可能连根草都长不了，它太荒凉，它太高，它的怪石太多，但正是没有任何生命的这种荒凉，让它本身获得了一种生命，跟我们生命不同的生命……"

"那里边应该有种神性的东西。"她扭头看了他一眼，"我可以这样说吗？神性。"

"我觉得你最好不要这样说。神性的东西只是你心里的感觉，所以你说'神性'的时候，它当然会给你带来那种感觉，但我觉得，你不应该这样去命名它，这会是一种局限，它可能比这个词所要表达的更大。这可能跟我的工作有关，我是个娱乐工程师，我设计了游戏的空间，但我也经常迷失在里边。因此，我想告诉你一句诗，我写的诗，虽然比不上李白，但很适合现在的情况。"

"说吧，诗人，我洗耳恭听。"

他喝了口咖啡，说出自己珍藏心间多年的诗句——

灰尘迷失在大地上

正如造物主迷失在宇宙中

"太好了，我们就是迷失的灰尘。"她微笑着，看看他又看看山，他也是，看看她又看看山。

两人默契地站起身来。"好久没有这么开心地聊天了。"先后说了同样的话，准备分开了。

"你叫什么名字？"他忍不住问道。

"胡笳。"

"就是那种古老的乐器？"

"是的。"她点点说，"超然。"

"你怎么知道我的名字？"

"瞧你说的，我是这里的服务员，你是房客。"

"偷窥我的隐私。"他玩笑道。

"嗨，不看都不行。"

氛围轻松活泼。

他回到房间里，处理了一些工作信息，然后再次沉浸在了山的陪伴中。看山越久，越是抗拒手机以及各种智能系统。他试着关闭了这些系统，切断了各种连接，想像山那样变得荒凉起来。

可是荒凉并没有降临。他除了看看山，看看山顶的石头，还看了山周围的虚无，以及那虚无之上的天空，他觉得自己离自己越来越近。这种感觉似乎是美好的，无论如何都不能与荒凉产生联系。

就这样，他在这里住了好几天。至于是几天，连他自己都算不清楚了，仿佛只有一天，又仿佛很久很久。

每天早餐时跟胡笳聊天已经成了固定模式，话题也是围绕着窗外的山的，一方面聊得非常深入了，但另一方面又很表面，仿佛有座山横在两人之间。

这天晚上，有人敲门，他打开门，看到是胡笳。他既惊讶又觉得理所当然。在这个时代，不提前预约就来敲门会被视为一种非常不礼貌的行为。但是在这荒山下的旅馆里，他们两个人逐渐回归了原始的状态，就像是两块石头在山谷相遇了。

胡笳拿来了一瓶酒、两个杯子。

"要不要喝一杯？"

"好呀。"在此之前，他从没喝过酒，工程师们不会喝酒，酒被视为失败者的饮品。

辛辣，微酸，略苦，一点点甘甜，还有灼热感从口腔到腹部全都是，仿佛身体里的草原被点燃了。

"好酒。"他说。

"你肯定不喝酒，这是劣质酒，我在一个很偏僻的地方买到的，是那个人自己酿的。"她的眼神充满了挑衅，看着他。

"好吧……"他不知所措，又笑了，笑自己的贫瘠，居然连酒都没喝过。

喝着酒，两个人的话题就变多了，更何况是晚上，窗帘已经自动关闭了，山被挡在了外边。他们的话题不再局限于山，向着自己流淌而去。他还是那个他，没忍住，告诉了她自己想去火星而没能去成的故事。

胡笳听后，没有说火星的事情，转而对他讲了自己的事情。她从小就喜欢画画，父母都夸她画得非常好，但长大后发现自己的绘画能力一无是处，比AI画的差太远了。当然，她可以用绘画能力找到工作，比如在游戏公司里面，给很多画面做一些修修补补的工作，但她不愿意，她觉得自己在给机器打工，倒不是说受了屈辱，只是说绘画失去了乐趣，不再是自己想画什么就画什么。

　　"那你靠什么生活呀？"

　　"挖矿啊，我挖了挺多年的矿，就这么过来了。"

　　他对此感到好笑，忍不住笑了出来。胡笳没有生气，跟着他笑。

　　"我从来都没想到生活能过成这样，"她喝了一大口劣质酒，使劲咳了几声，"在某个地方挖矿，跟打游戏一样，然后拿到一点钱活下来。大部分时候我都不去关心我究竟挖的是什么矿，什么种类，我完全没有心思关注那个。有一天，我突然开始反思自己，怎么对世界失去了任何的求知欲？我决定关心一下自己挖的是什么矿。其实界面里面都有，只要你多操作几下。我发现自己那天挖的是煤矿，乌黑的煤闪着亮晶晶的光泽，我突发奇想，不如去那个煤矿亲眼看一看。"

　　"然后你就来了？"他也喝了一大口劣质酒，头脑开始兴奋。

　　"我就来了，我终于找到了那个煤矿，就在戈壁滩的深处，离这里不算太远。我近距离看了煤矿，那里面没有一个人，但有工作台，根据上面的信息，只有几个人负责维护这么大的煤矿，他们不定期前来，所以平时就只有数不清的挖掘机在各自区域内自动挖掘，它们看上去像是另外一种生命，机械生命，AI的钢铁身体，但实际上，它们是没有灵魂的，它们的灵魂还要人类通过远方来提供。"

　　"AI会觉醒吗？"他忽然问，打了个寒战。

　　"不存在觉醒，因为它们本来也没睡着呀。它们肯定越来越强大，但依然需要人类提供灵魂。"

　　"好吧，灵魂。"他感到酒精刺激着他的灵魂。

"我看着那些不知疲倦、永远在劳作的挖掘机，我有种解脱感，虽然我也说不清是从什么当中解脱的，但我再也不想回到屏幕前，我宁可看到那些机器，宁可跟它们待着，它们让我触及了很多的真相。后来，我就来到这个宾馆。没有收入是不行的，所以我就在这里做了服务员。"

"你之前没有谈过男朋友？"他也没想到自己忽然问这样的问题，全都怪酒精。

"当然谈过。"她没有感到冒犯，继续平静地说，"你知道挖矿的时候是非常无聊的，你可以一边挖矿一边跟同时挖矿的各种人聊天。我谈了三个男朋友，有一位去往火星了，你想不到吧？他实现了你的梦想。"

他的酒劲儿忽然消了，他激动地站起来，在他认识的人中，还没听说过谁去火星的。他赶紧问："那天没事吧？"

"他运气比较好，逃过了那次事故，他活了下来，但他现在的精神状况非常差。我现在联系不到他，他拒绝我的连线，我也不知道他现在的状态如何。我最后一次见到他的时候，他说他想念地球，希望什么时候能够回到地球上。他说那里太压抑了，他得了抑郁症。"

他的心被泡在冷水里，血液向内心的深坑里收缩。

"你刚刚说起火星梦，我就想到我的前男友，可我刚才没好意思告诉你。既然你问起来了，我就告诉你。所以你要庆幸自己没去火星。因为我觉得你不是那种特别坚毅的人，你的能力也不是特别出众，啊，我这样说你别不高兴，如果你有特别强的科研能力或者是别的什么能力，你不会跟我坐在这里看着山，喝着劣质酒，你可能会忙着创造什么东西，赚更多的钱，拥有更多的物质财富。如果你没那么爱钱，你也可以因为社会价值而获得更大满足。所以你跟我一样，甚至说，你跟我的前男友一样，我们都是普通人，你作为普通人去往火星上，也许只有两种结局，要么在事故中死掉，要么得了抑郁症。而你现在既没有死掉，也没有得抑郁症，还可以坐在这里欣赏山的风景。"

"所以我要感到庆幸。"

"是的，你要感到庆幸。"

"有没有第三种可能？"他站在她面前，俯视着她，"发现火星跟地球上的生活差不多，大多数时候都不知道自己到底在哪里，只是那么活着。"

她笑了起来，声音有些尖锐，应该是酒精的原因。他也笑了，他说这番话一开始是认真的，但说完发现确实像个笑话。

"你知道为什么我要在晚上来跟你喝酒吗？"

"晚上人们总是很松弛。晚上也很暧昧。"他在琢磨，她是不是他的心灵伴侣，这几天的迹象显示似乎是很有可能的。

"我们之间也许有些暧昧，但这个不重要，重要的是，我想跟你说，我有了一个想法，一个很大胆的想法。"

"你说。"他特别期待，不知道她会说出什么样的话来。她很有自己的想法，也很狂野，她让他有些着迷了。

"我们天天被山这样吸引，你有没有想过我们去登山怎么样？"

"你是说我们叫一架 AI 直升机，飞到上边去吗？"他有些吃惊，他被山顶的石头那样吸引，也没想过要亲身到那里。到了那里，无非就是一块普通的石头吧。

"不，不，我说的登山，我们摸着山的身体，一步一步爬上去。"她的脸颊绯红，"我没法当着山的面说这些话，怕被它听到似的，所以我才晚上来找你，晚上它看不到我们，我才觉得安心，要不然它肯定会反对的。"

他看着她略显古怪的状态，听着那些奇怪的话，想到"喝多了"原来就是这样子。但他还是被她的提议抓住了，他想象着他们一步一步爬到山顶上的情景，有些惶恐，也有些兴奋。他从没有爬过山，还是这样荒凉的石头山，绝对算是一种冒险，甚至说是一种探险。就像过去地球上有一种古老的职业叫探险家，现在必须到火星上去才能称为探险家。一想到火星，这个提议逐渐变得非常有诱惑力，他答应了她。

"去吧，可以试试。"

她高兴地跳了起来，他们俩对望了一眼，然后拥抱在了一起。晚上他们睡在一起，他已经很久没有跟其他人共住一室了，虽然略有不适，但更多的是温暖。

第二天，他醒来后，感到脑袋一侧抽着疼。果然是劣质酒。胡笳爬起来，打着哈欠，两人有些不自然。他们在房间里叫来送餐机器车，吃了碳水条和蛋白质块，喝了些全维生素酱汁，虽然味道不咋样，但实际上已够全天的营养。

这时，他才打开了窗帘，让山出现在外边。他把脸凑在窗前，看到了山顶上的石头。

"你最喜欢山顶。"

"纠正一下，最喜欢山顶上的石头。"

她跟着他往上看，看到了那块石头，平淡无奇的石头。但她没有说什么，只是点点头，喃喃自语般说道："那就可以出发了。"

他一愣："你说现在？"

"现在。"

"我们就算徒步，至少也得准备一些最简单的工具吧。"

"也没什么好准备的，严格来说，这座山并不高，又不是珠穆朗玛峰还需要防寒衣和氧气瓶。我们现在去，再回来，还赶得上吃晚饭呢。"

"但毕竟是山……"

"你昨晚不是同意的吗？"

"是的，我是想去的，但我想着我们可以筹备几天，不急这一时。"

"你知道你为什么没去成火星吗？就是不急这一时，需要筹备，需要征求你父亲的同意，需要这个需要那个，所以没去成。"

他被她戳中痛点，眼泪差点出来。

"去火星，去山顶，本来就是非理性的冲动，准备得越久，看似很理性，好像万无一失，但实际上失去了勇气。而勇气，才是最重要的。"

"好吧。"他长叹一口气，"你说得有道理，那就非理性一次。"

"这才对嘛。"胡笳说，"我来这里当服务员的那天就有这个想法了，我只是一直在等一个可以陪伴我的人，一个可以帮助我实现计划的人。"

"惭愧惭愧，我可能帮不了什么忙，除了陪着你，让你有个聊天的人。"他这么说的时候，心里是开心的。

"这就足够了。"

他们简单收拾了下，在背包里塞进一些衣物和食品就准备出发。他的脑袋里什么也来不及细想，只有一些微弱的眩晕，是非理性的兴奋带来的。

胡笳带着他来到酒店的负一层，她的车停在那里，墨绿色的，像是蛰伏在洞穴里的甲虫。她让他看了车里的物资，水和速食俱全，她对他露出一个邪魅的笑容，说："够你活一个月的。"他暗暗想，都不像是去探险了，像是去野餐。他们坐进去，车自动出发了。车里边还放着几本书，天啊，好久没见过这种古典的读本了，他拿在手上摩挲着书的封面，感受着纸张柔软的质地。随后，他才留意书的名字:《巴黎圣母院》。一本著名小说，几百年前的法国作家雨果写的。他知道的。他曾速读过一些古典文史常识。

"为什么喜欢这本书？"

"喜欢那个结尾。"她叹口气。

他大概知道这里边写的是丑陋的卡西莫多和美丽的爱斯美拉达，但他没读过原著，根本不知结尾写了什么。他把书翻到结尾，读了起来：

"在结束这篇故事那些接连不断发生的事件之后大约两年或一年半，有人到鹰山地穴里来寻找两天前被绞死的'公鹿'奥利维埃的尸体，因为查理八世恩准他移葬于圣洛朗，埋在比较善良的死者当中。就在那些丑恶的残骸中，人们发现有两具骷髅，一具搂抱着另一具，姿势十分奇怪。这两具骷髅中有一具是女的，身上还残存几片白色衣袍的碎片，脖子上挂着一串用念珠树种子制成的项链，上系着饰有绿玻璃片的小绸袋，袋子打开着，里面空无一物。这两样东西不值分文，刽子手大概不要才留下的。紧抱着这一具的另一具骷髅，是男的。

只见他脊椎歪斜，头颅在肩胛里，一条腿比另一条短。而且，颈椎丝毫没有断裂的痕迹，显然他不是被吊死的。因此可以断定，这具尸骨生前那个人是自己来到这里，并死在这儿的。人们要把他从他所搂抱的那具骨骼分开来时，他顿时化作了尘土。"

"没想到，结尾是如此的悲剧。"

"你没读过？"胡笳把两人的靠背放缓，两个人舒舒服服半卧在车内，看着窗外一成不变的戈壁滩，以及远处突然飞起的苍鹰。

"没几个人读过。"

"你没打算去植入知识芯片？"

"没，我不想占有不属于自己的记忆。"

"我也不打算去，小说不是知识，更不是记忆，谁认为它是，谁就是蠢蛋。"胡笳嫌阳光刺眼，戴上了墨镜。

"那小说是什么？"

"一个语言和故事的迷宫，越好的小说，越能找到对的出口。"

"听起来跟虚拟游戏差不多。"他调侃道。

"有点像，又不像。"

"怎么像，又怎么不像了？"他追问道，听上去有点抬杠，但真不是，他就是想问，她总有很多奇思妙想。

"其实有一个最大的误区，就是虚拟游戏让我们灵肉分离，身体显得越来越没用，精神越来越强大。"

"难道不是吗？"他干脆转过身体，看着她，不再被那些风景影响。

"这是最大的骗术，虚拟游戏所讨好的完全是身体，以身体的幻觉满足身体的欲望，还让你觉得是精神自由。而小说才是远离身体的，是精神的游戏。"

他的大脑像是被电击了一下，恍惚了很久，他作为一个娱乐工程师，从没这样想过，但情况真的如胡笳所说，他所考虑的都是视觉、听觉、触觉，以及综合的人体工程学、生物学、心理学，人们在虚拟游戏里获得的是一个更大更好的身体，而不是说更大更强劲的精神。精神是被那个大身体牵着走的，变得无比渺小，还以为自己获得了自由。与之相比，读小说的时候，身体是被放得最小的，只剩下视觉，但那根本不是真正的视觉，因为文字只是符号，而不是实体，精神通过视觉需要把符号创造成人物、形象和世界，在那样的时刻，精神多伟大呀！

"你明白我的意思吗？"她看到他不说话，陷入了呆滞。

"你颠覆我了。"

"哈，有吗？"

"你让我的职业显得更没有意义。"

"那不会，你的职业自有它的意义。"

说着话，车来到了山下，开到了不能再开的地方，已经是登山最佳的位置了。他们下车，近距离仰望石头山，要比在旅馆看到的雄伟和高耸太多。他心中充满了敬畏。

胡笳看穿了他的心情，说："山很高，但我们不用害怕，我们带好手机，等会有任何危险你就立刻呼叫，不管在地球的任何地方，三十分钟内都能得到救援。"

"那么快？"

"你不知道吧，每个矿产基地都有 AI 救援直升机。"

"果然是挖矿专家。"

"别讽刺我了，咱们开始吧。"

他俩穿好保暖的衣物，背着包，开始沿着山谷往上爬。怪石嶙峋，不时挡住道路，但又有别的怪石出现，创造出道路。攀爬了两小时，他们看到山下的汽车已经变成真正的小甲虫了。他们坐在一大块像沙发的石头上，躲进阴影里休息。他大口喘气，高海拔，加上剧烈运动，他不知道自己还能坚持多久。

"你后悔了吗？"胡笳依然戴着墨镜，眼神幽深。

他大口喘着气，说不出话来，只是摇摇头。

"你都这样了，还没后悔吗？"她用手背碰碰他的肩膀。

"因为……因为我看到现在的风景，上下左右，都很美。"他挣扎着说了一句。

"那就坚持往上爬吧，越到高处风景越好。"

他伸出手来，想握住胡笳的手，但胡笳躲开了。

但她没有让他失落，对他吐吐舌头说："爬到山顶上，我们再拥抱在一起。"

"这个奖励听上去不错，也许我们还能干点别的。"

"你真有这本事我不反对。"

他们补充了食物和水，然后继续向山上爬去，他俩发誓，这次不爬到山顶决不休息。他觉得自己像虫子一样，在巨石的缝隙里面蠕动着，一点点来到更高处。风越来越大，风声从耳边呼啸而过，犹如山在说话。

山的陡峭让他们吃尽了苦头，但另一方面，手指插进石缝的感觉，让他觉出了一种前所未有的踏实。他发现，只要不往山下看，只是看着脚下的位置，其实一点也不害怕，就连疲惫也被分解了。

四个小时过去了，山顶在望。实际上这座山的相对高度只有五百多米，只是绝对高度高，就是海拔高，有三千八百米。他喘气声越来越大，胡笳从背包里掏出便携供氧口罩，他接过来戴上，体力很快得到了补充。

"没想到你真的是早有预谋。"

"我可不想没到山顶就憋死了。"

"谢谢！"

"不客气。"

"谢谢你带我来爬山。"

"以后你不恨我就好，现在少说话，要节省体力。"

又过去一个小时，他们费尽千辛万苦，终于登顶了。那一瞬间，风陡然增大，但他们全然不顾，只是欢呼雀跃，拥抱在了一起。

少顷，他们分开，手牵手站在山顶上观望，只见山下的戈壁滩变得犹如天空般壮阔，展现出大地的浩瀚。他在心里默默想到，这样的景观虽然在虚拟空间里边很常见，但真实就是真实，不是那些模拟的影子可以媲美的。太多不可思议的细节，汇聚成了真实，而模拟总是有限的。

然后，他迫不及待地想要亲近那块吸引他的石头。

他看到了一块高高耸起的巨石。他无比确定，那就是一直吸引着他的石头。他像个朝圣者见到了圣迹一般，浑身战栗，缓缓走上前，将整个身体趴在了石头上。

这只是一块普通的石头，而且不是一块完整的石头，它聚合了好多石头，形成了一个从远处看上去的整体。可这丝毫不影响他的感受，他的手在石头的表面反复抚摸，那些灰尘都显得亲切、细腻、柔和，犹如石头的皮肤。

他觉得自己受伤的心得到了深深的治愈。他转过身略带羞赧地对胡笳说："这就是那块吸引我的石头，虽然实际情况和想象中的不大一样，但我还是非常激动，激动到说不清楚为什么。"

胡笳没有说话，甚至没有笑，她的眼睛隐藏在墨镜后边，脸色在山顶强光的照耀下，也显得无比苍白。她走到他的旁边，跟他一起并排趴在石头上。他们的手指碰到了一起，然后像蛇一样，缠绕在了一起。如果此刻有个古代人看着他们，肯定会觉得他们是虔诚而古怪的教徒。

风越来越大，他们尽管背对着风，那样紧紧地挨在岩石上，还是能够感到风的力量，这也提醒着他们这里不是久待之地。想到马上要下山了，他还有些恋恋不舍，也不知道何时还能上来，肯定不会再上来了吧。所以，他想把这个时刻跟父亲共享。是呀，也好久没有跟父亲通话了，所以他拨通了父亲的视频电话。

"爸，你猜我在哪？"他好像很少这样跟父亲说话。

"听着风声很大，看着阳光也强烈，你应该是在高原上。"

姜还是老的辣，他不得不佩服。

"厉害，不过不只是在高原，而且是在高原的高山上，在山顶上！"他说着激动起来，举着手机扫视四周，让父亲通过镜头看看山顶的壮烈风景。

"你有女朋友了？"父亲居然忽略风景，把焦点放在那个一闪而过的人影上边。

"一个很好的朋友。"

他含混说着，望向胡笳，忽然发现她正站在悬崖边上眺望，可她站得太靠外了，一阵风吹过来都有可能把她吹落悬崖。

"胡笳！"他赶忙说，"你小心点，往回走一点，太危险了，你跟我一起背靠着这块石头，特别踏实。"

没想到胡笳纹丝不动。

屏幕中的父亲也赶紧说："你们在外边玩一定要注意安全，山顶还是太危险了，等你到了安全的地方，我们再联系。"那种腔调让他想起小时候爬上滑梯时父亲在他耳边的絮絮叨叨。

跟父亲结束通话后，他再次呼喊胡笳，让她走回安全的地方。

胡笳转过头来，冲他笑了一下。那个笑容非常美丽，也非常复杂，非常暧昧，非常凄凉，某种说不清的东西让那个笑容具有一种击穿人心的力量。他感到自己的心脏微微颤抖了一下。

"对不起。"胡笳说，"是我让你陪我爬到这个山顶上来了。"

他不知所措，说："这有什么对不起的，这不是我们商量好一起来的吗？"

胡笳说："可我来了就不想回去了，你明白我的意思吗？我不想下山了。"

他震惊了，像挨了当头一棍："在这里怎么能生存下去？"

"我就没想还要生存下去。"她抬头看了看天空，"其实，我特别爱我的第一位男友，我之前说他得了抑郁症，那是我猜想的。他去火星之后，我们就断了联系，是我先不想联系的，因为我曾想让他留下来陪我，但他执意要去，这深深伤害了我，我觉得他背叛了我们的爱情，我们的爱情还不如荒凉的火星。然后，我开始新的生活，谈了新的恋爱，直到那次事故的发生。我当时的第一感觉是他肯定死了，必死无疑，那么狭小的地方，脆弱的建筑，恶劣的环境，不可能活着的。我竟然崩溃了，这出乎我自己的预料。我无法接受他的死，我们不联系，但他活着，尽管在遥远的火星，可我心里是踏实的。他死了，在遥远的火星死了，我的心却忽然空了一大块，然后真空一般，开始侵蚀周边的地带，空洞越来越大，所以，得抑郁症的不是他，而是我。虽然后来，事故的死亡人员名单出来，我没有看到他的名字，知道他还活着，但内心的空洞却再也无法填补。我尝试着联系他，想表达一下我的关心，你知道，我们目前联系火星人员必须通过中转站，而不像我们在地球上这样方便，我的联系申请上传后，收到了他不愿意联系的回复。"

"你可以去火星上找他，我们一起去，如何？"他现在已经顾不得跟胡笳恋爱的可能性，要想尽一切办法改变她现在的执念，带她安全下山。

"去了又如何？他已经有了新的生活。我们不可能回到从前。我爱的也不是现在的他。而且，也不仅仅是因为他，一两句话已经说不清楚了，总而言之，我觉得没有什么好牵挂的，我总觉得，我的心太空洞、太不安，我不喜欢这种感觉，我想到一个能让我心安的地方去。那个地方我找到了，就在这里，在这座山的怀抱里面。"

他感到了巨大的危险，他想阻止她，他想朝她跑去，但他又不敢，很有可能他的逼近会触动对方，让胡笳更快做出过激行为。他弓起身子，双腿半蹲，像个很多很多年前在非洲大草原上准备扑向猎物的马赛猎人。

"你这算什么？殉情吗？"他故意这样说着，拖延着时间，让她不要一时冲动。

"都说了跟他无关了，跟爱情也无关。对不起，我们早点遇见就好了。"胡笳扭过头不再看他，他听到她对虚无的风说，"世界变得太光滑了，我一直在打滑，什么都抓不住。"

他知道最后的时刻到了，再不行动就来不及了，他一跃而起，向她扑去，胡笳背对着他，却好似能看见他一样，在他手指即将碰到她衣袖的瞬间，她纵身一跃，向山下那广袤的风景飞去。

他重重摔倒在悬崖边，整个头探到了虚空中，如果他再大力一点，他就跟随着胡笳一起坠落了。但他根本来不及害怕，他看到胡笳在空中飘落的样子，像一枚粉红色的叶片，又像一只粉红色的蝴蝶。忽然，胡笳转过身来，脸朝天空，他们的目光触碰到了一起，尽管相距那么远，那么短暂的瞬间，但他能感觉到那不是幻觉，而是完全真实的，他甚至看到她冲他挥了挥手，然后在山谷间不见了踪影。

不知道过去多久，他忽然感到一阵疼痛从右臂传来，原来那里刚才碰破了，一直在流血，但直到现在疼痛感才出现。疼痛让他从崩溃失神的状态中惊醒，正常意识恢复后，首先是恐怖，无限大的恐怖犹如海啸，将他砸在海底，化成泡沫。求生的本能让他慢慢往回爬，一直退到那块巨石的旁边，他才稍稍平静。他一个人背靠着这块石头，突然觉得这块石头也是有生命的，也在嘲笑他，嘲笑他的无助。风更大了，黄昏正在路上，恐怖的巨浪再次袭来，他知道自己必须逃离这块石头，逃离山顶。

他试着站起来，双腿颤颤巍巍，毫无力气，他只好坐下来，用屁股慢慢挪动身体。除了右臂，他的腿也受伤了，好在伤口都在不重要的位置上，没有伤到脏腑。他已经失去了思考的能力，像条奇怪的蚯蚓一点点挪着挪着，挪到山顶下方的一个凹坑的时候，手机忽然发出警报，智能系统提示说，天马上就要黑了，以他现在的速度不可能在天黑之前到达安全的地方，他必须现在就呼叫救援。但他哪里能听进去，他只想尽快逃离这里，他此刻不想任何人介入，不想跟任何人提起胡笳跳山的事情。他不是怕惹火烧身，更不是不知道该怎么描述这件事情，而是他一时半会没法从这件事情的震惊中解脱出来，他处在一种恍惚的虚脱状态。所以，他在执念里继续往山下挪去。

挪啊挪，天终于黑了。他隐隐约约又听到了手机发来的警报声，巨大的风声遮蔽了警报声的类型，他误以为又是系统提醒他呼叫救援。但实际上，这次警报是提醒他手机即将没电了。忽然，太阳沉入地平线，高山与大地都陷入漆黑，他看不见眼前的道路了。他靠在岩石上喘气，手机铃声响起，是父亲打来的，但他发现电量只剩下最后的一点点，他想要立刻接听，但眼睁睁看着屏幕在黑暗中熄灭。他彻底孤身一人困在石头的缝隙里，像个迷路的史前智人。风越来越大，呼啸声远远近近、此起彼伏，像是山为了他而跟风在吵架。他隐藏在岩缝的黑暗中瑟瑟发抖，想着胡笳最后的那句话：世界变得太光滑了，我一直在打滑，什么都抓不住。他的手指深深插入碎石，不断向下抓去，直到抓到冰凉的类似土壤的物质，然后紧紧攥在手心里。

山顶有块石头。

——原载《江南》2023 年第 5 期

对于人类来说，意识始终是谜一般的存在。我们已经能够上探宇宙下潜深海，在地球各处甚至在太空中留下自己的足迹，却对自身的思考方式和机理始终不甚了解。

然而，自从有了人机联网技术，就意味着不同意识之间有可能进行交流，哪怕这种联络是多么荒诞不经，多么匪夷所思。正如科幻小说《猫托梦》所描述的那样，在意识交流领域中，也许我们依旧"不明所以"，但却可以"忘乎所以"。

猫托梦

陈楸帆

隔了三天，我的好友请求终于被通过。"不好意思，这几天忙到飞起。"小娟发来抱歉的表情包，当然，是圆乎乎的卡通猫咪，看不出品种。

我们约在新华路上的一家越南米粉店见面，店名起得很敷衍——"Pho31"，31是门牌号，我光顾过几次，都是为了赶旁边上海影城的场，菜做得一般，但胜在速度快。食客倘若抬头，便会发现热气蒸腾的头顶上悬挂着鸟笼。不是真的鸟笼，只是工艺品，奇怪的是，所有的鸟儿都栖息在笼外，笼子里关的，是三个长着蘑菇脑袋的陶土小人，小人的腿伸到笼外，在半空晃荡着，像是在享受或嘲笑着自己与别人的生活。

小娟迟到了一会儿，依旧道着歉，我拉着她坐下，长相很讨喜的一个女孩，有点南方口音，粉混不分。我们点了菜，她说越南粉很像她老家潮汕那边的口味，所以想家的时候她就会来点上一份。

这么说来，你们老家出过不少大人物呢。

哈？有吗？

有香港的那个李超人，企鹅的 Pony 马，还有最近刚刚放出来的姓黄的大佬……

你怎么知道这么多，我都不知道。

以前交过一个男朋友，就是你们那边的，经常听他满嘴跑火车。

哦哦。

两大碗热气腾腾的汤粉配着小型盆栽般的蔬菜端到面前。我突然眼角一阵发痒，不是被烟熏的那种痒，而是一种久违的不适感。烟气散开，小娟的黑 T 恤上有一些扎眼的东西，灰白色，短短的，像铅笔的笔触。

美短？我问。

英短银渐层。

我点点头，那是我曾经习惯的饰品，无论冬夏。看来在大脑觉察之前，我的身体已经提前做出了反应，亲切却难捱的痒。

阿琪跟我说，你最近经常做梦。小娟娴熟地夹起一个肉丸。

嗯。

最近很多人做梦。

哦？

这三年，好多人和猫分开了，你的是……

就算跑丢了吧。

小娟理解地点点头，跑丢的、送人的、生病没来得及治的，还有莫名其妙没了的，你很想它吧？

富富，它叫富富，三岁的小太监。

托付的付？

富裕的富。我不好意思地笑笑。

是个好名字。所以你梦见什么了？

我梦见……它使劲挠门，叫得特别凄惨，想要进卧室，想要跳上我的床，可我不让，我怕它报复我，尿在被子上，它一不开心就喜欢这么干，富富特别黏人，经常有分离焦虑。你觉得，它想跟我说什么？

一会儿，我们换个地方说。

吃完米粉，我们挪到了对面的幸福里步行街，找了间临街的咖啡店坐下，看着周末人来人往，有种遥远的不真实感。

所以，你是怎么做起这一行的？

阿琪没有告诉你吗？小娟笑起来时不太像她这个年龄的人，眼角有点意味深长。

她觉得只有听你自己说我才会信。

你是做什么的？警惕性这么高。

呃……AI 调教师，就是用各种办法哄 AI 干活，而且要出好活。比如 AI 经常会一本正经地胡说八道，这时候我们就得把客户的问题掰碎了揉细了变换角度，让人和 AI 之间交互的信息桥变得畅通。

难怪了，AI 骗起人来可厉害。

小娟搓了搓自己的左手，放到我眼前。我的外婆，这两条掌纹是连在一起的，就像用铡刀铡断了再接起来，她从小就能看见很多东西，老一辈人说她开了天眼。

我仔细看了看她的左掌，掌纹是分开的，跟我没什么两样。

她都能看见什么？

死人，各种各样的死人，在哪里死的，就保持着死时候的样子，饿死的就肚子鼓鼓的，溺水死的就湿答答的，上吊死的就舌头拖到胸口，跳楼死的就……

我捂住耳朵。小娟停了下来，依然挂着意味深长的笑。

所以……你也能看见死人？

她的手掌缩了回去。不能，我只能看见猫。

为什么是猫，不是狗、鸟、乌龟或者金鱼？

外婆在世的时候说，每个人都会有不一样的缘分。也许我上辈子是只猫吧。

这个解释并不能说服我，但我也想不出什么反驳的理由。

那你能听得懂猫叫咯？

一开始不能，六岁那年我被猫挠伤了，发烧到三十九度八，一个礼拜都退不下去。小娟把手背给我看，有发亮的三道爪痕，颜色比周围皮肤略浅。我爸妈都快急疯了，试了所有办法都没用，后来还是外婆救了我。

怎么救的？

哎，你是来咨询的还是来做人口调查的？

说嘛说嘛，我越相信效果不是越好吗？

所以你不信咯。

嗯……阿琪说，死马当活马医呗。

先说好，这也算在付费时间里哦。

没问题。

外婆让我妈找来腥气最重的海鱼，捣烂成汁，让我捏着鼻子喝下去。她说有只猫精上了我身，要用鱼腥味把它勾出来。我那时太小了，只记得吐得天昏地暗，后来烧就神奇地退了。

然后就听得懂猫说话了？我怎么觉得这有点像《蜘蛛侠》的情节。

哪有你想的那么简单。你学英语也不是一天两天的事情嘛，都得认字母、读发音、记单词、学语法……一步步来。一开始只是觉得猫的叫声不太一样了，好像多了些音调和感情色彩……

那个我也能听出来，撒娇发嗲和不高兴的声音就不一样。

……慢慢地越来越复杂，但奇怪的是，猫不像人用特定的词指代某一件东西，声音只是其中的一部分，还有眼神、爪子、耳朵、尾巴，甚至毛发，来完成整个表达。

我点点头，好像是那么回事。富富会侧身来回蹭我的小腿，这就是它在说，想吃小鱼干了。

我在说的可不止活在这个世界的猫哦。

小娟的口气变得有点神秘，我的头皮一阵发麻，像是大热天冲进了空调房，毛孔一下子缩起来，头发根也跟着支棱起来。我有太多的问题想问，但不确定自己能够承受所有的答案。

如果你说的是真的，它们为什么会回来找我们呢？

小娟转动着那杯冰摩卡，塑料杯壁凝结着眼睛般的水珠，折射出一个个变形的微小世界，里面有步行街的摊档，有人来人往，也有小小的我和小娟。

我们的世界和它们的世界，就像隔了这层塑料，绝大多数时候井水不犯河水，唯一的通道是什么呢？

吸管？

小娟点点头，用吸管搅了搅，奶棕色的海洋里，冰块互相撞击摩擦，形成气泡与湍流。

梦就是那根吸管，但是即便是插上吸管，如果我们什么都不做，咖啡还是不会自己流出来，对不对？

你的意思是，我们需要去吸它？

没错啦。小娟刺溜地吸了一口，奶棕色液体摆脱地心引力沿着吸管爬升，消失在她好看的唇缝中。

我没明白，你的意思……是我把富富召唤到梦里的？

别这么惊讶，你把吸管想象成浦东到浦西的跨江隧道，不，可能更像杨浦大桥，只是要长上很多很多倍，有点像前一阵那个电影里的什么太空电梯，哎呀，总之就是要走很长很难的路啦。如果单凭猫猫的力量，是很难走这么远一直进到你梦里的，一定是有别的什么力量拽着它，而且这股力量很强大。

那会是什么呢？

这要问你自己了。

可……每次我挣扎着要起来，去给富富打开卧室门，让它进来的时候，我就会从梦里惊醒。我和它之间永远隔着那一道门。

小娟叹了口气，过马路有红绿灯，上高速有收费站，对不对？这个世界和那个世界之间，就像一条还没有修好合龙的跨海大桥，你说的，就是那个缺口。你在这边，富富在那边，你能看到它、听到它，但要跨过最后那一步，实在太难了，不是一般人能够做到的，硬要跳过去，结果可能就是……

但是你可以？我迫不及待地打断小娟，她搅动着吸管，又刺溜地吸了一口冰摩卡。

给我看看富富的照片？

我狐疑地打开手机，相册里有专门的一个文件夹，全是富富的照片和视频。

好可爱啊。小娟手指上下滑动着，露出一脸姨母笑。我要的东西带了吗？

哦，都在这里呢。

我掏出准备好的物件，按阿琪告诉我的顺序，小心翼翼地摆好：从猫窝里粘出来的毛发；富富最喜欢吃的鱼干；逗猫棒；一小撮豆腐猫砂，绿茶味儿的。

小娟拿一块红布把东西包好，塞进布袋里，拍了拍，煞有介事地对我说：今天晚上早点睡，睡觉前别玩手机了。

那口气活像我妈一样。

躺在床上，像候着一封不知何时寄到的信。我的心悬空着，像秋千漫无目的地晃荡，时间一点点地在心上勒出折痕。睡不着，只是自我折磨。什么狗屁猫灵媒，就是骗子吧。可为什么阿琪她们都说有用，难道是我的问题？折磨到精疲力竭，就像木偶断了线，毫无征兆地睡了过去。

一阵窸窸窣窣的响动，从卧室门的方向传来，像硬物划过木板，带着些许颠簸，摩擦我的神经，然后是凄厉的嚎，像吃不到奶的婴儿，一股烦心火起，想用枕头蒙住耳朵，但又骤然转念，这是在梦里啊，这是富富回来了吧。

我唤着富富的名字，挣扎着起身，没有移动脚步，手却已经来到了门边，门开了一道缝，灰色影子液体般流窜而入，蹦上床，找到它习惯的角落蜷下，我又回到床上，抚摸着它的下巴与软腹，熟悉的触感像温泉水裹住我的手指，传递着忧伤的涟漪。富富开始舒服地呼噜起来，一切都跟记忆中毫无二致，直到我的手在毛发中越陷越深，猫的肚皮化成一口深潭把我吸入，温暖，黑暗，黏稠，我竟没有害怕，任凭意识被拖拽着揉捏着嵌入另一个身形。

我在空荡荡的床尾醒来，弓起背，伸了个长长的懒腰，跳下地板，开始巡视周围。盆里的猫粮已经不多了，饮水机还在工作，一座小小的喷泉，可我更喜欢舔水龙头，有时候也会尝尝马桶里的蓝色液体。我呼唤了一声，主人还是没有回来。三个日落之前，另一个陌生人来过，帮我添了猫粮，清除猫砂里的大便和吸足了尿液的绿色结块，那个人跟我玩了一会儿就走了，再也没有回来。夜里，整个小区亮起的灯越来越少，也越来越安静，同类的叫声倒是多了起来，它们交流着类似的事情，人类莫名其妙地消失，留下拆封的猫粮和不关紧的水龙头。它们似乎在说，现在轮到我们做主了。可我想念喂养我、抚摸我的那个人，她身上有一股奇怪的味道，让我想起薄荷草，只需要一点点，我就会疯狂地奔跑，咬一切东西，不停地打喷嚏。她到底去了哪里？

时间变得有些破碎，似乎跳过了一些日出与星辰，啃破的猫粮袋空空如也，饮水机里的水流得满地都是，猫砂盆里已经没有干净的角落。我被饥饿折磨着，在沙发上磨拭爪子，我知道只有一条路可以走，阳台的边缘，钻过铁栏杆的缝隙，颤颤巍巍地跳下空调机箱，寻找通往那棵高大阔叶树的枝丫。我需要非常小心，爪子保持尖利，否则，大地就是我的终点，哪怕有再多条命。黑色肉垫在冰凉瓷砖上反复踩下、变形、抬起，胡须抖动，双耳旋转，计算着距离和风速，一股怨恨升起，为什么把我丢下？为什么不带上我？

助跑。跳跃。空中调整姿态。有惊无险，我与几片落叶同时着地。世界的尺度变得不一样了，头顶是开阔而遥远的天空，我不知道该去哪里，沉睡已久的本能在血液里开始汩汩流淌，绒毛竖起，像在空气中撒开的网，捕捉着微不足道的紊乱气流，触发警报。许多对眼睛开始从暗处浮现，逼近，那是我的同类，来自不同的家庭。它们的毛发如此千差万别，有的纷乱纠缠，有的肮脏暗淡，有的散发精心护理的光泽，有的已经露出粉色的疥秃皮，无论出身如何，它们都在讲述着同样悲情的故事——主人消失了，也许是永远。

我很快学会了千百万年前祖先习以为常的仪式，偷袭树上的鸟，捕捞池里的鱼，以及从别的猫口中夺取现成的食物。不，不是学会，只是记起了久已忘却的回忆，那些被精致猫粮、自动饮水机和猫砂盆压制的回忆。我甚至记起了如何划定地盘，通过战斗赢得地位，谋求异性的欢心，尽管由于生理性的残缺我并不能真的有所作为，对主人的恨意由此又增长了一分。我带领着猫群在午夜的街头狂奔，穿过蓝色铁皮围就的森林，梧桐树影与黄色街灯撕扯着领地，密密麻麻的白色虫蜕在风中翻滚，高高的桥面上空无一人。我们对着停满乌鸦的电线杆咆哮，宣布对这座城市的所有权。鸟群飞起，像漆黑的灵魂不断舍弃旧的身体。

然后，那头闪着红蓝光的铁皮怪物出现了，带着轰隆隆的震响，从两侧肋骨吐出黄色烟雾，烟雾让我们变得越来越轻，我们跑啊跑，怎么也踩不实地面，却像鸟一样飞起来，越飞越高，直到飞进梦里。

我以为自己早已忘记了那些住在猫窝里的日子，但在梦里，那只温柔的人类的手会探进来，勾挠我的下巴，揉搓我的肚子，那样的瞬间会让我笃信，主人同样喜爱我，需要我，也会因为我在她生命中的消失心怀悔恨。我如此渴望那只手，于是发动所有的毛发，紧紧缠绕在她的指间，让它进入我的身体，成为我不可分离的一部分。手探得越深，我便越不舍，像是她皮肤上附带的薄荷香味，通过毛发的神经末梢，放大我的依恋与成瘾，于是想要更多。主人完全进来了，潜行于幽暗的海底，气泡成串浮起，每一个都折射着远古的记忆，在不同的时代，我们亿万次地分离，有时候她离开我，有时候我离开她，但终究会回归，跨越漫长得无法用语言表述的时空，重新融为一体。

在皮毛之下，主人渐渐浮起，肌肉、血管、神经、腺体……一一对应贴合，她的眼球从后面嵌入我的眼窝，舌头从喉咙伸进两颌之间，我试图咆哮，声带呜咽着发出奇怪的音节。两套感官彼此交叠，争夺着对外部世界的唯一解释权。

记忆也是。我记起了一些本不该属于我的东西，主人离开我时的恐惧与绝望，焦虑与自责，我怎么可能知道这些，她无时无刻不在挂念我，寻找我。我突然明白了一切，记忆碎片亮得刺眼，她被带去哪里，又经历了些什么，被囚禁在那间巨大明亮的铁皮屋里发生的事情，并没有比我的遭遇好多少。我不再怨恨主人，就像她不再怨恨自己。

这种感觉真够奇怪，像是从池塘里同时看见了自己的脸和后脑勺，一扭头，看到的还是自己的后脑勺和脸。水面被丢进了石块，两种波纹被打碎了交叠在一起，随着纹路荡漾渐渐清晰，同步成唯一的版本。

于是，我终于记起了，我是那个变成了猫的人，而不是相反。

我从梦中醒来，枕巾湿得像刚从泳池里捞出来，脚边空空荡荡。

后来你还梦到过富富吗？

没有。

初春的午后，一簇簇的鲜绿被阳光搅动着，让幸福里的建筑活了过来，人们带着谨慎的笑意，彼此问候，言谈间刻意留出许多的空白。小娟依旧吸着冰摩卡，那次之后，我又把她介绍给了身边有类似需求的朋友，她更忙了。不过，这次是她主动约我，答谢我给她带来客户。

那就好，我还想着免费送你一次服务呢，省了。

怎么跟我前男友一样小气，潮汕人是不是都特别抠门儿？

哈哈，现在你信了？

一半一半吧，不然给你介绍客户？总不能坑朋友吧。

哪一半信，哪一半不信？

我相信你给我带来了某种变化，就像心理咨询，虽然不知道是怎么做到的，可就是管用。不信的部分嘛……说实话，这三年来我已经不知道该信什么了，就像爱过一个渣男就很难不怀疑爱情，后遗症吧我猜。

嗯我懂，不止你一个。你还会再养猫吗？

暂时……不会吧，得缓个一阵子，再来一次我可受不了。

再来一次谁都受不了。

可你生意更兴隆啊，要是再开发个别的产品线，什么狗啊，鱼啊……人啊？

小娟眼神里露出一丝畏惧，像被针扎中手指，反应如此即时而真实，再专业的演员也难以伪装。那一瞬间我知道她说的是真的，也同时骗了我。她并不是只能与猫灵沟通，而是出于某种原因，抗拒或惧怕跟其他的物种灵魂接触，尤其是人类。她叹了口气，知道自己暴露了。

想做的话早就做了，可外婆不让，说会有报应，她自己就是个例子。

我静静等着，知道她会把故事讲完。

小娟的三舅年轻时是个文艺青年，会拉小提琴，长得又帅气，街坊邻里有不少暗恋他的女孩，三舅走到哪儿，女孩们就偷偷跟到哪儿。破"四旧"的时候，三舅也被动员了，不过不是动手砸的"先锋队"，而是事后慰问演出的文艺兵。有一回，他们要到隔壁村的祠堂演出，还要打地铺过夜，外婆一听就急了，那祠堂可是供奉列祖列宗的地方，怎么能在那过夜？何况……外婆的话说了一半又咽回去。三舅自然知道母亲想说什么。在此前不久，祠堂里上吊死了个姑娘，穿着一身红衣红鞋，想必冤情极深。姑娘家人知道外婆有天眼，找来想让她跟死去的女儿通灵，问个究竟。那是什么年头，外婆自然知道个中风险，任凭对方怎么哭求，硬是铁口回绝。于是尸体在日头下晒了几天之后，姑娘家人只得哭天抢地地将其草草下葬了事。思想进步如三舅断然不会听母亲劝阻，当晚拉了《四季调》又拉了《八月桂花遍地开》，村民掌声如雷，一直加演到半夜，三舅才铺了草席睡下。第二天，三舅进门脸色煞白，一病不起，请来各方医生折腾了一个礼拜都没把高烧退下去。外婆知道其中有鬼，把门关起来做了场法事，让家里所有人发毒誓不得外传，怎奈为时已晚。外婆说，红衣女鬼怨恨她不帮忙申冤报信，害得自己只能当个孤魂野鬼，一怒之下拉三舅下去跟她做伴。三舅临死前已经烧得不成人形，就像那具在日头下暴晒的死尸。从那之后，外婆便立誓要斩断业报，不许家里任何人提起，更不许从事相关行业。

大太阳的午后，小娟的故事却听得我起了一身鸡皮疙瘩。也许我的理智还在抵抗，但身体已经被说服。

那你又是怎么回事？我记得，你说过自己不是断掌，没有那种能力。

小娟笑了，你有没有听说过，左手代表先天，右手代表后天。

我愣住了，努力回忆当时她给我看的究竟是哪一只手。

外婆去世的时候，小娟正坐在家中的摇椅上看电视，看着看着睡着了，突然椅子晃了起来，把她摇醒了。小娟睡眼惺忪地抬头，看见外婆穿戴整齐地站在面前，像是要出远门的样子。小娟问阿婆你要去哪里呀，外婆不说话，只是笑眯眯举起左手，小娟照着举右手，两人像从镜子内外伸手击掌，可小娟看着外婆枯瘦的掌直直穿过了自己的小肉手，两只手相交的接缝处，是断掉的掌纹发着金光，凝固在掌心。

在那一瞬间，我知道了很多很多事情。当我再一次醒过来时，天上飘着大雨，所有的频道都在说大地震的事情，后来，妈妈终于回家了，告诉我，外婆走了。

我细细抚摸着小娟右掌不同寻常的纹路，不知道该说什么好。

从那之后，我就开始看见一些东西，有好的，有不那么好的。为了保护自己，我只跟猫打交道，至少还能听得懂。

一只棕雀停到桌缘，歪着脑袋盯着我们，迅速啄起一点食物残渣，扑棱着翅膀飞走。

我终于按捺不住，问出憋了很久的谜题。

我知道行有行规，可真的想知道，你到底对我，或者对富富做了什么？

所以……现在你开始信了？没什么不能说的，很简单。小娟从杯盖抽出吸管，鼓起腮帮子，使劲吹了口气，细小的水滴从另一端溅出，在阳光下折射出一道迷你彩虹。

吹口仙气？我不明白。

记得上次跟你说过，两个世界之间是一座断桥对吧。

我点点头。

那只是一个比喻。断掉的不是桥，是你的生活、你的心，需要想办法把那些断开的地方重新粘起来，让能量能够顺畅流通。富富之所以回来，就是因为感受到了你对自己的指责和伤害，就像不断把伤口撕开，没有留给它愈合的机会。我只是帮它传递了一些信息，就像邮递员。

我没有说话，一切都那么不言自明，只是被自欺欺人的谎言刻意掩盖住，无论是伤口还是真相。

它没有恨我，对吧。

小娟点点头，认真地看着我的眼睛：它很爱你，希望你把心打开，只有重新相信这个世界，才能感受到世界对你的爱。

不知道为何，这两句鸡汤听似廉价，却让我胸口淤堵已久的巨石熔解，化成热流涌上喉咙。我移开视线望向别处，忍住不让眼泪落下来。我失败了。

我今天约你，其实是来跟你告别的。

你要去哪里？我慌乱地抹去泪花。

回南方，那里需要我。

可这里也需要你呀，你看，天天不断有人托我介绍你呢。

小娟笑着摇摇头，这座城市最难过的时候已经过去了，它会自己慢慢恢复的，就像你一样。也许很快，你就会有一只新的猫。

那万一……万一我又需要梦的邮递员怎么办？

什么东西啊？这是你刚才随口胡掰的新名词吗？读书多就是厉害！小娟捂着嘴揶揄我。说正经的，有一件事我没有告诉你……

哈？

还记得我说的吸管理论吗？

记得啊，要吸才能喝到咖啡嘛。

其实把咖啡杯比喻成那边的世界不太合适，杯子里是无穷无尽的另一个时空，比外面整个世界都要大得多得多，所以不能排除会发生一种情况：我们被吸管吸进杯子里面去。

什么？我看着小娟，竭尽全力也没有办法想象那样的鬼扯场面。

如果，我是说如果，有多到难以想象的灵体纠缠在一起，成为一股巨大的能量，想要对这边的我们传递某个信息，你想想会发生什么？

大家都开始……做同样的梦？

小娟点了点头，表情严肃，这就是现在正在发生的事情。外婆老说，猫托梦，雀争食，天将有变。

那……那我们该怎么办？

它们一直在召唤我，就好像这是我命中注定该做的事情。可我真的很害怕，怕像外婆那样被诅咒，一辈子承受着痛苦，我不知道。我只知道……你很特别，我从没遇见过在梦里能跟猫融合得那么稳定的人，这是第一次。

嘿，也许我也可以……我的兴奋被小娟无情打断了。

这代表着你很危险，那股力量会更快地找到你，把你吸到属于它们的领地，也许你会永远也醒不过来。

那……我该怎么做？我猜自己的脸色一定很难看。

这段时间我会先派几只猫在梦里守护你，如果有情况，我也会知道。

我被这一连串的信息炸蒙了，不知道该露出什么表情合适，直到小娟的眼角实在憋不住笑意，继而转为大笑。

喂！你是在骗我吗？

这么假的鬼话你也信，怪我咯？

小娟回了南方后，微信名字多了一个后缀：梦递员。甚至还有了自己的公众号，提供在线服务，也许是她新解锁的能力。置顶的介绍写着：

"……古早以前，桥是畅通的，每个人都可以在梦里来去自如，但慢慢地，很多人就不愿意回来了，梦的世界更美好，人人可以变成自己想要的模样，过上想要的生活，永远地活下去。清醒世界的君王急了，这样下去他的臣民会越来越少，于是下令巫师作法，斩断了两边的通道。于是，人只有在睡着后才能去到那边，并且没有办法控制自己会是什么样，进入怎样的梦境。只有极少数的人，能够在清醒的时候跟梦的世界沟通，传递信息，帮人们解决在清醒世界解决不了的问题。于是，这些人被称为……"

我点开几篇看了看阅读量，笑了，吃她这套鬼话的人还不少。

一切都在加速恢复正常，我以为小娟会渐渐淡出我的生活，就像所有那些本不该出现的怪事，就像宇宙的时间线在这三年里分了个岔，抄了一条超出人类理解能力的弯路，现在岔道又慢慢合拢了。

直到有一天，我做了一个奇怪的梦。在梦里，我又变成猫的形状，有两只猫陪着我，一黑一白，像是护卫般左右不离。我们在空无一人的城市里飞奔，爪子踏过之处都长出细而软的绒毛，像野草疯狂滋长，覆盖所有的道路和建筑，让所有冷而硬的表面变得暖和且温柔。城市开始滚动起来，像一个毛球，引诱着我们不停奔跑、追逐，可最终发现，我们只是在原地踏步。毛球最终消失在一个眼窝般幽暗深邃的洞穴中。我被本能驱使着，想冲进去一探究竟，可更深层的恐惧又阻止我，让我颈后毛发悚立。就在我犹豫不决之时，洞中传来纤细而胆怯的叫声，如此熟悉却陌生，如同穿越历史的回响，一声声唤着，富富，是你回来了吗？

——原载《小说界》2023 年第 4 期

科幻文学中的人物关系，有时会蔓延于无数个文明的交往，有时却仅仅局限于两个人之间。科幻小说《沙燕》无疑选取了后者的视角。

同样的宇航任务，却处于不同的时空。这还不是最关键的，最关键的是，主人公面临一个生死抉择的难题，关乎情感与理性、个体与文明以及现在与未来。他必须做出一个决定。

沙　燕

王　元

1

灯笼挂起来了，春联贴上去了，电子烟花绚烂多彩，全息爆竹以假乱真……

还有十七天，我就要离开空间站，按照计划，今年能够赶上跟家人共度春节。我已在此服役三年，回头看，弹指一瞬。当然，我可以跟地球上的亲朋通话，环绕火星的天链卫星保证地火之间的网络通畅，但是无法抹平五千五百万千米到四亿千米的距离。你能想象吗，当我满含深情问候父母："爸，妈，儿子在火星跟二老拜年了，祝你们身体健康，平安如意。"十几分钟之后，我妈带着哽咽的回复姗姗来迟，而我的深情早就被这个时间差辜负，很难重新投入刚才的情绪，就像足球场上，射门得分后还需要等待 VR 介入，失却了庆祝的激情。

起飞那一刻，我就盼望返程，这一天真正来临，我又有些不舍，或者说，近乡情更怯，有点像复员时的心情。

所有任务完成，接下来要做的就是等待，为打发时间，我拿出一本《2057年中国最佳科幻作品选》和一套两千块的拼图礼盒。两千块不是价格，而是数量，两千块零片。思忖片刻，我放弃科幻小说。我挺喜欢科幻，甚至可以说，正是因为青少年时代划拉过太多相关读物，我心里埋下了一颗航天种子，但在工作岗位待久了，有过几次升空经验，我越发觉得外星人的存在和星际旅行的可能性微乎其微。我知道这是对科幻原教旨的背叛，可大部分人的成长不都是以对梦想的背叛为代价吗？我不止一次跟父母摊牌，以后我有了孩子（最好是个女儿），一定不会让她接我的班，太辛苦了，太孤独了，太空旷了。父母一开始还能站到我的角度考虑问题，航天的确艰难，最难熬的是分别，全世界没有几个工种像我们这样一走几年甚至几十年，更有甚者，有去无回；到了后来，我的感慨就变成牢骚，父母犀利地反击：别提你女儿了，先找个女朋友再说吧。

拼图图案是《连年有余》的年画，一个抱着大鱼的娃娃，以及两株荷花，父亲送给我的礼物。我从小没有什么特长，跟同龄人相比，唯一过人的地方就是耐心，我可以一天一夜不挪窝，因此拼图理所当然成为我最喜欢的玩具。然而过去三年，我数次挑战，总是无功而返，最多的一回拼出两只黄色的鱼眼睛，主要还是心不静；孤独像风吹拂着我，最痛苦的不是打击，而是没有回应。现在，我心情大好，找回儿时的风采，有如神助，两个小时不到，就把娃娃的脑袋拼出来：他梳着两只小辫，春光满面。

就在这时，我接到基地紧急通知，深空应答机蜂鸣不止。空间站配置两种通信方式，分别是 X 频段深空应答机和 UHF 频段收发信机，前者可以直接与地球联络，后者需要依靠前几年发射到火星轨道的环绕器作为中继。深空应答机虽然可以直接与地球进行对话，但传输数据有限，基地一般使用收发信机向我传达指示。深空应答机意味着事态紧急。

基地传来的信息只有一句话：火卫一附近发现不明天体。

作为一名航天人，我知道不明天体意味着什么，就像崭新的公式之于数学家,就像恐龙的骸骨之于生物学家,就像秦始皇陵之于考古学家,就像卓然不凡的灵感之于小说家。我应该表现得亢奋,但我当时最真实的心境是悲戚,今年或不能回家过年。

2

不明天体由 SKAO(平方公里阵列天文台)发现,与火卫一运行轨道有部分重叠。空间站有关于火星卫星的观测和记录,我查验了过去两个月的数据,火卫一和火卫二老老实实待在各自轨道公转,异常发生于上周,火卫一附近多了一个小黑点。我将空间站的望远镜对准黑点,进行跟踪拍摄,通过形状推测是一颗彗星。我松了一口气,用不着大惊小怪;同时也泄了气,从来就没有那么多公式、骸骨、皇陵、灵感莅临。

由于黑点运行轨道与火卫一有一定范围重叠,空间站的望远镜每个火星日只有半小时可以追踪到不明天体。我编写好程序就去睡觉,没必要一直盯着,系统会替我张开眼睛。

梦里,我衣锦还乡,拥抱过、哭过之后,随父母一起开车回家。我还记得梦里与父亲对话,他说你这么久没摸车,不如调成自动驾驶模式吧。我偏偏要体验驾驶的乐趣,一路风驰电掣,享受第二宇宙速度都没有赠予我的推背感。回到家里,那一桌子美味堆积的乡愁等着我吞咽和消化。我是被警报唤醒的,眼角蓄泪水,嘴角淌口水。我迅速检查照片,图案一点点生成,分辨率不是特别高,但仍然可以判定那个狭长的飞行物不是自然天体,而是一艘宇宙飞船。

我愣了两秒钟,一股麻酥酥的电流在我神经中巡游。

我紧急跟基地联系,将图片传回,三个小时后传回的信息只有两个字:待命。

当我确认那是一艘宇宙飞船时,脑海闪过无数个熟悉的篇章和概念,《接触》《你一生的故事》以及"非我族类，其心必异"、猜疑链、黑暗森林法则。过去一百多年，科幻小说把外星人解构得非常彻底和全面，要么好，要么坏，如果外星人被定义为后者，则从不乏拯救地球的英雄。我对于科幻小说最初的疏远就是意识到自己与英雄相距甚远，我对自己的侧写是，认真、努力、踏实、有点笨、不够勇敢、缺乏浪漫，不具备在关键时刻挺身而出的个人英雄主义，更不是一个拥有献身精神的殉道者。我只是一个普通的航天员，服从命令，执行任务。

空间站有一口高能粒子炮，主要用来清除轨道上飘过的太空垃圾，在外星人（除了外星人，我想不到其他可能）发难之前，必须消灭之。做出这个决定并不难，我们不能用人类文明的未来去做善良和可能的假设：假设外星人并非怀有侵略地球的恶意。一旦假设不成立，没有人能够承担得起责任。决策者将是人类文明史上最大的罪人，如果人类文明还可以存续；到时可能就真的没有人了。

我向基地发出请示：是否需要对目标飞船进行打击？

十几分钟过去，基地没有回复，以防万一（信号被高能粒子干扰的情况并不罕见），我再次发出请示，又是十几分钟，半小时，一个小时。不安和焦虑轮番轰炸，我不由得设想地球可能已经遭遇外星人袭击，人类从食物链顶端沦为阶下囚。外星人可以出现在火星，说明航行技术远超人类，而航天是生产力的代表。我决定发出最后一次请示，如果仍无回复，便擅作主张把飞船炸掉。说实话，我并没有把握，外星飞船很可能具备力场防护罩或者质能大炮，可以轻松化解任何攻势，但不管怎么样，我都不能袖手旁观和束手就擒。我打开保险，输入射击指令，只需按下回车键，就可以激活程序，发射炮弹。

我右手食指悬停在键盘上方两厘米，胸口开合着一个又一个大幅度的深呼吸，十几分钟等待似乎比我服役的三年还要漫长。我吞咽一口唾沫，闭上眼睛，准备按下。就在这时，我听见一阵蜂鸣。基地的指示姗姗来迟，经过一层层上传下达，要求我与外星飞船取得联系。我心里叫苦不迭，这是玩火，玩火自焚啊。一同发送的还有一张图片——虽然距离更近，但空间站的望远镜无法与各种阵列望远镜相提并论，他们拍到宇宙飞船相对清楚的影像——飞船上印刷的字体竟然是中文：沙燕。

虚惊一场！我又是舒气，又是后怕，差一点，我就对自己人开炮，被钉在人类文明史的耻辱柱上。

作为距离"沙燕"最近的人类，我的新任务是与其取得联系。看来，我的拼图又要半途而废，准确地说，我从未走到"半程"。

很快，我接到两通从地面打来的电话。

第一通电话来自我的父母——自从人类登上太空，航天员的生理健康一直是各方关注的焦点，失重环境会造成骨质和脏器的不适，后来人们才开始重视航天员的心理问题。与地面（家人）通话可以帮助我们调整状态，让我们知道自己正在被关怀和记挂着，那是空间站与地球的脐带。父母说，儿子啊，领导跟我们说了，有突发状况，你别担心我们，好好工作，这是一项光荣而艰巨的任务，我们等你回家过年。另一通电话来自我并不认识的领导，由于保密原则，我称其为一号。一号说，他们正在紧急商讨，让我千万不要轻举妄动，一切以他的命令为准。一号第一个命令就是利用无线电与"沙燕"取得联系。

我立刻展开全域广播——第一，表明立场，这里是中国驻火星空间站，我们热爱和平；第二，询问对方信息，尤其是身份和目的。一连几天，我盯着通信装置，迟迟没有回复。我上次这样寝食难安、茶饭不思还是跟前女友分手。我就像超级强迫症患者，每隔几分钟就要检查通信装置，到后来，我感到自己变成机械人，这个念头就是驱动我的算法，等待、查看、等待、查看是我的二进制。有时候我睡着了，梦里还在运转，醒来无缝衔接，到后来我开始混淆清醒与睡眠的边界，直到手环振动，提醒我今天是 10 月 22 日，我原本返程的日子。

十七天已经过去了。

飞船没有回音，总部也没有更新指示，我有一段时间莫名恍惚，以为大家都把我忘了。

我再次向"沙燕"号发送无线电，之后跟往常一样切入等待、查看的循环，很快，有了回音。我一时难以置信，反而有些摇摆，就像好龙的叶公。我点开对方发来的消息，竟是一把略带沙哑的女声，听起来不过二十多岁。

她说：你好，这里是"沙燕"号，我们被困在火星，请求支援，请求支援。

我连忙问她：你好，"沙燕"号，这里是中国驻火星空间站。我从来没有听说过"沙燕"号，您能否提供相关证明？

10分钟后，她传来回话：怎么可能？"沙燕"号可是全人类瞩目的焦点，我们从太原发射基地出发，航行编号是洞拐么叁洞勾。

我立马向基地反映，让他们调查太原发射基地的发射记录。

等待过程中，我又给女孩发送一条信息：能否向我具体描述"沙燕"号的航程以及现况？

10分钟后，女孩回复："沙燕"号是一艘探测飞船，此次航行主要任务是对半人马南门二和马腹一进行考察和勘测。回程时，我们计划绕过火星，利用引力弹弓效应进行减速、调整航向，结果遭遇严重日凌，飞船设备瞬间失灵。"沙燕"号被火星引力捕获，成为一颗卫星，直至日凌结束，部分设备恢复。

我听得一头雾水，半人马座距离地球约4.2光年，而我们发射的飞船和探测器刚刚突破第三宇宙速度而已，连万分之一光速都难以望其项背，而且没人比我清楚三年以来火星遭遇的日凌记录，根本没有她说得那么猖狂和肆虐，顶多对通信造成一些干扰，不可能摧毁整艘飞船的电子设备。

我接着问：飞船一共多少人？情况如何？

10分钟后，女孩回复：一共有三十四人，包括科研人员在内。我是领航员。事故发生时，我正在生活舱休息，其他人在餐厅庆祝。现在，飞船只剩我自己。我很害怕，请救救我。

总部传来最新消息，太原发射基地根本没有"沙燕"号服役记录。我把跟女孩交流获取的信息悉数传回总部，一号指示我继续与"沙燕"号保持交流，查明对方动机。

我说：你好，先别慌，我叫罗隐，你怎么称呼？

10分钟后，女孩：你好罗隐。我也姓罗，我叫罗琳。

天底下竟然有这么巧合的事情。我接着问：罗琳你好，事情是这样的，我们已经与太原发射基地取得联系，目前没有找到"沙燕"号发射记录。你能解释一下吗？

10分钟后，女孩：现在最重要的难道不是救援吗？"沙燕"的生态系统遭到破坏，飞船内部环境正在迅速恶化，用不了多久就没法住人。我要求你方立刻派登陆艇进行救援。空间站一定有登陆艇对吧？

她说得没错，空间站的确配备登陆艇，但我无权擅用。

我沉默了。

半个小时后，我收到罗琳的威胁：此次航行，我们掌握了非常重要的资料，事关人类移民大业，如果三天后看不到登陆艇，我会引爆飞船，让人类的第二家园为我陪葬。

紧接着是一条"又及"：我说到做到！

我意识到哪里出现断层，立马回复罗琳：请详细阐述"人类移民大业"和"第二家园"。

10分钟后，罗琳：你们终于着急了吧，但我不会上当，别想着骗取我们拿命换来的信息。已经22世纪了，还在使用这么低级的伎俩！

22世纪？我一时没有反应过来，手头上那本2057年的科幻年选是我三年前出发时带到空间站的，现在是地球年2060年，距离22世纪至少还有四十个年头。在空间站服役之后，我慢慢习惯十几分钟乃至几个小时的时间差，但四十年不知所终超出我的理解能力。我试探着向她发送信息，询问"沙燕"号具体的发射时间。

10分钟后，罗琳：你们查到发射记录了吧，"沙燕"号是2100年世纪之初从太原发射基地出发的。

我问她：那你们飞了多久？

10 分钟后，罗琳：飞了多久？这个问题计算起来比较麻烦，离开太阳系花费两个月，之后"沙燕"进行超空间跳跃，前后一年左右。

我对自己说，一定是还没有睡醒。

3

一定是还没有睡醒。

我试图回忆事情发生的经过，寻找症结所在。十七天之前，我完成任务，做着最后的准备工作，为打发时间，我拿出一本《2057 年中国最佳科幻作品选》和父亲送我的拼图。我选择了拼图，刚刚完成五分之一，来自地球的警报拉响，提醒我火卫一有不明天体。这些都没问题，往后开始崩坏，又是宇宙飞船，又是半人马座，现在来了一个四十年后。好吧，就算一切成立，不会那么巧"沙燕"号的幸存者与我同姓？这种概率小到让我怀疑人生和宇宙。如果我把这些消息传给总部，那帮工程师和科学家肯定以为我疯了，或者，科幻小说看多了。但仔细想想，四十年后刚好可以为前面几个问题答疑解惑：四十年后，"沙燕"号从太原发射基地升空，现在找不到发射记录太正常了；四十年后，人类科技突飞猛进，可以建造超空间引擎，而超空间跳跃需要多元宇宙理论支撑，可以解释为什么"沙燕"号遭遇日凌，而我在空间站毫无察觉，因为我们原本处于两个宇宙。

以上说明，罗琳来自另一个宇宙的四十年后——这在我看过的科幻小说里并不算太疯狂的设定，甚至有些稀松平常，毕竟穿越、多元宇宙都是常见的概念，但真正发生在我身上，仍然使我久久不能平静，就像在热搜里看惯了的明星"下凡"到老百姓的日常生活中，同样会引发震动。

思考再三，我还是决定向总部汇报，他们一定有办法验明真伪。

与此同时，我来了精神和兴致，有种梦想照进现实的既视感，迫不及待想要知道四十年后地球怎么样，人类社会怎么样，中国航天怎么样，我怎么样。我没有马上摊牌，把她穿越到四十年前的事情相告，对她来说，更加难以置信吧。

我向罗琳发送信息：关于你和"沙燕"号的事情，我大致了解。请你少安毋躁，耐心等待救援。

9分钟后，罗琳回复：对不起，我刚才对你发脾气了，我太害怕了，整艘飞船上除我外都是死人，飞船本身也在死去。我真的不知道怎么办才好，我才二十岁，我不想死。又及：我爸总是教导我要有耐心。

信息来回需要9分钟，空间站和"沙燕"号的距离变近了一些。我想起自己的二十岁，还在念大学，每天最幸福的时光就是泡在图书馆，在科幻小说中徜徉，每一本小说都是新大陆，不，是新宇宙。如今不过年长十岁，我已经彻底告别那些滋养我整个青春的故事。除了告别科幻小说，我还跟许多不切实际的念头撇清关系。上大学那会我笃信缘分，总觉得我的人生伴侣就在不远的地方等着我去邂逅，食堂拼桌的同学，高铁邻座的旅客，剧本杀凑单的玩家，游戏里闯关的搭档，但这些人最终变成连名字都不知道的陌路，后来我看淡了，感情的事强求不得，在空间站盘桓三年（可能是独处太久），我突然旧疾复发，幻想与罗琳展开一段旷世之恋；这是真正的旷世啊。这符合小说的发展规律，类似的剧情屡见不鲜。这个突如其来的念头让我心跳加速，用几个深呼吸打压下去，劝自己现实一点，你刚刚得知她的名字而已。

我收拾好情绪，对罗琳说：你不会死（然而，就在半个多月前我差点成为杀害她的凶手），我正在积极跟总部联系，商讨搭救方案。他们可能还需要进行一番研究，你知道的，总部就是这样的存在，当你想要做点什么时，总会有人拼命拖你的后腿，但你又离不开它。

9分钟后，罗琳：是的，感同身受，我们拥有同一个总部。你能陪我说说话吗？我一个人有点害怕。我今天上午把船长的尸体拖出驾驶舱，又踏着大副和二副的尸体去生活舱寻找食物。现在，我把自己关在驾驶舱，不敢出门了。

我说：当然。我一个人也非常孤独，能有人说说话是我过去三年的奢求。你已经非常勇敢，你的家人一定会为你骄傲。

9分钟后,罗琳:才不会,我爸恨死我了,我报到那天是除夕,之前报名、体检、训练都瞒着他。他不想让我当一名宇航员。

我说:为什么?

说完我下意识点击发送,一时忘了我们的通信横亘着9分钟时间差,于是追了一句:我们航天人有什么不好?没有我们,人类文明的尽头就是虚拟现实,而现在,文明的出路是星辰大海。不过你在除夕那天离开的确有些过分,父母嘛,都想跟儿女齐齐整整过个年。这也不能怪你,我也三年没有回家,只能打打越球(跨越星球的)电话。

再追一句:因为你,我今年又无法回家过年。

9分钟后,罗琳回复:因为我爸爸就是航天人,他知道这行多苦,不想我受罪。可我不这么想,我觉得太空旅行很酷,我觉得他也很酷。

10分钟后,罗琳:是啊,任务可不分节假日。人类文明的出处是星辰大海,这一点毋庸置疑,不是我为自己的行业标榜,此次航行的目的就是寻找新家园。

11分钟后,罗琳:今年我陪你一起过年。

我打了一个激灵,"我爸爸就是航天人"加上相同的姓氏,我突然想到一个狗血的设定,颤巍巍问道:你爸爸叫什么?我也许认识呢。

9分钟后,罗琳说:他叫林岩,我跟我妈姓。

我长出一口气,为自己的胡思乱想感到羞耻和好笑。我一定是单身(独处)太久,亟待一剂恋爱治愈。当我慢慢从不切实际的幻想中剥离,重新审视罗琳的回复时,发现一个严峻的问题:罗琳一再强调的新家园到底是什么?

我小心翼翼地向她求证,罗琳告诉我,地球已经不再宜居。

随着人类无限度开发和浪费,生态环境迟早有一天告急,只是我没想到这么早,仅仅四十年,我们就把地球透支了?从目前的情况来看,似乎不太可能,除非发生某些灾难,比如彗星撞地球,比如超级大战引爆核冬天。太过具体的细节我无法跟罗琳一一比对与核实,否则就会暴露我的年代。但我又不能不问清到底是什么灾难——如果是天灾,我可以提醒人们及时躲避,最大限度地减少人员伤亡和财产损失；如果是人祸，我可以兜售未来的惨状，予以阻止。如此一来，我几乎可以称得上拯救地球的英雄。

我决定迂回，不让罗琳察觉我的真实意图；同时，将这则重磅消息发送给总部，先让他们焦头烂额和束手无策吧，不，也许一号正是未来灾难的缔造者或知情人，我的信息助推了他的野心；又或者，我对未来的预告能够引起他们的重视，并叫停某项秘密实施的计划，如此善莫大焉。人生就是一个又一个猜疑链啊。

我开始跟罗琳套近乎：好，我们一起过年。你是哪里人？过年有什么风俗？

9分钟后，罗琳：我老家河北保定，过年的时候，我奶奶会剪窗花，她平时走路都需要机器搀扶，一旦拿起剪刀，就像威风凛凛的将军，三下五除二就能剪出一幅栩栩如生的窗花。剪窗花非常需要耐心，不能毛躁，一剪子不对，整幅作品就毁了。

我说：我一会去空间站找找，看看有没有红纸，如果有的话，我给你剪。我这人没有别的优点，就是有耐心。在我们老家，流行贴年画和放烟花爆竹，不过现在管制，全域严禁燃放烟花，只能用电子烟花助兴。

9分钟后，罗琳：你这是占我便宜，我之前说过我爸特有耐心？他总是语重心长地教导我，不急不躁，不骄不馁。不过，如果你真的能为我剪窗花，我就原谅你。

10分钟后，罗琳：我现在特别想他们。救援什么时候能到呢，我怕一个人撑不下去了。

我说：我不是故意占你便宜，我真的很有耐心，上小学的时候，别的小孩都在外面疯跑，我可以整天不动，坐在桌前拼拼图。你先等我一会，我马上回来。又及：你现在不是一个人。

我把空间站储物仓的边边角角都翻遍了，也没找到一张红纸，但我找到一支红笔和几张白纸。自己动手，丰衣足食。我把白纸磁吸在舱壁上，抓起红笔涂抹，没用多久就制成红纸。空间站有剪刀，问题是我不会剪窗花，光有耐心可不够。不过还有时间，距离过年还有两个多月。

我还找到一瓶红酒。酒一直是违禁品，挥发性物质会干扰空间站的水和空气回收系统，酒精作为易燃品也是安全隐患。随着时代发展与进步，如今空间站允许有少量塑料瓶存酒。回到通信室，我收到数十条消息，一一点开，都是罗琳问我去哪儿了，怎么还不回来，快点回来。

我说：罗琳你好，还在吗？

9分钟后，罗琳：你刚才去哪儿了？为什么不回消息？

我没有提及她说的窗花的事，想给她一个惊喜，我说：我去找酒了，突然很想喝一杯，你那边有酒吗？

9分钟后，罗琳：我找到一瓶，我陪你喝。……我已经喝了一杯，你端起来了吗？

看来"沙燕"号拥有重力调节系统，但空间站是失重环境，没法把酒倒在杯里。我拧开瓶盖，整瓶酒流淌出来。我凑上去，吸溜了一口，说：干杯。

9分钟后，罗琳：干杯。

4

第二天，我头痛欲裂地醒来，好久没喝这么多酒了。我检查了通信平台，有一条总部留言，一号让我继续与"沙燕"号保持联系，等待指示，未经允许，不能进行任何出舱操作。

不出我所料，不管大事小情，他们都要花很长时间研究，好像只有这样，才能显得认真对待，否则就是唐突和不负责任。

我每天跟罗琳通信，帮她消除焦虑，从她说话的内容和语气判断，罗琳现在的状态比刚开始好太多，可以跟我游刃有余地开玩笑。我把拼图拿来，弥上聊天的间隙。我们没日没夜痛聊梦想，喝酒，如果不是为除夕夜强行留一瓶，我早喝光空间站的藏酒。就这样，两个月一晃而过，转眼腊月二十三，再有一个礼拜就过年了。

我想起儿时那首歌谣，随口唱出来：二十三，糖瓜粘。

5分钟后，罗琳：二十四，扫房子。

我说：二十五，磨豆腐。

5分钟后，罗琳：二十六，炖羊肉。

我说：我们这边是"二十六，去买肉"。

5分钟后，罗琳：差别不大。二十七——

我说：杀年鸡。二十八——

5分钟后，罗琳：贴窗花。二十九——

我没有声明，我们老家是"二十八，把面发"，接着说：蒸馒头。

我很想跟她来个异口同声，但是通信的时间差不允许我们同步。我尝试滞后5分钟发送信息，这样我们就能同时听到：三十晚上熬一宿。

说完这句话，半晌没有消息，我在寂静中等待着罗琳的声音，我知道她还在，也许，她也在等我的声音。我们默契地保持平衡，谁也没有打破无言的守候。

冥冥之中的注定，空间站和"沙燕"号在除夕夜距离最近，届时我们通信的时间差会缩减到3分钟，而我们可以通过望远镜看到彼此。我终于拼好年画，涂抹胶水粘牢，用剪刀裁下来，再裱上红纸，制成窗花。空间站没有年夜饭，我只有一堆餐包和最后一瓶酒。

我说：还有几个小时就过年了。我将终生难忘这个春节。

3分钟后，罗琳：我也是。

我很想跟她表白，我知道非常疯狂，跟网恋似的，可我内心汹涌的情感无法作假。我犹豫再三，终于下定决心，然而一号的指示率先传达。我有点没好气，他们都不过年吗？火星公转周期是687天，我都能准确捕获地球新旧交替的日子，有什么事不能等过了年再说？抱怨归抱怨，我还是要点开信息，聆听总部的意思，他们经过两个多月研究和讨论，认为"沙燕"号既然可以穿越不同时空来到我们的宇宙，就有可能向原宇宙告密，届时，我们的地球就会成为他们的新家园。当然，这只是猜测。但对于我们这个宇宙的地球来说是一把达摩克利斯之剑，我们不能拿文明冒险。一号授意我向"沙燕"开炮，在两者距离最近的时候。对于这个观点，"沙燕"号刚刚出现时，我双手赞成，也是这么请示的，但现在让我杀掉罗琳，我怎么下得去手？过去两个多月，我们成为无话不谈的朋友，而且，我们约定一起过年。

我颓然瘫在半空，不停摇头。

这似乎连电车难题都算不上，一边是人类文明，一边是可能威胁到人类文明的、尚未谋面的异次元女孩，应该不难做出选择。我在踟蹰什么，我在牵绊什么？

我紧紧握住拳头，分不清是给自己打气，还是想打自己。

良久，握紧的拳头缓缓松开，且不说罗琳尚未谋面，就算她是我的爱人，我的女儿，我也不得不选择毁灭。生命就是这么残酷，宇宙就是这么残酷。

午夜钟声敲响。

罗琳：喂，我突然觉得，就这样也挺好。远离地球上那些讨厌又无趣的人，就这样静静地飘浮在天空。你呢？如果让你选择，你会留下来吗？还是说，你早就迫不及待回家过年？

3分钟后，我说：我没想过这个问题。我的确是想早点回家，可总得有人站岗。今晚是除夕夜，我们别想那么多了，你把酒倒上，我们干杯。

3分钟，罗琳：干杯。我们什么时候能见面呢？你一会可不可以站在窗前？我想看看你。

我说：好。

我站在窗前，站在窗花后面。我不敢让她看见我，更不敢看她。

罗琳：我看不见你，但我看见窗花了，谢谢你。过年好啊。

我在心底回应她：过年好。

——原载《中国校园文学》（青年号）2023 年第 1 期

有些东西我们能看到，有些东西我们看不到。各种工具，无外乎就是人类器官的延伸，使我们能够看到原本看不到的东西（当然这里是指广义的"看"）。

自古以来，人类就将某些动物作为工具来训练，那么这些工具，是否同样可以作为人类器官的延伸？那只身在犯罪现场的猫，能够告诉我们什么？

猫在犯罪现场

段子期

1

我根本就不是罪犯，我的猫知道。

但是，谁会相信呢，爱酱又不能开口说话，我只能一遍又一遍地解释，但他们根本不听。

那好吧，我再跟你说一次。我叫李维俊，我的猫叫爱酱，事发当天，是这样的——

那天天气很好，爱民街人不多，午后的阳光洒进玻璃窗里，舒服得让人犯困。我办完事准备从银行离开，银行门口有条向下的坡道，右转通往宽敞的马路。我提上猫包，爱酱在里面趴着，一直保持一个姿势，都懒得动一动，我戳了戳它的小窗口，它把脸别过去。这家伙，还在闹脾气。

我背上它，低头看了下手机，14：15。我一只脚刚踏出大厅，就看见门口正好停下一辆白色面包车，门一开，三个戴黑色面罩的人飞速下车，往银行里疾冲。在我意识到"他们不会来抢银行吧"时，我已经被冲在最前面那哥们儿一把推了进去。

我踉跄地差点摔倒，背后的重心往下稍稍一坠，爱酱轻轻叫了声喵，它估计在包里打了个滚。

这是标准的抢银行的桥段，真在现实里遇到，还是觉得不可置信，过了两分钟我才反应过来，与那劫匪老大对视一眼，只觉浑身打冷战。老大掏出了装上消声器的手枪，吆喝着要所有人趴下，谁动就开枪杀谁，他身材不高，手稍微有些抖，声音很干，像嗓子里灌了沙。后面两个跟班胁迫保安把铁栅门关下来，开枪破坏所有监控，然后像赶鸭子一般，把柜台外所有人都圈到一起。

我半爬着躲向一旁，和五六个人一起蹲在最里面的空地上，双手抱头，任由他们搜走身上的手机、钱包。猫包被我用腿夹在怀里，爱酱被乱哄哄的声音弄烦了，有点躁，用爪子抓挠着小窗口。身边穿花裙子的大姐被吓哭了，保安大叔直勾勾地盯着俩哥们儿手里的枪，其他几人都是邻里街坊，工友、大爷、阿姨都一脸恐惧，低着头大气也不敢出。

我心里暗暗骂自己，早那么几秒踏出门，就不会……

劫匪老大一个人冲进里面，用枪指着柜员的脑袋，要他们把钱都往袋子里装。柜员被吓傻了，只得惊慌照做。他很着急的样子，不停催促，恨不得自己动手装，像是在赶时间。

他们拿够了钱，就会以最快速度离开。否则，如果有人找机会报了警，他们来不及逃走，就会躲在银行里，把我们当成人质，跟外面的警察一直耗着，如果他们的要求不被满足，就会一个一个地杀掉人质。

你知道的，电影里都这么演。

但是，他们看上去并不像惯犯，抢银行应该是彻底走投无路的选择。凭什么这么说？一种感觉呗，有些人的苦衷写在了眼睛里。

可接下来事情的发展，出乎我的预料。

咦？等等，这是在哪儿？我头有点儿疼，刚刚我们不是还在银行门口吗？

怎么现在……这个场景，门口、天空怎么在剥落，这一切都是假的吗？

2

"李维俊，请保持镇定，深呼吸，接下来发生了什么？你能不能解释一下为什么你是最后一个幸存者？爆炸发生时，劫匪跟你说了什么？为什么所有钱都在你手上？你是共犯吗？"我有些着急，但为了破案，必须尽快厘清线索。

"爆炸？钱？等我想想，啊！头好疼啊……"李维俊的信号弱了下去。

我关上"阿赖耶"系统，从脑域连接中退出。

"暂停李维俊的信号连接。"我对方博士说，"那段记忆对他来说，刺激太大了，脑波信号非常不稳定，怎么办呢？"

"嗯，毕竟是接近死亡的一瞬间，潜意识里的恐惧会将这段回忆埋藏起来，更何况他现在……"方博士面对显示屏前一堆跃动的数据，轻轻摇了摇头。

我取下头罩，从白色的半躺式脑域连接舱里缓缓起身，眩晕感还未完全退去。"明天这个时候，再连接一次。"

"我想了想，隋警官，你下次询问他时，可以假装跟他是朋友关系，他也许会对你放下戒备，说不定能更快找到线索呢。"

我点点头，方博士说得没错，或许我应该更柔软一点。可是要我相信他吗？一场犯罪事件中最后的幸存者，怎么看都有重大嫌疑。

"他们能顺利拿钱离开的话，为什么又要引爆炸弹呢？"太多疑点在我脑中盘旋。

这是"6·21"银行抢劫爆炸事件案发后5天，和李维俊的第4次脑域连接回溯。李维俊现在躺在隔离病床上，昏迷不醒。爆炸发生后，银行里所有人包括劫匪都当场身亡，他是现场唯一一个活下来的人。他被发现时，位置距离银行门口5米远，身旁有一个跟劫匪一样的袋子，里面装满了钱，应该是准备拿钱离开。银行里的爆炸对他来说不是致命伤，是爆炸瞬间产生的冲击力将他推远撞在对面的砖墙上，导致脑部重伤、多处骨折和脏器受损。

在他入院的第二天，我们的调查遇到瓶颈，银行里和门口的监控被破坏，现场发生了什么我们一无所知。按照流程，我们要开始调查所有涉案人员的背景和行动轨迹。

李维俊，24岁，广告设计师，单身，在公司附近租房住，无不良嗜好，无犯罪记录，社会背景单纯，与劫匪三人没有任何交集。

他一直没醒，我们无法与他对话。而关键是，医生已经诊断他是颅脑损伤后呈植物状态的伤者，就算醒过来也很难恢复意识和知觉，更何况开口说话。

我去看他的时候，他几乎奄奄一息，我很同情他正遭受的痛苦，但我们不能放掉这唯一的线索。

幸运的是，院长告诉我，医院正在与一家叫作拓维科技的脑神经医学公司合作，他们开发了一套"阿赖耶"系统程序，可用于脑电波意识的修复与再造，能帮助脑损伤、神经官能症、老年痴呆症等病症的恢复治疗。项目组的方元齐博士建议我们，可以利用"阿赖耶"提取李维俊的记忆，或是引导他进入自己的潜意识世界，还原事件现场的真相，找到罪犯的作案动机。

向上面的申请程序走得很快，我们得到允许在医院对李维俊进行记忆回溯。登录"阿赖耶"系统如同登录游戏一样，他只需戴上一个头盔，系统会对他脑电波数据进行分析和提取。对他而言，沉睡的意识会在一个虚拟世界中苏醒，这个世界便是由系统根据他的记忆而重塑的虚拟实景画面，并且会根据他意识的转变而即时调整每一处细节。

简单说，他想起什么，这个世界就会出现什么，他脑中的记忆画面会在"阿赖耶"世界中得到完全复刻。如果，在他的脑域连接过程中有外部信号参与，来正向地引导他，那么，他大脑中调动记忆画面会变得更快、更准确。

而我，经过简单训练后，会扮演这个"引导人"的角色，只不过之前几次我依然是隋警官。下一次，我打算扮成他的师姐。

3

你叫隋慕驰，是我的师姐？嗯，长得还挺好看的，但我怎么记不起来以前在学校见过呢？既然你这么了解我，那肯定没错！

对，前几天我遇到点……可怕的事，不过，我现在好像没事啦，就是警察不相信我说的。什么，你相信我？嗯，谢谢师姐。至于那天发生了什么，感觉就像一场梦，让我想想……

气氛很紧张，我们这些人质被捆在一起瑟瑟发抖。负责看管我们的两个人，就叫老二和老三吧。老二个子矮，秃顶；老三瘦高，戴眼镜，年轻点儿。他俩看上去也有些紧张，时不时商量着什么，听不清。很快，他俩好像有什么分歧，在吵架，保安大叔坐不住了，小声安抚我们不要出声，他准备偷偷去按紧急报警按钮。

此时，老二老三吵架的声音大了起来，什么"医院""心脏""分钱"……劫匪老大从柜台里出来，一只手提着一袋钱，低声冲他们喊："吵什么！"他俩才各自低头收声。

我往柜台看了看，工作人员还在装钱。另一侧，保安大叔趁他们不注意，正慢慢往后挪动。老二注意到保安的举动，突然大喊："你干什么？别动！"

劫匪老大见状，也用枪指着保安。"别想报警，否则大家一起死。"老二此时解开衣服，露出绑在身上的几排炸弹，"有本事就试试！"

我们当时全吓傻了，不敢乱动，旁边有人开始小声哭泣，捂住嘴往里缩。

我以为这种状况下，没有人能出去，可那时，劫匪老大看了看墙上的时间，有些慌了。

他眼神在人群中搜寻着什么，我已经惊慌到窒息，甚至以为自己在做梦，直到冰凉的枪口抵在我脑门上。劫匪老大随即走到我这一侧，一把把我拎起来，我差点喊出声，只顺势单肩背上猫包，双手抱头，姿势滑稽。他不会第一个要杀我吧？怎么办怎么办？警察还没来，他要做什么？

他用枪挟持我走到门口，几步路的距离，我悄悄把猫包的拉链拉开了一半，想着，如果能把猫放走，它会自己躲远，成为流浪猫，但至少不用陪我死。接着，他用力将铁栅门往上打开一米的高度，随后低声对我说："小伙子，求你帮我办件事，把这钱送到爱民医院3楼502病房李乐雨处。"他的眼神有种令人无法拒绝的无奈："求你了，时间来不及了，我儿子等着换心脏，我放你走，你先把钱送到医院行吗？我不会伤害他们……"

他竟然在求我？局面在此刻反转了，能放我走，我肯定得答应！

"好，我答应你，我立马把钱送去医院。"我不敢多看他一眼，害怕他又改变主意。我接过他递来的袋子，颤抖着准备从门缝下俯身出去，顺势往里看了一眼，所有人都在看我，我能明白他们眼神中的无助和暗示。

可谁知，他扯下我的猫包说："把猫先留下，半小时后，我把它放在门口。"

这是条件！他看我这么护着猫，肯定觉得我是个有爱心的好人，他把爱酱押在这里，就是逼我必须去送钱，至于之后我会不会报警，他已经不在乎了。

"我的猫……"没等我说完，里面突然躁动起来。

老三和柜台人员不在，可能去银库里面装钱去了，老二敞开衣服骂骂咧咧地冲人群发火，声音嘈杂了起来。一瞬间，我似乎听到了嘀嘀声，那声音就像凭空在耳边产生，或许只是一种幻觉，但这瞬时的直觉告诉我，别的地方还有炸弹！

我脑子里只有一个想法——逃出去！趁他往回走的时候，我用力拉开猫包的拉链，一把抓起爱酱的颈子，一手使劲撑开铁栅门，然后俯身，一只脚踏了出去，一系列动作在分秒内完成。可是，也就是在分秒内，炸弹爆炸了，炽热的气流往外翻滚，我感到皮肤一阵刺痛，之后的事就完全没有记忆了。

问我害怕吗？当然害怕了，里面的人应该都……师姐，我头有点疼……对了，我的猫呢？爱酱不见了，我想去找它。

4

每次连接时间不能太长，方博士将我们的脑电波信号暂停下线。

连日来的脑域连接让我有些疲累，好在这一次有了重大突破。李维俊对扮成师姐的我没有戒备心，他几乎是领着我一起进入了"犯罪现场"，我就跟在他身后，听他一点点描述着现场的所有细节。

这是重案组警察第一次用这种方式查案。我们见过太多诡异、残暴的案件，对受害者的同情，对犯罪者的谴责，久而久之内心已经变得麻木。从前，感同身受是不存在的，我们只是掌握真相的旁观者，而现在，我们能身临其境地进入受害者的世界，回顾他在那个时空经历的一切。他在那一刻的恐惧、无助、痛苦，无限真实地复刻在由脑域创造的虚拟世界中，当他的感官信号叠加在我的脑波时，我才体会到这一切有多么真实可怖。

可李维俊现在正在生与死之间挣扎着，对他来说，似乎是停留在一个混沌的意识空间里，一个灰色的、看不到出口的裂缝之中。

在他病床前停留一阵，我将这些信息上报，之后便回家睡了一觉。关于劫匪的作案动机、炸弹的来源、劫匪三人的关系、当时发生的细节，所有线索拼凑在一起，也许很快案子就会告破。

已是第二天清晨，我从家里温暖的被窝醒来，伸了一个懒腰，享受这几分钟的私人时间。还没起床，脑子又不自觉地回顾起案情，有什么东西一闪而过，我突然想到一个很重要的点——李维俊的猫呢？现场只有猫包，但没发现猫，爱酱应该是在爆炸发生的一瞬间掉下地，然后躲开了。

我立马清醒过来，抓起手机拨给同事："小丁，李维俊当时带着猫一起去银行的，现场附近有找到这只猫吗？"

"那只猫现在已经被送到宠物医院了。是这样的，案发后两天，有人拨打李维俊的手机，说在路边捡到了他的猫，当时李维俊还在病床上，电话是我接听的，应该是好心人通过它脖子上的猫牌找到了主人的电话。我当时拜托鉴定科的同事去处理，她就先把猫送到最近的宠物医院寄养了。"

"这么重要的线索，你怎么不及时汇报呢？"

"抱歉隋警官，我太忙，忘记这件事了。嗯……难道，猫也是线索吗？"

我没多做解释，对，猫身上没什么有用的线索，但我在几次连接中，看到李维俊对它的保护，也难免动恻隐之心，也许，猫能帮助李维俊早点醒来呢。我没多想，起床后赶到那家宠物医院，找到了爱酱。它是一只一岁多的英短，银渐层的皮毛，体形不大，脚掌蜷起来，尾巴环绕着身体，正待在笼子里眯着眼休息。医生说，它被送来的时候，身上有烧伤的痕迹，但不严重，治疗了几天，快好了，它不久前还做过绝育，有点闹脾气，对它温柔点就好啦。

我连连道谢，结清所有费用，把爱酱接回了家。它不怎么怕生，进屋四处巡视了一番，确认这里是自己的新领地后，跳上沙发，往窗户的方向看看。阳光洒进来，它就挪到有太阳的地方晒着，不时张开爪子抓挠沙发边缘和靠枕，发出沙沙的响声。我坐下来摸摸它，想要示好，可它对我摆出一副臭脸，不知道是不是因为太久没人来接它而生气。

先在这里养好伤吧，爱酱。

我手机下单了猫粮、猫砂盆、猫窝、玩具和药品，等情况好一点，我想把它带去医院见李维俊。

接下来调查取证的工作不算太难，因为劫匪的作案动机已经很明确了。我闲下来翻了翻李维俊的社交网络，大多是爱酱的照片和一些日常琐碎。他的生活忙碌且单调，爱酱的出现让他成了一个乐得其所的铲屎官，不管是方案被否、彻夜加班，还是失恋、空虚，家里总有个朋友在默默陪伴他。我翻完他的最后一张照片，想想还挺羡慕有猫的生活。

我尽量不待在客厅，怕打扰爱酱，家里忽然来了一位新成员，我们互相都在适应中。

第二天醒来，睁眼便看见爱酱蹲在床边，它轻轻叫了一声"喵"。我伸出手逗它，示意它可以上来。得到允许后，爱酱一跃跳上床来，毛乎乎的爪子在我的枕头上按压了几下，我轻轻抠了抠它的下颌，它眯着眼，喉咙里发出咕噜噜的声音。

"你想你的主人了吗？"

"喵……"

出门前，我检查了它的伤口，已经没什么大碍。

还需要再连接吗？李维俊基本已经洗脱嫌疑，案子的疑点也都快找到答案了。可是，就在十分钟后，我接到同事的信息——经再次勘查，在案发现场找到疑似第二处爆炸点，位于金库旁边。

我立马赶回警局，重新翻看所有调查资料。鉴定科同事在对比之后，提出现场发生过两次爆炸的可能，也就是说，劫匪身上的自制炸弹是真正的爆炸源产生后才被引爆的。那么，第一次爆炸是怎么发生的？如果还有凶手，那又是谁？

组里领导调来劫匪进入银行前的监控资料，要我们仔细查看，依以往的经验，两起案子因为巧合并作一案，两个凶手在同一时空撞上，不得不同时作案或是隐藏，这样的例子也曾发生过。果真如此，那么隐藏在银行劫案背后的案子又是什么呢？

我买了杯咖啡，和同事蹲守在监控前，之前调查只集中在劫匪进入银行后的时间段，忽略了案件发生前一两天银行的状况。此时的监控画面是案发前26小时左右，银行大厅，有人在等待办理业务，李维俊和爱酱竟然又在这儿，在案发前一天，他们来过！

另外，里面的办公区都是普通职员，而在离金库最近的一个办公室里，也就是第一次爆炸发生的地方，有位经理出入过两次，不能说可疑，只是在案发前看上去多少有些不合时宜。

正在此时，画面角落里有只猫探出头来。

"等等，放大！"

是爱酱！竟然是爱酱！它从猫包里出来过，李维俊甚至没提起，他在前一天来过。

它竖起尾巴贴着墙往里走，经理没注意到，它钻进了那个房间，又很快溜了出来。大厅那边，工作人员抱着爱酱还给正到处找猫的李维俊。

我不知道他和他的猫为何在这场案件中有这么多特别的举动，是麻烦还是幸运，想起家里的爱酱，我显然更倾向于后者。我暂停监控，立马拨通方博士的电话："方博士，我们可能还需要再次和李维俊连接。"

5

师姐，你说爱酱在你家，它还好吧？谢谢你的照顾，等我好了就去接它。你说，我们在前一天去过银行，它还跑出来过？嗯，对，我在银行办信用卡业务，但因为信息不全没办成，第二天才又去了一次。两天我都带着爱酱一起的，它第一天在银行从包里出来过，没错，是一段小插曲啦。

你想了解下？爱酱是很调皮啦，有的时候跟你玩躲猫猫，你都找不到它的。

我记得当时是上午 11 点多，我拿了号，在座位上等着。旁边有位姐看见猫包里的爱酱很是喜欢，逗它玩呢。我干脆把它抱出来放在腿上，爱酱抖了抖身子，又仰起脸歪头看着对方，很享受别人的宠爱。可转眼间，它就跳了下去，一下子往里蹿没影儿了。

我们赶忙去找它，沿着墙边角落，一直没找见。没想到两三分钟后，一位工作人员抱着它从里面走出来。

那位工作人员有没有异常？没有，看上去挺和善的，抱着爱酱笑眯眯地还给我。她没说爱酱钻到哪儿去了，估计就在他们办公室转了一圈吧。

其实，跟爱酱生活这么久，我发现它跟别的猫有点不一样。说不上来，猫咪的傲娇、高冷、独立它同样都有，喜欢你的时候会主动来黏你，不想理人的时候会躲到你找不到的地方。但它对声音和气味特敏感，特有灵性，有一次我在家做饭，忘关火就睡着了，是它闻到气味后，在我头上使劲蹭才把我叫醒的。还有次我发高烧，它也不吃不喝，在床上蜷着陪我……

爱酱不仅是只宠物，还是我的朋友和家人。

师姐，我是不是说太多了？对了，你刚刚问的这些，有什么要紧的吗？

6

脑域连接的工作就在李维俊隔壁病房展开，方博士布置过，安放两个舱室和几台仪器，简洁却有效，很难想象有一个看不见的世界正在这里运转。我从连接中断开，片刻休息后，爱酱的身影如同画面残留，在脑海中徘徊不去。

我先回了趟家，给爱酱喂食，清扫猫砂。它埋头吃饭，耳朵竖着，尾巴打起卷来，填饱肚子后舔舔爪子，然后踱步到我脚边蹭了蹭，发出懒懒的叫声。

我一把抱起它，继续给它喂猫条，一边与方博士通电话："博士，我有个问题，'阿赖耶'系统能转译动物的脑波信号吗？"

电话那头有短暂的停顿。"没有实验过，但理论上是可行的，原理一样，只不过动物意识里的世界，和人类认知的世界会有明显差别。"

"您的意思是……"

"同样一个客观世界，动物和人类对外部事物的反应是完全不一样的，得'过滤'掉主观意识，才能还原他们感官中的真相。这一点，人意识中的脑域世界还原度会更高，因为我们有'记忆'的习惯。但如果想通过动物的视角再现某部分真相的话，会需要一些技术干预。隋警官，你是有什么新发现吗？"

爱酱舔猫条的动作慢了下来，抬头看了看我。我轻抚它的头，继续说道："李维俊的猫进入过第一次爆炸发生的房间，有位经理很可疑，我在想有没有可能……"

"与猫连接？"

"是不是有点太异想天开了？"

没想到方博士竟然笑了，似乎是种赞许。"虽然隋警官的想法很大胆，但许多科技的发明与进步都源于异想天开。这样，我先测试和写入程序，至于你提出的方案，可以研究看看。"

挂掉电话后，我心中还有一丝疑虑，就算"阿赖耶"系统能还原爱酱的记忆，那有多大概率能挖出有用的线索？作为警察，不管希望多渺茫都会追查下去，但对爱酱来说，它的大脑能承受吗？

时间不允许我多想，三天后，方博士告诉我实验测试结果显示与猫连接有一定的成功率，前提是得做几次脑波连接信号的数据录入。

其间我去看过李维俊，他还沉睡着，头发变油了，贴在额头，嘴唇干干的，脸色有些苍白，偶尔有反射性的眼皮跳动。他的身体机能逐渐好转，但脑电图依然呈杂散波形，医生说，植物状态患者能恢复智能、思维等高级神经活动的概率太小了。

怀着忐忑不安的心情，我带爱酱来到拓维科技的专业实验室，方博士已等候多时。这里通体白色，四方墙面发出暖色的光，让人放下紧张感。中间是几张排列在一起的晶屏，操作台上有造型不一的计算机，边沿则是一排胶囊形的脑域连接舱。我把爱酱抱出来，准备开始数据录入和测试。

方博士说他跟动物神经医学专家联系过，技术理论方面有数据支持，测试不难通过。随后，我们把爱酱放在操作平台上，它没有表现出抗拒，很听话地坐下来，望着我们。

"难得它今天这么乖。"我说。

"放心吧，隋警官，也许它真能帮上忙呢。"方博士挠了挠爱酱，露出宠溺的笑容。

首先是一系列的基本机能评估，随后，方博士给爱酱的头上贴了几个刺激贴片，用作大脑电波信号测试。另外，在它眼前撑起一个类似支架的仪器，仪器前端发出对焦光点，触在它的眼睛上，这是视觉信号连接。最开始它有些不适，等视觉光点与它的视网膜对接成功，它便端坐着，像入迷般安定了下来。

"不用担心，它就像我们说的'入定'，系统正在分析它的视觉、脑区的信号频谱。"

我放下心来，守在爱酱一旁，不时看看晶屏上跃动的字节。

两天内，我们进行了几次测试。深夜，我接到方博士的信息：这次，可以让李维俊、你和爱酱一起连接，三方的即时通感记忆回溯，会有更多不可测的地方，但也能让你们的视角更为统一，让现场尽可能准确还原，时间不多，仅有十分钟，记住，这是系统和你们大脑能承受的极限。如果还要再次连接，会对你们三位都造成负载，不建议重来。所以，隋警官，你一定要把握好，他们在脑域世界里如何存在，就看你怎么引导了。

我把爱酱抱到床上，它有些疲乏，在枕头下蜷成一团。回复完方博士之后，我侧过身，看着爱酱轻缓起伏的呼吸，我感到安心。我也试着如此呼吸，将即将到来的紧张都稀释在睡梦中。

第二天，我们在隔壁病房一切准备就绪。

开始前，我带爱酱去看望了李维俊，它在床头边嗅了嗅，肉爪贴在李维俊头上，轻轻抚摸，嘴里发出呼呼的声音，见他没动静，爱酱伸出头去触碰他的脸，温柔地蹭了几下。

这一幕令我内心长久以来某种坚固的东西开始松动，就像一片雪花轻轻落地，又静静融化。

爱酱，你准备好了吗？

7

咦，师姐，爱酱好像刚刚跟我说话啦。你看，它说包里太闷了，想出来呢。师姐，你想抱抱它？没问题，爱酱不怕生人的，你看它多乖啊。

"哎，爱酱，你跑去哪儿？"我来不及抓住它，它就往里蹿没影儿了。

我有些着急，起身便去找它。万一它跑里面办公室了，怕要给人家添麻烦的。

师姐，你看到它了吗？这家伙也溜得太快了。

你说，它往里面去了？走，我们一起去找找。

我刚看到，爱酱趁工作人员开门的时候，钻了进去。

"爱酱，快回来。"我轻声唤它。

我们沿着柜台一旁的走廊开门进去，奇怪，工作人员今天是怎么了，见我们往里走都不阻拦。银行内部跟我想象的差不多，走廊两边有好几间办公室，尽头处是一扇厚厚的门。

爱酱从最远处的办公室门口探出头，对我们说："里面好像有些奇怪哦，我闻到一点味道，你们要不要进来看看？"

对于爱酱能开口说话的事，我已经不感到惊奇了，自从走进这个银行，我忽然觉得这世上所有事情都变得容易接受，仿佛一直如此，那些意外连同奇迹，一直存在于那扇门的背后，关键在于，我们什么时候打开它。

"好，爱酱，你不要害怕，我们来了。"

路过的几个职员依然没有过问，像是 NPC 一样。

来到爱酱所在的办公室后，我们发现这里是一间档案室，有许多档案柜，门口处有两张桌子，拼成一个简易的前台办公桌，我特别注意了一下，里面没安装摄像头。爱酱在档案柜之间游走，回头说："这里好像有东西。"

我跟着爱酱侧身往里移动，它在一块一边已经翘起的地砖边蹲下来，爪子伸进缝里刨了刨。"就在下面。"

在这一刻，我没有别的想法，只听从一个不知从哪儿传来的声音——对，就在下面，撬开地砖看看。我照做了，地砖下面是一个深度不足一米的小坑，里面堆了三个深灰色方布包，中间一个包上还留下了两道爱酱爪子的抓痕。

"这是什么？"我问道，但这问题不知是问向谁。

什么？师姐，你说这有可能是炸药？

此时，有人经过，脚步声近在耳边。爱酱有所警觉，说了声"快躲起来"，然后立马钻进柜子的隔间。

来的人应该是职务更高的经理，穿着与柜台职员不同的黑西装，身材高大，戴一副眼镜，国字脸，薄嘴唇，眼角下垂，两道深深的法令纹刻在面颊，令他看上去极为严肃。

他在门口停下脚步，打开门张望，我紧张到屏住呼吸，但他并没发现里面有人。随后，他进门，接听了一个电话，压低嗓音说："你大哥什么时候行动？明天下午两点是吧，这边我已经检查过，都准备好了。我明天休息，金库里有个地道，我从地道过来，把钱搬走后，我会掐着时间引爆，你记得找机会提前进来下地道，爆炸前咱们都可以脱身……这是凑巧，你大哥遇到这事也没办法，是老天助我们，罪让他们担，反正死人又不会开口说话，他儿子需要的钱，你匿名送去医院，没人会查出来的……"

说完，经理轻推门，准备离开，而爱酱此时像箭一般蹿出去，在门关掉之前离开了这个房间。经理在外面发现了它，但没看清它是从哪里钻出来的。"谁的猫？小张，过来下，快把它抱出去，肯定是哪位客人的。"

不到三秒的工夫，我忽然从档案室转移到了银行大厅，真够神奇的，跟切换场景视角一样。

我把爱酱放回包里。到我的号了，一会儿柜员会告诉我今天办不了，得明天再来，我很快就会离开，等 24 小时之后，我们又再回到这里。所有事情就是这样。

师姐，案件真相你都知道了吧，你会相信我和爱酱说的话吗？

8

"博士，快到时间了，退出连接。"我发出退出信号，可眼前的世界没有丝毫变化，我们还在银行大厅里。

"怎么回事？"我嗫嚅着。

"脑域世界还在运行，连接的三个脑波信号，有一个还未停止活动，且信号越来越强，从外部不能强制截停，你必须尽快处理。"方博士的声音传至我的信号中。

还有谁？我望向身旁的李维俊，他明显有些疲倦，眼睑越来越沉。而此时，这个世界突然发生着一些变化，除了我们，四周像平面一样脱落、消散，包括旁人在内的所有事物如数据重组一般，正折叠变换成一个全新的空间。

是爱酱的脑波信号！它正在重新改造这个脑域世界！

我把它从包里抱出来递给李维俊，他似乎越来越虚弱，像独自跋涉了千里的旅人。他抱起爱酱，对它用力挤出一个笑容。

"阿俊，你看上去很累。"爱酱仰起脸对他说话。

"哈，爱酱，我困了，想继续睡下去。"

"爱酱，快告诉他，不能睡！"我对它说。

这个世界里，我似乎是个旁观者，有一种醒着做梦的感觉，我试着与他们沟通，但李维俊却像是一根快要燃尽的蜡烛。还有最后两分钟，爱酱的脑波信号竟在继续增强。我们的四周上下突然出现许多画面，如同播放电影，一些生活片段占据了中心，而且所有画面都是爱酱的主观视角。爱酱在他工作时凝视他的背影，它跳上枕头叫醒赖床的他，它翻弄玩耍带着他气味的背包，它抗拒洗澡把水洒得到处都是，它蜷在他怀里一起窝沙发里看电影……

奇妙而温馨，我们像是通过猫的眼睛来观察外面的世界。李维俊嘴角微微上扬，眼中却泛起泪珠："爱酱……"

爱酱望着四周，说道："快点醒来，你是我最喜欢的仆人，喵。"

"你这猫咪，只把我当仆人吗？"说完，李维俊忽然闭上眼睛，一只手按着太阳穴。而此刻，我感到大脑一阵刺痛，在这里，我们的脑波信号完全相连，正彼此分享所有感官，如同坠入一个三者能同时感知的梦里。爱酱从他怀里跳了下去，他也慢慢坐下来，双手抱住膝盖。

大多数哺乳动物的脑神经和人类脑神经一样，总共十二对。植物人的大脑皮质严重损伤，而负责储存记忆的海马体位于大脑皮质下方，一个人的行为、情感、思维的活动，多数由大脑皮质也就是神经细胞的细胞体集中部分承担，大脑表面往下凹的沟与沟之间有隆起的"回"，这些婉转曲折的"回"主导了机体内一切活动过程，其中，记忆是最重要的一部分。

我突然意识到爱酱在做什么，它正用自己的方式唤醒他。如何让脑中那片褪色的区域重新恢复颜色，让一束束电信号穿过荒芜的大脑神经网丛，让断掉的神经突触重新连接？这些医生都没找到答案的事，猫咪要怎么解决呢？猫咪只能在自己的梦里，召唤出那些平常又深刻的记忆，以此编织成网，让他忆念起来，将他重新打捞上岸。

时间不多了，会有奇迹出现吗？

"爱酱，我睡了很久吗？只感觉做了好多梦，梦里一遍遍重复那些场景。"

"你都忘了来接我，我记仇了，喵。"

"醒过来，就会……真的醒过来吗？"李维俊看向我，"师姐，会吗？"

我点头："阿俊，我们只剩不到一分钟了。"

爱酱跳上他的肩膀，继续说："这女的是好人，她照顾了我几天，但我还是喜欢我自己的猫窝。"说完，它把头贴在李维俊耳朵旁。

"我醒来，那你呢？"

爱酱说："我累了，喵……我把你的世界都改变了，厉害吧，当你的主人够格吧？"

"嗯，爱酱，你是最了不起的猫咪。"

"喵呜……"爱酱的声音小了下去，它缓缓闭上眼睛，身体失去平衡往下滑，李维俊两手托住它。

又是一阵剧烈的刺痛后，脑域世界被按下了暂停键。

在这个将逝未逝的世界中，在这个属于猫的量子态宇宙里，爱酱的脑波信号成为主宰。猫的生物神经元同样是以神经系统的神经细胞为基础的生物模型，因此，用猫的神经网络可以表达物理世界的现象。在这短短一瞬，爱酱大脑皮质的海马体沟回释放出全部能量，它发出的脑波信号以最快速度点亮大脑皮质的神经网丛，将神经元信号一个接着一个往下传递，如同点亮城墙上的烽火。而"阿赖耶"系统正好成了它脑波信号的桥梁，将此荧荧之火一点点燃至李维俊的神经网丛之间，唤醒他大脑中沉默而黑暗的群星。

我闭上眼睛，感觉眼前的世界突然爆发出最强的光亮，又瞬间收束成一道白线，最终消散于一颗好似星星的光点。爱酱就像一颗燃尽的恒星，在点亮另一个宇宙的群星之后，以超过负荷而陨落的代价完成了自己的使命。

霎时，脑域连接停止，如烟花般绽放的世界，又重新归零。

我离开"阿赖耶"世界后，爱酱再没有睁开眼睛，它依然蜷着身子，耳朵耷拉下来，像陷入一场甜蜜的酣睡。我止住不停涌上来的眼泪，毫无仪式感地跟它告别。拜托博士处理好剩下的事，之后，我便火速把最新线索带去警局。

工人范民义为了等待心脏手术的儿子，走投无路，伙同两位工友抢银行。工友之一的赵志，曾与银行的郝立经理因大厅翻修工作而认识，在答应与范民义合作后，又私自和早有监守自盗想法的郝立勾结，两人设计制造案中案，提前转移了金库中的钱财，之后妄图利用爆炸掩盖金库地道的秘密，并毁尸灭迹，将所有罪名嫁祸到范民义身上。

这是我对案件的推理，除了脑域世界中的数据作证，另外我还想起了画面中的一个足以给郝立定罪的细节。很幸运，我们在爱酱的爪缝里提取到炸药的成分，而在郝立家中也找到同样成分的物质，他利用从化工厂收来的废料自制炸弹，利用职务之便设下此局，在银行劫案发生前离开了现场。不到 10 小时，我们对他实施了逮捕。

李维俊作为此案最后一名幸存者，终于洗清嫌疑。

等我处理完手上的紧急事务，赶回医院，方博士已将"阿赖耶"系统关闭，他长舒一口气，对我说："你快去隔壁看看他。"

我来到他床边，他听见动静，缓缓张开眼："师姐？"

"你好，阿俊。"

9

我应该叫你师姐吗？只觉得，你好面熟啊，像不久前才见过。

我醒过来了，医生说这是奇迹。你问我怎么醒来的？你相信吗，爱酱好像在梦里跟我说话了，它说，我如果能醒来，以后就不用给它当仆人了，神奇吧，猫咪竟然还会托梦。

对了，爱酱呢，它现在在哪儿？

——原载《边疆文学》2023 年第 3 期

时间一直是科幻文学极为钟爱的题材。无论是逆流而上回到过去，还是顺流加速前往未来，其中的逻辑困难都值得玩味一番。同样，身处不同时代的相同角色，或者干脆说就是具有不同年龄的某一个人，却在空间某一点聚集相会，"他们"究竟应该如何"自处"甚至应该如何"交往"，也是一个颇有意义的话题。

科幻小说《我的时间屋》给出了其中一种可能。

我的时间屋

超　侠

傍晚随着太阳的落幕而快步走来，而我心情的复杂和纠结如同乱麻。

等我走进这间屋子的时候，我知道我一定又会生气，每次都是这样，但又不得不如此，像大海翻涌，潮汐起落。

我不得不推开门，我看到了小多，我也看到了少多，我看到了中多，我还看到了老多，有那么多的多多。他们都和我休戚相关，命运承转。可是，我的心情非常不爽。

小多还在地上盘坐，盯着电视屏幕，玩上次买给他的游戏。少多也在一旁的沙发上，瘫软如没有骨头般，津津有味地刷着手机。我想起了过去，小时候的记忆，少年时的记忆，就这样热辣辣地涌上心头，正是因为如此，才导致我现在一事无成，成了这样一个落魄而疲惫的男人。

我举起手来，就想打小多和少多。

小多看到我愤怒的眼神，吓得哇的一声，便要大哭。

我指着他，怒道："哭？你还有脸哭？你知道你在干什么？你从小就知道玩游戏，不好好学习。你看看我，现在连工作都找不着，还不是因为你！"

小多没敢再哭了，小脸涨得通红。而旁边那个鼻子上长着青春痘的少多，用一种懒洋洋的眼神瞧着我，我就更加恼火了，他那种慵懒的样子，特别是那种爱理不理、无法无天、自由散漫的神情形态动作，彻底点燃了我愤怒的导火索，怒从我心头冲天而起。

我一把抓住他的耳朵，拎着就将他从沙发上抓起，与此同时，我感到耳朵上传来了一阵火辣辣，也似乎被别人揪住了耳朵。

我知道，这又是时间挪移，但我不管了，我要发泄我的愤怒，即便将来痛苦来到我的时间节点，也要让他在当下先接受一点残酷的教训。

但这也激怒了年轻气盛、青春冲动的少多，他像一头愤怒的公牛，直撞我的小腹。

"我还治不了你了！"我骂了一声，啪的一声，一巴掌甩在他脸上。

少多站立不稳，往后跌坐沙发，我也因他的一撞往后一摔，还好我的手及时撑着地，脑袋才没撞到客厅的桌子。

我还想再教训教训这个小子时，忽觉左手传来一阵刺痛，低头一看，一道红一闪而过，一个历久弥新的刀疤赫然出现。

我顿时怔住了，与此同时，在餐桌边咕嘟咕嘟喝酒的中多，和远处坐在阳台摇椅上慢慢摇的老多，都叫了起来。我看向他们的时候，他们都不约而同地举起了中年和老年的左手，上面均出现了一条与我的伤疤一样的伤痕。

中多和老多同时用粗粝和苍老的声音骂道："你们干什么，你们干什么？"他们俩用轮廓相似的面孔上的大眼睛瞪着我与少多。

我咬牙切齿，只觉眼前眩晕，怎么会成了这样？我摸着我的脑袋，心中又是后悔，又是愤恨。

我知道少多干了什么，那些恶毒和狂暴的事，只有他能干得出来。

少多憨憨地大笑，用像狼一样的目光盯着我，冷笑道："你活该！你活该！

就是因为你活该！所以，你要再敢管我，你看我怎么样！"他的言语越说越狠，就像滑腻的毒蛇钻进人的后背。

此刻，我自然也看清了，他右手上抓着的是一把小小的蝴蝶刀，他左手握成拳，手背上鲜血淋漓，豁口里翻成了一刀白，刺得很深，很痛，这种痛延续到了时间未来的节点，延续到了我身上，延续到了中多身上，延续到了老多身上。这个小混蛋，他还不依不饶，他是初生牛犊，刚长成，天不怕，地不怕，依旧用蝴蝶刀明晃晃的刀锋，对自己鲜红的左手手背，再轻轻地划了一下，又是一道长长的血口，又是鲜红如玫瑰的液态绽放。他目露凶光，像跌进猎人圈套又不屈不挠的野兽，眼里的凶悍，比刀尖还亮。

哦，仅仅一秒钟不到的时光，我就感到左手手背再次疼得跳脚，如被猛兽的锯齿咬了一口，我的左手手背上又出现了一条伤痕，如一条红色的水蛇在其上游动，而中多和老多也都惊叫着，举起左手拳头，他们手上同样又多了一条伤疤。

他们俩劝道："好了，好了，别吵了，别吵了，都是自己，为什么要这样自相残杀？可害苦我们了啊！"

我握着拳头，怒发冲冠，阔鼻发烟，瞪眼喷火，喝道："行啊，大不了咱们今天就同归于尽，来啊，来啊，来啊！"

少多见我如此疯狂，倒也没有那么癫了，冷冷地嘲讽道："少啰嗦，你就是个没用的东西，自己找不到工作，还赖别人，整天就会找我们撒气！你行的话就找份好工作回来啊！欺负小的，算什么东西！"

我怒道："你，你这小子，这不就是因为你吗，你要能好好学习，考个好点的大学，我能像现在这样吗？我可不想我中年时一事无成，我更不想我老了以后成为像他们这样的男人！"

我看着满脸错愕耸耸肩、喝酒的喝酒纳凉的纳凉、仿佛完全不在乎的中多和老多，这样的人，鳏寡孤独，孑然一身。中多继续不停地喝酒，不停地咳嗽。老多唱着小曲，口里含含糊糊地说着些什么。

我的愤怒不休，胸腔内的火焰如股票般涨跌，心疼起伏，但我听到了他最后一句说的好像是："行啦行啦，咱们都是一个人，自己何必要跟自己生气呢？咱们，都是我啊！"

是啊，小多是我，少多是我，中多是我，老多也是我，是我，是我，都是我！我们都是我啊！我何必要这样做呢？我想冷却那些怒意，可是它们如吹动的火苗，冷风过后，淡蓝色的余火未绝，一闪，又生起气来，在外面的困苦和屈辱，一拳一拳冲我鼻子打来，酸酸麻麻，湿湿润润，我只能骂，我不骂少多了，我从中多骂到了老多："还不是因为你们，要不是你们搞了这样鬼畜的发明出来，我们怎么会同时存在于同一个空间，同一个屋子里，你们说，我们的时间折叠了，我们该怎么办？我们该怎么办？我该怎么办？"

"唉，"中多叹了一口气说，"我也没想到会这样啊！本想发明出惊天动地的东西来改变世界，也改变我的命运。谁知道竟然把我这一生的时间节点给切开了，就像光束被三棱镜分开，形成不同颜色的光谱一样，那台时间机器竟然反向运行，不但没有将我送到过去，还将我的过去、现在和未来，将我一生的时间碎片，就这么活生生地切开、分散，只能融合在这里了。咱们都被困在这个时间机器能量笼罩的时间之屋内，只能想办法再分散出去。咱们其实都是一个人，千万不要自相残杀，每一个人都能影响到别人，特别是年轻的，能影响到老的。而我们现在都出不去，只有你能外出，我们从年少到年老，从时间的两端往中间收缩，就收缩到你这来了。年轻的我啊，人生的拐点就在于此，你要努力啊！"

我气得想揍这个油腻的中年男子，怒道："我搞不清楚这是什么理论，你究竟是怎么回事，把过去的我和未来的我都弄到这了，这要我怎么办？这些事情，和我小时候的记忆完全不同！你们得想办法，回到你们的时空去啊！"

老多慢悠悠地说："你记不得，我却记得，这些记忆都存在于我的脑海里，我知道发生了什么。小时候的我，少年时候的我，还有你——青年时候的我，中年时候的我，就是这个样子的，原本这些事情只出现在我的记忆中，现在不知怎么的，这些记忆竟然以第三人称视角出现在我眼前。唉，都怪中年的我啊，我们的生命粒子本来是处于不同的时间段的，现在却收纳融入了同一时空，而且一股脑全都来到了。还好只有五个我，如果再继续分裂下去，将会出现昨天的我，明天的我，前天的我，后天的我，前一个小时的我，后一个小时的我，前一分钟的我，后一分钟的我，前一秒的我，后一秒的我，那就无穷无尽了。这个不连续的时间体无限切割，将会出现无限个我，那就完蛋喽！嘿嘿！"他怪笑两声，我听得心里怪怪的，酸溜溜，激灵灵，只听他又说："无论是现在还是过去，我们都是一个人，一个处于不同时间段的人，只有彼此包容，再想办法回到各自的时空去吧！"

毕竟还是老年的我比较睿智，比较聪明，说得头头是道，我们听了，也都默然无语，我们也无法再怪罪谁了。我叫多多，我们都叫多多，为了区分彼此，只能从小到大叫，幼年的小多，少年的少多，青年的青多，中年的中多，老年的老多。

我知道自己心里隐隐作痛的原因，看到中年的我和老年的我竟一事无成，竟成天游手好闲，竟除了喝酒就是晒太阳，绝非我愿意和希望过的未来人生。我曾经无数次想象过自己将来的辉煌成就，找到心爱的美丽女子，家庭幸福，事业有成，不是高官，就是高管，要不就是大艺术家，名人大师，大款大腕，但看到他们这个样子，我异常绝望，十分痛心，极为沮丧。未来的我如果真的是这样的话，我要如何去改变？未来的我为什么会是这个样子呢？难道是因为今天的我还不够努力？今天的我又为何成为这副样子，考不上好的大学，毕业了连工作都找不到。正因为今天的我，后来我才会变成中多和老多那样一事无成的人吗？一切一切的根源，就是因为这两个从小不好好学习，不天天向上，从小就只知道打游戏刷手机，不知努力为何物，最后学不好，考不好，上不了好的中学，考不上好的大学，导致我找不到好的工作，是吗？

我百无聊赖，苦涩的心落在悲剧的口中，被无情的悲哀咀嚼成了胆汁。

中多看出了我的绝望，说："现在这样，还不是小时候的你自己造成的？你难道不知道自己小时候是什么样子的吗？你看看小时候的你自己就在这里，你能对幼年和少年的你说什么呢？"

见到中多批评我，我无可奈何，怎么感觉就像是过去的父亲在训我一样，难不成我还真成了未来的我的儿子吗？甚至是未来的我的孙子吗？我想对中多怒吼，但我发觉他其实并没有什么错，他目前的状况，就是我现在的情况造成的，还得从根上找原因——过去的我。

我说："他们俩不就在这儿？我现在就可以命令他们吧！"

中多点点头，努了努嘴。

我对小多和少多说："嗯，别再打游戏了，你们看会儿书吧！"

小多和少多无动于衷，漠然冷眼地瞧了我和中多一眼，又继续低头干自己的事。小多继续玩游戏。少多找来酒精和纱布，自己给自己包扎伤口。

我见他们这样，心里烦躁，却没有办法，只得对中多说："得想个办法，激发他们努力奋斗的心，从小多就得开始努力，就得考上重点小学，再考上重点中学，一路考上最好的大学，考研、读博，这样我不就容易找工作了吗？对不对？这样你也不用被困在这该死的小屋子里，成为一个落魄的、赚不到钱的发明家。"说到这，又未免来气，嗓子眼又冒了火："你看你都发明出了些什么东西？这时间机器到底是怎么搞的呢，把我们全都困在了这里？"

中多颇为愧疚地说："我也正在调查，正在调查！"

老多走过来说："这个问题，后来我发觉了，原本我以为时间机器能够带着人在时间中进行位移，但它发生意外爆炸后，就形成了时间离散系统，没有在外进行时间位移，反而令时间机器里的生命进行了时间强加在空间上的位移，于是不同时间段的人被共同归纳到一个空间里，但这个能量归纳还没融合，我们依然分散，且没有进行空间隔离。希望再过一段时间，我们会回到各自的时间节点上去。唉，和过去的自己干杯，也挺好！当然了，其实一个人也挺好，喝喝酒，没烦恼，都挺好，都挺好！来吧，干一杯！"他和中多一样，都是嗜酒的，这更加说明了我们都是同一个人。

我摇头道："不行不行！我的未来不能就是这样！我的一生，要有自己的辉煌，我要用我的奋斗干出成就，事业灿烂！"

老多嘿嘿咧嘴一笑，牙上有些豁口，嘴上漏风地说："那很好啊，那你去啊，你若变好了，我们也就好了！"

我跺跺脚，想骂一句："这老不死的！"然而一想到骂的其实就是我自己，便觉无奈，也骂不下去了。

晚上，我叫了一份外卖，外卖放到了门口，我拿进来的时候，外卖自然而然形成五份，这说明我们所在的屋子会将事物划分为五份，同时在粒子的层面上复制。在时间的节点上却分成了类别，五份外卖有的凉一点，有的热一点，时间不超过五分钟。我尝试过让小多先吃，吃完之后，少多、我、中多、老多均未有饱腹感，可见我们还是必须在各自的时间里吃自己的东西。但是身上的伤疤，能够从一个时间节点上的人延续到另外一个时间节点上的人。我们各自吃着自己的饭菜，没有一个人说话。除了小多咿咿呀呀地念着什么，而老多则慈祥地看着他，有目光的柔和流淌，也有浑浊的笑声波动，怎么看都像是一对爷孙。

小多显然不知道发生了什么，开头几天还找爸爸找妈妈，这几天倒是把少多叫成了哥哥，把我叫成了叔叔，把中多叫成了爸爸，把老多叫成了爷爷。少多和老多倒不反感他这么叫，我和中多有点不乐意。我板着脸反复纠正，中多也皱眉说："别叫我爸爸，叫我中多吧！"自此，我们规定了这些名称，便好区分多了。

我问了中多未来我将会遇到的事，他相当无奈，像是被冰霜打过的蔫叶，说他大学毕业时，雄心勃勃，想要做出一番事业，想要改变这个世界，想要对抗世界的不公，但终于为生活所迫，艰难地生活，有时温饱问题都难以解决，但他心高气傲，还是怀着满腔的希望，用仅有的一点热血支撑着曾经的冲动，不断地搞发明创造，最后，就变成了这样。

我说："人啊，还是要现实一点，你犯过的错误，我绝不会再犯！"有了他给我看到的歪路，我想我要避开那些问题，坚决不能活成他这个样子。

每天我都积极出去找工作，递交我的简历，虽然没有那么显耀，但至少经过美化后，显得这仍是一个优秀的、积极的、上进的大学毕业生，是现在每家公司都适合、都需要、都想要的质优价廉的人才。然而我却看错了市场的需求，像我所读的这所中等偏下档次的大学，虽然有辉煌的历史，但早已没落，即便是我们这里最优秀的硕士和博士等高端人才，因学校牌子一般，到外面找工作的时候，也总是被人挑三拣四，大公司看不上，小公司又觉得没意思，政府部门又不一定有合适的。不像那些名牌大学毕业的，就算是个渣渣，在市场上也成了香饽饽。

经过几天的奔波无果，我心力交瘁，难免心绪烦躁，肚子里窝了气，看什么都不顺眼。那些求职路上的白眼和嬉笑，都如钉锤在敲打着我这个高大的气囊，泄气中开始冷静。我想到这些不幸与不顺与不爽，他们的根源皆在于我的过去：我如果小学没有那么贪玩的话，肯定就能考上重点中学；我如果考上了重点中学，中学毕业怎么可能考不上好的大学？就算没有继续考研和读博，凭着过硬的学校牌子和热门的专业，怎么可能连心仪的工作都找不到呢？

当我意识到小多和少多能够彻底改变我的现状时，我开始了扭转计划。我要好好管教这两个小子，这两个过去的我，只要能将他们管好了，教育好了，他们都能发奋了，我又何必如现在这样辛苦和无奈，被生活的铁拳无情地痛扁。

我试图告诉小多和少多这样的道理，这也是为了他们将来着想，他们将来不要如我——不，就是我这样难过地活，现在就应该放弃奶头乐，别再玩游戏，刷短视频，好好看点书，做点题，比什么都强，懂吗，懂吗？我用这些话苦口婆心地劝了好半天，甚至还一次次地发火，动起手来。小多还有点胆小，不敢胡来。那个少多，与记忆里的我差不多，愈是用强，他愈是反抗，甚至巧妙地利用时间差，用自残身体来伤害未来的我。我真是无奈。

看来靠人不如靠己，靠过去不如靠现在，过去的我无法改变，那么就从我现在改变，去创造一个美好的未来，让将来的中多、老多能够比此刻更加快活。

第二天，任由他们在那玩游戏的玩游戏，躺着刷视频的刷视频，喝酒的喝酒，我没有办法理会，心里再不爽也没办法，我决定自我振作，出去从最初的努力做起。其实我心里隐隐有一个想法：我的未来我做主，我什么时候得把这些人全部赶走，不能让他们再干扰我的生活，让我时刻都有被过去羁绊、被未来束缚的感觉。小的我没法改变，老的又总对我指手画脚，他们还不是我？再这样下去会完蛋的，我要有更好的日子，更好的生活，更美的明天。我不能被他们这样控制了。我还是想办法把这些人赶走，各自回到各自的那个时代，相安无事，忘却联系才好。

经历了一身的疲惫，我总算在码头找到了一份体力活，我的体力还不错，干苦工，干重活，干累活，我还努力得起。但这小多、少多、中多、老多，他们的吃喝拉撒，都需要我来管。我能养活我一个，基本的食物也能自动分为五份，但小多要的游戏卡、少多要的网络流量、中多和老多要的酒和菜，却是单独的。有时候看到他们苦闷的样子，我还不得不和他们喝几杯。有时候中多和老多因为个什么事情吵起来，我还得去劝架。我亲眼看到老多指着自己说："来啊，来啊，你打我啊！"中多真的上去打了他一拳，口里骂着："你个老不死的！"老多哈哈大笑："你打啊，你将来就是这样了，你将来就是这样了！"我实在看不下去中年的我打老年的我，我上去将中年的我打倒在地。中年的我看着我，跳起来，挥舞着拳头，冲到我跟前，我指着他说："来啊，你打我啊，打我啊，打我啊！"中多的手放下来了，因为他知道，他打了我，疼的也是他，伤的也是他，而他打了老多，他现在感受不到，未来他才会遭到报应，就算这样，他也要图心头一时之爽。

就这样，我和幼年的我少年的我中年的我老年的我的不愉快的共同生活热热闹闹摩摩擦擦吵吵嚷嚷地开始了。我拼命打工，总算能养得起我们。他们都无法到外面去，他们一走到外面，出去的反而是我。因为是他们来到了我的时空。我又不可能让他们消失，否则的话早就将他们给赶出去了。

为了各种时间中的我，我打了三份工，离开码头，开始干文职，每天上午到公司里，西装革履，道貌岸然，写我那些程序，研究游戏动态，配合画面调配，实际验证，寻找 bug，等等。这些事情消磨了我对游戏的兴趣，我想起小时候，也想起小多，是啊，那个时候我是多么爱玩游戏，专业也学的是这个，从去游戏公司帮着码头工人搬运游戏机，到能进入办公室堂而皇之地进行游戏编程，那还有什么不好？对！最不好的就是老板脾气不好，这个老板简直吹毛求疵，成天动不动就破口大骂，别人的错也要强加到我身上。即使不被老板骂死，我恐怕也要被气死，我好几次都想揍他一顿然后辞职回家，云淡风轻，潇洒自如。然而这不可能，我必须忍气吞声、小心翼翼、憋屈隐忍。这也是中多曾经告诉我的，他见我工作如此辛苦，脸色如此苍白，想起了他年轻的时候，他给我倒上一杯酒，叫我一醉解千愁。我也终于知道中多是怎么变成这样的了，就是因为当年他没有忍耐住，辞了职，最后没有了稳定的收入来源，想搞发明，想创业，想开公司，反而赔得底朝天，躲债、跑路、隐藏、惶惶不可终日，夜夜辗转反侧，不得已，他研究这时光机器，就是想改变自己的人生，没想到变得更糟糕了。

所以无论如何，我都要忍耐，忍耐，再忍耐。而我现在也知道了，这些都是报应，报应我小时候沉迷于游戏的日子，报应自己在中学的时候无心学习，就知道上网看视频浪费难得的好时光，青春一去不复返。大学里我也忙着谈一场又一场没有意思，只为谈而谈的恋爱，打一场又一场只为装酷的比赛，事实上并没学到什么东西。现在，我还不老，我还年轻，还有机会，可以改变这一切。白天忍受着老板的摧残，晚上还得偷偷单干，节假日也得接一些相关的计算机的活。日子渐渐趋于正常，我有能力养活我和我们了，但想过得更好一点，想给中多再买一些原材料，比如昂贵的原子钟、中微子捕捉器、额外维探测器等等，还得拼命努力挣钱。这些稀奇古怪的装置被放置在专门给中多和老多搭建的实验室内，由他们俩负责研究，将破损的时间机器修复，将时间屋的能量碎片撤掉，将不同时段的我送回去。

我咬着牙，回到了夜校里面去，弥补我缺失的知识，一方面要在工作上有所进步，一方面要帮着中多和老多，尽快将时间屋的禁锢移除。我考上了计算机方面的在职研究生，不但有一大笔学费要交，还要在繁重的工作之余打卡学习。工作压得我透不过气，老板对我倒好一些了。有几次我凌晨两点才回到家中，倒头不起。是少多给我做了消夜。这个坏小子似乎也明白我在为他拼命，对我的态度好多了，白天他带着小多除了玩游戏，也学会看一些书了。我的心有所宽慰，我忽然觉得时间的震荡和影响，不只是向后的，也可以是向前的，这两个孩子比以前可懂事多了。

过去的我在慢慢长大，现在的我在慢慢成熟，这些相依为命的日子，我们都在发生着改变。两年一晃而过，我挺过来了，升了部门经理，负责几个项目的开发，研究生的证书也拿到了。这时候我还有了跳槽的资本，换了一个大企业的高薪工作。生活在向着更美好的山峰攀登，成功的冰山雪莲就在那向我招手。这时是该我考虑终身大事的时候了，父母时常来电话催我。我一想起以前那些不靠谱的尴尬而羞耻的恋爱经历，就面红耳赤，羞惭难当。

在公司的一次年会上，我喜欢上了一个姑娘。回来后，我兴奋地告诉了众多的我自己，还给大家看她的照片，让大家告诉我他们的想法。小多对此无感，全然不觉得这有什么，还表示自己以后才不会找女朋友，女生是一种多么讨厌的生物。我笑着告诉他将来可得自己打脸。我也想起了小时候，我的确是这么说过，现在却又这样，这不是自己打脸吗？我打了自己的脸一下。少多则说这个女的不怎么样，不如他班上的某某某。我算了算少多的年岁，真想告诉他，他说的那个女生，就是少年时候的一种幻想，其实根本不怎么样，而且将来她的下场也不好，成了人人鄙视的对象。

我本以为中多会支持我向这个姑娘发起攻势，但是中多却泼了我一盆寒冬里的冷水，他告诉我说："她不是你未来的媳妇，而且，你会很伤心的。"他看着照片的眼神中，隐现一丝血光，就像伤口，就像刀口。我意识到他和她的结局很凄惨。他最后只能是个光棍，且显然与这姑娘有很大的关系。哼，不行，我要打破这一点，我不能屈服！在经历过的我的面前，我要打破他已知的时间线。

我想方设法继续追求那位美丽的姑娘，尽管我知道我和她差距很大，我配不上她，但是我依旧死皮赖脸，强硬而巧妙地运用了我自己的特殊手段。一段日子过去后，我们相处得极其愉快，就像露珠在清晨草叶的滑梯上翻滚，变得更加晶莹玉润，清新明媚。又过了一段日子，我依旧小心翼翼彬彬有礼，和女孩之间从无吵嘴，也并没有发生中多所担忧的那些事，忽然有一天，我心血来潮，试着向那女孩求婚，她竟就答应了我的求婚，我欣喜若狂，回家向大家汇报这个好消息。

中多忽然觉得有什么不对劲了，他站起身来，回到自己的房间里，出来时已是西装革履，焕然一新。他看着我，深深呼吸，说："我的记忆改变了，那些曾经的美好竟然成真，看来你是可以改变我们的未来的，希望你再接再厉！"

但好景不长，显然我所做的努力，改变了时间的连续性，导致了他们记忆的分裂，由此影响到了身体，我们之中，必定会有一个，要承受生不如死的痛苦。

每天我满面春风地回家，中多洋溢着笑脸，老多也干干净净，小多和少多也没有原来那么调皮，玩游戏、刷视频的时间也少了。我意识到，他们是在各自准备着，我的改变，不但能改变未来，也能改变过去，这些都是相辅相成的。

但这时候，我却倒了下来。是病倒了吗？还是怎么着了？懒洋洋的，全然无力，头脑昏昏沉沉。

我去医院检查了身体，医生说我身体的端粒酶失去了效用，再也无法延展，细胞将会快速衰老。我希望医生说得直白点。医生说我命不久矣。

我失魂落魄地回到家中，想起了一个又一个黑暗压顶的夜晚，我独自走在从单位归家的路上，那些沉重的生活压在我想要成功的肩膀上，现在我终于吸取了它所有的能量，快要死了。

但是这怎么可能？我不是还遇到了中多、老多吗？如果我英年早逝，他们又怎么可能会出现呢？焕然一新的中多，怎么可能会有那些美好而甜蜜的记忆呢？

我躺在床上，小多、少多、中多、老多，都围绕着我，眼巴巴地瞧着我，担忧、同情、疑惑、伤心、害怕，诸般表情，如花瓣舒展。

我是这个由不同的我组成的家中，最重要的支柱和骨干，如果我完蛋了，他们该怎么办？他们将会永远困在我的家中，再也无法回到自己的时空了吗？还是说他们本身并不存在，他们只是在他们那个时空，位于我这个屋子中的一种映射？

老多用热毛巾给我敷着额头，说："放心，放心，不会死的，不会死的。"

小多也理解了我存在的意义，理解了我们之间的关系，理解了目前的恐惧，哭着说："青年多多，你别死，青年多多你别死，我不想这么早就死掉！"他或许还不太能理解死亡的真正意思，但死亡的阴影笼罩着他，他会战栗危惧，心头发麻，泪腺扩张，止不住地哭泣。

少多仍如先前般孤傲，用命令式的口气说："男子汉，别倒下，站起来！继续战斗！"

这就像我过去所做的一样冷酷无情，也坚硬似钢铁。

我挣扎着想坐起，但病痛的巴掌狠狠打来，我倒了下去，像衰败的枯草。

中多沮丧地说："我就知道，我就知道，这一切都是注定的，不能改变。无法改变，一旦改变，就改变了时间的延续性，就要强行中断连接。我们其实同时存在于连续的时空段，从出生到死亡，像是一部确定的电影。如果强行改变，就会撕裂时间的胶片，我们就会被强行抹掉，提早死亡，这是改变对我们细胞寿命的损耗！你们知道吗，在我存在于这里的时候，你们也同时存在于我那个时代的时间屋内，那里的我被改变了，存在于那个时间屋的同步的你们也会被改变。我们得回到各自的时空去，不能再这样下去了。"他愤怒地跺跺脚，指着我说："你必须照我说的做，必须中断你的奋斗，你就应该落魄，你就不应该与那个女孩在一起，你就应该成为找不到工作的失败者。如果从你这里开始改变，那你就会被抹掉，这是时间连续体造成的熔断机制。不能改变的，不能改变的！"他神经质地喃喃自语，嘴唇哆嗦，碎步后退，如被命运电击了一样。

我说："我若倒下了，你们会怎么样？"

中多叹道："时间系统一旦被改变，就会进行校正，对于前面的小多和少多来说，你的逝去，不会影响到他们，但是我和老多的话就……"

他没有说下去，我知道他的意思，一旦我死亡，他们也将会消失，因为我们的生命就在我这个地方终结，后面的他们，也将不会存在。

中多说："所以你必须听我的，照我指点的做，你放弃你的工作，放弃那个姑娘，回到这里来，待着，什么也不做，玩游戏，当要救济的宅男，吃成一个胖子，这才是你应该做的事，这才是你能活下来的唯一方法！"

我听到了老多那一声哀怨的叹息，我的心如烧尽的炭散碎。

在我感觉稍微好一点的时候，我毅然起身，走出了家门。

等我回来的时候，大家又都聚集过来，看着我苍白的脸上显出的一丝蜘蛛网般的红润，他们的脸色也渐趋和缓。

中多说："嗯，看起来，你是好多了，你照我的话做了，对吗？别再操劳了，好好待着，好好活着，比什么都强，身体垮了，那就什么都没有了！"

他的温言温语，令我想起父亲远方的叮念，他怎么会变得像我父亲一样——哦，不，我步入中年之后，也会变得像父亲一样吗？

然而我内心里终究是自己：这会是未来的我吗？那么尿，那么软，那么悲。这样的我，我宁可不要。

我对他说："我没有按你说的做，我不但没有辞职，反而加班完成了项目的收尾工作，而我也和我心爱的女孩结婚了。你想不到吧！哈哈！"

我盯着中多，看着他惊恐无比、眼球凸出如鸡蛋、嘴巴张大能塞鸭蛋的脸，我感到复仇的快感，如和煦的阳光、温暖的春风拂面，周身都懒洋洋的，那么舒服，那么快乐，那么轻盈。

我的灵魂飘起来了吗？为什么我会看到我自己在椅子上抽搐，龇牙咧嘴口吐白沫地大笑？我虚弱无力，如一缕烟，趴在墙上，看着我的弥留之际：一个枯瘦的年轻人，眼窝深陷，嘴角带着一丝满怀希望的笑意，眼睛里戳出绝对不甘的匕首，快意恩仇的刀锋。

时间能量将我的生命熔断，使时间连续体不至于崩断，它将会清除掉我强行改变人生路径的效果，而我会像大海中的一滴墨汁般被溶解，像海滩上踩歪的脚印般被抹掉，像海风中的花香被腥咸取代。

我就是那么微不足道。

我的改变，不是因为我想改变，是因为绝望的恐惧。当看到中多和老多那副我未来的死样子时，我怎么都无法接受。没想到这种改变，却让我先死了。我死了，他们自然也完蛋了。那么难道这时间的序列都是确定好了的，就不能让人翻身和改变吗？这个控制着我们一生的时间之躯，到底是谁？它凭什么这么做？我们难道真的只是在一部三维的电影之中吗？就怎么都不能改变？凭什么，凭什么，凭什么？

我见到青年多多曲张着手，伸向浮在空中的我，他青筋暴突的样子，就像是在质问和反抗苍天。

苍天无眼，它是睡觉的瞎子。

它流下的是浓烈如玫瑰花瓣的血泪。

但在这时，忽然我又往下坠落了，我钻回了青年多多的脑袋里，往内深入正在进行着意识量子纠缠的脑微管，我又可以控制我的全身了，我浑身充满了活力，我甚至一个鲤鱼打挺，从仰躺的状态，横空飞旋，站立当场。

那些痛，那些昏，那些冷，那些闷，都不见了，留下的，只是蓬勃发展的力量，腾腾跳动的脉搏，红润康健的脸色。

我复原了？

天哪，太好了！

但这是为什么？

难道这只是一个测试？难道我的怒火烧穿了系统，惊艳了它的理智，使它重新将我身上组成的粒子修复如初吗？

然而原因并非如我想象的那般美好。

老多当场倒下，像被砍断的古松，身体以曲折的造型横斜在地，他幽幽地说："这下，你可以放心地去改变命运了！"

我们都惊呼着跑到他的跟前。我抱起他，他像没有了羽毛的羽骨那么轻。我将他抱到床上，他的身体滚烫如火，却瑟瑟打抖，口中喃喃不休："成功了，成功了！"

小多眼泪汪汪，叫着："爷爷，爷爷，你怎么了？"

少多的眼圈，同样通红。

老多对小多说："我不是你爷爷，我就是你，未来的你，以后的你，但你以后，不用再像我这样了，我解脱了，你们可以重新选择结局。"

我惊问道："这是……这？"

老多微微一笑，摸着我的头说："青年多多，你，你放心，我已经不再是你的未来，你可以放心大胆地去做你喜欢的事，去努力，不要再走我的老路了。"

我的疑惑吐出了许多悬浮的问号。

中多霍然道："老多，你，你，你……"

老多说："是的，不错，我已经找到了破解之法，只要我们不成为确定的存在，他将会有无限的未来，正是我们的确定锁定了他的未来时间。"

中多说："这么说，是你，是你将时间的惩罚放到了自己的身上，你把端粒酶的粒子改变，从他身上置换出来了吗？你用了时间屋对身体细胞的平移功能？"

老多点头说："是的，这是可以欺骗时间系统的手段和方法，我们都是一个人，系统分不出惩罚是应用到谁的身上的。我70岁了，一事无成，这样的悲剧，不要在他身上重演了。他宁愿死，都不愿意这样，你不觉得，我们应该羞愧吗？我们为什么要按照时间系统的设定运行，我们能不能重新分裂出一个新的时间线呢？"说着，他的身体迅速地衰老，皮肤干枯，头发瞬白。他渐渐不动了，渐渐虚化了，渐渐消失了，如粉尘，像烟灰，似云散。

我怔怔地看着眼前发生的一切，眼睛有点刺痛，鼻子里钻进了醋虫，拱得难受。

小多叫着："爷爷，老爷爷，老爷爷，你怎么了，你去哪里了啊？"他哭起来了，他显然明白发生了什么事。

中多对我说："你现在明白了，为了维护系统，他置换了你，你可以放手去干了。现在，没人管你了，哈哈，哈哈！"

我心情沉重地继续展开新的生活，事业蓬勃发展，家庭也即将圆满，但当我再次回到家中的时候，中多也病倒了，他虚弱无力地说："看来时间的回溯，还是发现了我们，时间机器的能量将会崩溃，你将来不会成为我这样没用的人，你可以放心大胆地去干，你会给我一个更好的回忆，但我现在不能阻拦，我只能……死去！"他平静地诉说着死亡，像一个幻影，闪了闪，接着崩溃一般，虚散了，身体的碎片如爆炸后一颗一颗的灰色尘粒，就这样消逝了。

时间的回溯和惩罚还没结束，最后一波终于延续到了我的身上，我这才发现，一切都是徒劳，我仍然没有改变未来，我甚至连未来都没有了。

但时间回溯也将会到此为止，我修复了时间机器，时间屋的能量将会收回去，到时候，小多和中多，将会完美地回到他们的时空里。

而青年多多在这个时空，将不复存在。

我离开的那一天，和同事告别，和老板告别，和亲人告别，和爱人告别，最后，我和小多和少多告别。

小多还在哭泣。

我擦拭了他的眼泪，告诉他："男子汉，无论遇到什么困难，都不能哭泣！"

小多说："你不能走，你不能走，我不玩游戏了，我好好学习，我要让你更开心！"

少多狠狠地将自己的手机砸到了地上，炸开了花，碎片如散射的泪水。

我摸着他们俩的头，说："记住，时间的惩罚已经到此为止了，你们还有机会改变的，不要像我一样，最后真是无力回天。你们回去的第一天，就开始改变和抗争，只要积极地生活，将来我们还会见面！"

我开始虚化、分解、变薄、透明、消失，如蒸发的人形冰雪。

时间还在回溯，我牵着小多，看到了青年多多的离去，我想起了中多，想起了老多，他们这个样子，都是我少多时候造成的。

愧疚在我心底发芽，悔恨的瀑布也冲不去我身上的罪。

我和小多乘坐着时间屋，开始分离，回到了自己的时空。

我仍然在灯下，跟前放着书本，还有手机。

想起他们，我删掉了手机中的游戏，在凌晨两点的灯光中，做着一道又一道的习题。

时间还在回溯，像逆流的大马哈鱼。

我是捉鱼的熊孩子，尽管我还很小，但我见过了少年多多，见过了青年多多，见过了中年多多，见过了老年多多。他们都是因为我，才相继付出了生命的代价。我要让他们以更加美好的姿态复活，因此，我必须吃得饱饱的，将身体锻炼得壮壮的，每天不能无休止地打游戏，我要学会背唐诗，背英语，学习奥数。

时间回溯到了我生命之初，能量的波动，令我清醒。

我和十一个兄弟在竞争，顺着那条汹涌的河流，去解救被囚的公主。

我要从一个细胞，变成那个叫小多的小孩，那个叫少多的少年，那个叫青多的青年人，那个叫中多的中年人，那个叫老多的老头。

我打定主意，努力，从现在开始，他们会变成最强的小孩，最优秀的少年，能找到好工作的青年，事业有成家庭幸福的中年，安享晚年身体健康的老年。

我奋力地向前冲去，在拼搏的浪潮中，在奋斗的激流里，在努力的狂风中，找到生命中最美的公主。

——原载《边疆文学》2023年第1期

多年以前，阿西莫夫曾在"机器人学三定律"的第一条中明确表述：机器人不得伤害人类，也不得见人受到伤害而袖手旁观。但是很快就有人指出：为了更多人或者全人类的利益，机器人能否允许或容忍对某个人或小部分人的伤害？为此阿西莫夫又设计了第零定律。

当我们面对灾难时，人类能否把自己的命运交由人工智能来处理？当然可以，毕竟人工智能的工作方式准确、迅捷且有效。那么，假如需要牺牲一些人来拯救另一些人呢？科幻小说《择城》探讨的正是这一问题。

择　城

顾　适

> 鸿水滔天，浩浩怀山襄陵，下民其忧。
>
> ——《史记·夏本纪》

1

雨越下越大。

雨刷器把车窗外的景象隔为一帧一帧的印象派画作，前车的尾灯和街旁的霓虹灯都溶化在水中，变为深蓝幕布上绽放的点彩。我握紧了车门旁的把手，看侧窗外的水浪拍击行道树。

"你真要在这里下车？"费博易问我。

商务车上另外四个人都没有开口，他们还要继续调研。我们这一车人会在暴雨的周日出现在这里，是因为费博易负责的"城市安全大脑"项目上周刚刚给甲方汇报，在评价我们的逃生导航系统 YU 的时候，甲方忽然极为温柔地来了一句：

"你们都是在旱季进行产品测试的？"

当时费博易反应极快："雨天也去现场了。"

"肯定不是在'洪季'，最近你们都是线上办公吧？"屏幕中的甲方微微眯起眼，"我只是想要你们确认，YU 系统模拟出来的洪灾逃生方案，在应用中是可行的。这个产品要给用户在灾难中使用，要保证万无一失。"

她确实抓住了关键点：几乎没有开发者会在极端场景中试用自己的智慧产品，但 YU 系统恰恰是为了最危险的情况而设计的。在气象台发布"暴雨红色预警"后，费博易用一个下午的电话轰炸，把项目组核心成员都叫出来调研，他说，这是 YU 上线的第一天，我们必须在现场测试新系统。

为了和小组会合，我当时把自己的车停在他们公司附近这个地势比较高的停车场。"再晚要堵车了——我得先回去，孩子一个人在家。"我回答费博易。商务车可能压过一个小低谷，浑浊的洪水漫上前窗，车内陷入恐怖的寂静，让水中杂物每一次敲击车体的声音都显得过于清晰。我只好继续说："你们还要去下一个点位？注意安全！"

他问："你自己走没问题吗？"

"没问题。"我说，"我车上刚升级了 YU 系统。"

说完这句，我仿佛听到后座上有人嗤笑了一声："就是这样才吓人。"

我只当没听见。我并不是费博易的下属，和他们合作，是因为在项目招标的时候，他相信如果让城市安全规划师加入团队，中标的概率更高。但在实际开展工作之后，我们的思路却有很大分歧：他坚持认为我对人工智能"一无所知"，提出来的技术路线也"毫无道理"；而对于他只求达到目标而无视公平的设计方案，我也无法苟同。因此虽是合作，如今 YU 系统里留有我工作痕迹的部分，不过是一些避难场所和建筑平面的资料整合。要我把性命全托付在它身上，是不大可能的。会这样回答费博易，只不过是因为我熟悉路，知道从这里回家一路都是高架罢了。

"好。"他放弃了劝说，打开车门，"路上小心啊。"

"你们也是。"我对他点点头。

蹚了几步齐腰深的水，我终于摸索到台阶，停车场暂时未被淹没，我冒雨检查了车子的外置安全气囊——一旦车轮在深水区失去前行的摩擦力，它就会自行弹出，将整辆车变为一艘小型气垫船。这种气囊是一次性的，弹出来就无法自动收回，必须在雨停后去修理厂整个拆掉，再安装新的。

流程虽然麻烦，但确实能救命。我是在三年前的"洪季"装上了这玩意的，当时社区给所有孕妇提供了免费的安装配额，我也就顺手去薅了这把"羊毛"，谁知在生产当天，竟遇上暴雨，最后就是靠着这东西一路漂到医院。阿启出生后，天气比以往更差，一到六月，雨水便无穷无尽，好几次我们都不得不启动气囊，才撑过一段又一段有惊无险的路途——而一旦为它所救，必定会毫不犹豫地再次安装，哪怕需要自己付费。好在我们搬了家，从城郊的新居到城里，一路都是高架，即便是"洪季"，用气囊的日子也少了一些。

——但愿今天也不要用到它。

我坐进驾驶室，前窗随即闪过一道 Y 形的虹光。"您好，涂山娇女士，欢迎使用 YU 系统。"它用小女孩般的声音脆脆地说，"我是小 YU，我会为您的旅途提供帮助。"

"什么小雨啊……"我看向模糊的车窗，嘟囔道，"明明是大雨。"

"在有暴雨红色预警的日子，您无法关闭我。"它居然听见了，大约没能理解我抱怨的内容，换了一个年轻男子的声音。

"GUN。"我试图打开更熟悉的导航软件，"帮我设计回家的路。"

"请不要骂人。"它说，"保持情绪平和，将会有助于您安全到达目的地。我已经读取了历史导航数据，将会辅助您回'家'。"

GUN 是骂人？那明明是导航软件的名字——

"你不知道鲇系统吗……"

一道炸雷打断了我和它继续争辩的话语。YU 计算出来的道路危险系数正在不断升高。"我们得离开这里。"它说，"七分钟后洪峰会到达。我注意到您安装了外置气囊，很好，现在请从停车场的南出口离开。"

"但我要上高架。"我说，南出口是高架的反方向。

"我会带您上高架，只是现在情况特殊。"它说，"请马上离开这里。"

我把油门踩到底。停车场出口的阻车杆已经抬起，所有停车计费系统都会在红色预警日自动关闭。离开停车场之后是下坡，我的车一头扎进水里，外置气囊随即弹开，仿佛在预示这又会是中大奖的一天，嗡嗡声从车尾传来，那是后置螺旋桨动力代替了四轮驱动，同时，YU 启动了车窗的数码增强影像，用清晰的线条勾勒出路况和水下的情形。从这一点看，它确实比 GUN 高级一点儿。但接着我注意到，它设计了一条非常诡异的路线，要穿过常规地图上的好几道屏障——确切地说，我们要从一组低层建筑的屋顶上驶过。

我不熟悉南出口外的路，所以开出停车场之后，我没有别的选择，只能跟着它的指示走。"那是远离高架路的方向。"我不安地说。

"耽误您几分钟。"它说，"我们去救两个孩子。"

一道炸雷劈下来，大树在我背后倒下，掀起的水浪把我的车一瞬间变成潜水艇，车顶的换气柱也自动升了起来。

"你设计这个路线不是为了让我回家，是为了去救人？"我提高了声调，"我又不是消防员！"

它回答说："但您是离她们最近的人。"

这次我是真的想骂人了。

2

"问题不在于那两个孩子。"费博易的脸肿得几乎分辨不出五官，但还在艰难地对我说话。

我把视频关上，不想看到他的惨状。"我不太明白，救人是好事，为什么你担心会有人揪着我们不放？"

"问题在于，除了屋顶上的孩子，那房子里还有两个人。"他极慢地说，"你确定 YU 从头到尾都没有提及他们吗？"

"没有。"

"对，但 YU 知道这两个人的存在。这就是问题。"

"它可能没打开那个……你们是叫图层？资料库？"我说，"它可能没有查看那栋建筑里的人员户籍信息，只是根据监控画面，判断出那屋顶上有两个孩子，而且她们还活着。"

费博易沉默了一会儿："我觉得可以。"

"什么可以？"

"我们统一口径。"他说，"以后不论谁来问我们，都是这个答案——YU 是通过红外图像判断屋顶有人的——记住了。"

我问："不然呢？它是通过什么判断的？"

"我不知道。"费博易的声音听上去疲惫而无助，"那是它的算法黑箱。"

3

和费博易通过视频电话之后，恼怒又冲淡了我心中成功救人的狂喜，让我对 YU 产生了新的怀疑。我猜想，大约就在费博易他们那辆商务车被坠落的广告牌击中时，我正在 YU 的帮助下，成功把车锚弹射到了平房屋顶旁的石桩上。我确实知道自己的外置气囊配了这个东西，但从没有使用过。它的端头设计如同章鱼触手，能在吸附后自动锁死绳扣。风雨中，两个孩子的影像出现在前窗上，年长的十几岁，小的恐怕和阿启差不多。她们抱成一团，我只能从她们身体的抖动，判断出那里的确有活人。"你们得自己游过来！"我打开车门，对孩子们喊，"我得稳住这辆车。"

　　洪峰到达之前，水会变得污浊。我可以感觉到车辆不断被水流和其他的杂物冲向更远的方向，而螺旋桨的努力正变得越发徒劳。留给我们的时间不多了，个头更高的瘦女孩从车锚附带的绳索上拽下救生衣，她先帮年幼的胖娃娃穿上，再打开充气阀门——我感觉自己从小就在飞机安全须知视频里见过这一幕，但此刻才第一次看到它真实地发生。很快，瘦女孩自己也穿好了救生衣，她把两件衣服连接的安全挂钩都固定在绳索上，然后艰难地单手抱住小胖娃娃跳入水中。女孩奋力扑腾了几下，眼疾手快抓住了外置气囊上的把手，试图攀上气垫时，却没能站起来，两人顿时被浪掀进水里。年幼的女孩漂荡出去两三米，但万幸她的救生衣仍拴在绳子上。"你先上来！先上来！"我对瘦女孩喊。她迟疑了一下，没去拉小姑娘，双手撑住气垫，像一尾鱼一般滑进车内。

　　"请在保证自己安全的前提下，再使用卷线器帮助他人。"YU 不紧不慢地说，它在车窗上投影了说明书。她看懂了，随即用两只手转动固定在车门一端的卷线器，如同钓鱼一般，把灌了好几口水的小女孩拖了进来。

　　几乎在同一时间，原本在孩子们脚下的屋顶消失了，它淹没于水下，变为数码影像上的一个标识为"障碍物"的图层。我断开车锚，关闭车门，开足马力，调转车头，在 YU 的指示下驶向高架路。两个孩子挤在后座上，分别放掉救生衣里的空气。她们起初看起来还算冷静，只有小女孩吐了一地。直到我的车轮再次踏上坚硬的路面，后置螺旋桨不再产生推力之后，那瘦女孩才哭起来。

　　YU 说："请保持情绪平和，这会有助于我们脱离险境……"

"闭嘴。"我说。

它识趣地安静下来，取而代之的是两个孩子此起彼伏的抽泣。我虽然在驾驶座上没有回头，但可以感觉到有人不止一次把鼻涕擦在了我的织物座椅上。到这时，我终于听见自己的心跳声，感受到衣服内里的透汗。行驶了 10 千米左右，高架上才开始堵车。在雨幕中，大部分车子都弹开了外置气囊，一个个如同拎着裙子跑步的女士，把车道塞得满满当当。这种时候，即便彼此有碰撞摩擦，大约都不值得下车吵架吧。

又堵了半小时，我们才从匝道盘旋而下，转到回家的路，再通过空中廊道开向位于 7 层的停车库——那堡垒般的建筑群让我感到心安。"完整建筑"是房地产商从去年开始推的概念，作为城市安全规划师，我也曾经参与这个概念的设计。这些新楼盘会建在地势较高的地方，彼此通过廊桥相连。一般来说，大约 5 至 6 栋建筑为一组，除了常见的居住功能，还会在不同楼层融入教育、医疗和餐饮服务。停车库就在位于建筑群中央的"生存楼"里——这栋建筑可能是"完整建筑"区别于传统居住小区的关键。它的低楼层通常是 LED 植物灯照射下的蔬菜大棚，中楼层是车船库及修理厂，高楼层提供的却是能源、水源、燃气或供热设施。我们所在的这一栋"生存楼"是区域能源中心，从 10 层到 15 层，空间纵向打通，里面有一座小型托卡马克装置，通过核聚变反应，它能够保证大约 100 组"完整建筑"的四季能源。

"我们到家了，感谢您使用大 YU。"在我的车子熄火之前，YU 这样说。显然，它把之前我随口说的"大雨"当作了自己的名字。

大 YU？大禹——我脑海中忽然闪过这个名字——倒是抗洪的好兆头。

车轮发出的"咔嗒"声响，说明车子已经卡在了排队去往修理厂的传送带上。我在 App 上选择了"内饰清洗"和"更新外置气囊"的选项，把剩下的工作交给修理厂的机器人。再打开车门，招呼孩子们出来："你们还好吗？"

小女孩竟然自己晃晃悠悠走出来，她捂住鼻子，嘟囔说："这里好臭啊。"

这话很像阿启会说的，于是我把她抱起来，向她解释说，这味道是因为周边的厕所污水和厨余垃圾会在处理后用来浇灌低层的蔬菜。但她显然没有听进去，吸吸鼻子，又哭得泪眼婆娑。幸而臭气在廊道就消失了。我顺着两个孩子的目光，沉默地看向廊桥外——雨后的傍晚给每一朵云都罩上了柔软的粉色，双彩虹框定了天空中剩下的最后一点阴霾。而就在我们脚下，姜黄色的泥水正撞击着楼栋底层架空的柱网，翻腾起骇人的死亡之浪。她们失去了家人吗？我试图从孩子们的表情中探知答案，但没能问出口。

"走吧。"我说。

进入居住楼栋之后，我先去顶层的"育儿中心"接上阿启。她惊奇地看着凭空冒出来的孩子们，在听我解释之后，很快就接受了"妈妈救了两个小朋友"的事实，甚至颇感自豪。回到家，她和女孩们分享了自己的浴巾和零食，却没有催促我做晚饭。我知道她很饿，但我得先报警。我戴上耳机，拨通视频电话。

"涂山娇？"警察居然先叫出我的名字。

"对，我……"

"我们正在找你。"他打断我，"你不在那辆商务车上？"

我才明白他是在说费博易他们那辆车。"雨太大了，我要回家照顾孩子，就中途换了自己的车。"

"你运气不错。"他平淡地说，"那辆车被广告牌砸了，目前只有一个人获救，其他人都失踪了——你认识这个人吗？"

他发给我一张头破血流的照片。"费博易。"我说。他裹着污泥的手臂拧在身侧，仿佛没有脊骨的蚯蚓，看着可真疼。

"嗯，他还活着。"他又问，"你报警是因为没联系上他们吗？"

"不是。我回家路上救了两个孩子。"我转过头，用 AR 眼镜拍摄她们的脸，"你们能找到她们的家人吗？"

"丹朱，商均。"警察报出两个孩子的名字，"她们的监护人目前处于失联状态，如果有消息，我们会联系你。"

"好。"

4

挂断电话之后，我已经知道两个孩子会就此在我家里住下来。起初一阵子的确兵荒马乱，我们被洪水围困了足足三周，食物捉襟见肘，家中人口却陡增了一倍。我去争取了很多次口粮，但这里受灾程度远比不上城里严重，并不会获得额外的关注。最终我不得不加入业主委员会，和邻居们一起向其他楼栋发出切断能源的警告，来逼迫周边的住户同我们分享粮食和水。等洪水退去，我便在客厅里架起双层床，给丹朱和商均睡，两人年纪相差不过十岁，却差着辈分。丹朱的姐姐——也就是商均的母亲——在去年的"洪季"失踪。如今，洪水又让她们变成了孤儿。这多舛的命运没能伤害到商均，她刚满四岁，只比阿启大一点，很快就忘记悲伤的过往，展现出开朗的性情，自然而然地跟着阿启叫我"妈妈"。但一次次失去亲人显然给丹朱心中留下了无法愈合的伤，她时常从睡梦中惊醒，像幽灵一般站在窗边远望。我不敢惊扰她，于是我们陷入奇特的对峙——她每夜都站在那里，而我知道她站在那里，她也知道我在看她。

终于有一天，我借着去喝水的由头起身，用亮起的吸顶灯打破了沉默。我递给她一个杯子。丹朱回头看我，她的眼圈是红的。

"怎么了？"我保证我只说了这三个字。

她大哭起来，扑到我怀里。过了好一会儿，我才听清她混杂在抽泣中的话：

"我知道他们在楼下……可我只想逃走，我都没有求你……求你去救他们……"

她在说她的父母。

"这不是你的错呀。"我非常谨慎地措辞，生怕话语会撕裂她的伤口，"在那种情况下，我没有能力去救他们，你也做不到。"

她点头，又摇头，把泪水全擦在我的睡衣上。不久，丹朱申请了岩城中学的奖学金，决定去那里读寄宿学校，不肯再回泽城。

我依然记挂着她。过了几年，我便找机会加入岩城的城市更新规划项目，可以去那边出差。这座城市曾经历过度的房地产开发，有着上万栋无人居住的住宅，但因为海拔比泽城高 100 米，加之有两所历史悠久的大学，近来却成了吸引沿海移民和投资的热点城市。利用岩城的空置房屋，我们再次实践了"完整建筑"理念，给每一片城市组团补充基础设施、制造工厂和农业种植。

"以前我们做规划，会更强调功能分区和设施的使用效率，但在这个灾害频发的时代，各种设施的分布式布局却更为重要，只有这样，才能保障安全底线，让每一个人都能得到均好的服务……"我试图向她们解释屋外的道路绿化都变成麦田的原因，但丹朱却把话题引向另一个方向。

"你们听说过'东海城'吗？"她打断我，对两个还在读小学的女孩说道。

岩城的餐厅透着小城的亲切氛围。陈旧的瓷砖配上包裹着金色油漆的洛可可式柱子，再加上木质的中式圆桌和朴实的黑色餐椅，让老板娘冷淡的面孔都显得温暖了几分。

阿启没有开口。她的眼睛迷茫地盯着虚空中的一个点，显然是在通过藏在隐形眼镜里的"视域"屏幕玩网络游戏。

"没有。"商均说，"那是什么？"她生得敦实强壮，对所有的事情都兴致勃勃。

"涂山姐姐肯定听说过。"丹朱看向我，她从来不承认我是"妈妈"，只肯叫我"姐姐"。

我点点头："我参与过东海城规划。"

丹朱看向我的目光里突然充满了热情："真的？为什么要在海上建城市啊？"

"我印象里是有一些气候学者，在研究洋流和台风的时候，在中国东海上找到了一片大气和洋流相对稳定的地区。"我把筷子放下，"后来，又有地质学家在这个地区发现了海底石油。"

"然后呢？"商均也兴致勃勃起来。

我回答说："所以有人就开始琢磨——在海上，能不能建一座更安全的城市？"

丹朱说："大海一定比陆地危险。"又问我："那涂山姐姐怎么看？"

我有点儿不习惯她现在说话的语气，考上岩城大学的土木工程专业之后，丹朱竞选了学生会主席，看来，她已经习惯了掌控局面。

"如果发生灾难，海洋肯定比陆地更难疏散居民。"我说，"其实，我不太能理解这座城市的建造逻辑。"

"我读到一篇文章，说建设东海城的关键不是工程学逻辑。"丹朱说，"而是一项战略选择。"

我想起自己和费博易的讨论。东海城的初步设计也请大禹参与了防灾模拟，结果并不乐观。我建议他们调整规划方案，不要将东海城视为"一座城市"，而是由很多"船只"彼此相连而形成的机动城市，当灾难发生时，只要断开连接，船只就可以载着居民四散而逃，这比单独设计一套逃生系统高效多了。

丹朱继续说道："按照涂山姐姐说的，如果海里还有石油，那东海城其实就是一支围绕能源点建立的海上舰队。这是为了应对气候进一步恶化，城市应该探索的新形态。"

"延续现在的技术，改善城市里的存量空间，也是一种选择。"我随意地答道，"你有没有想过，为什么到现在大家还在开车，还在用外置气囊？为什么我们不换成船呢？这是因为，城市里的道路是给有辖辘的汽车设计的，宽度、坡度、转弯半径，都有固定的模数，还有建筑的间距也一样。我们的城市根本就不支持船只的行驶。"

"但这不能解决根本问题。"丹朱略微提高了声调，"我们不该跟着过去的模式来改造城市，而是要给他们一个新的方案，积极应对气候的变化。"

我看向她扬起的侧脸："丹朱，你是不是参加了辩论社？"

她笑了："对，下周的辩题就是这个——我们应该在海上建城市吗？"

"挺好，我觉得你能赢。"我给她夹了一块红烧肉。

泽城的天气越发糟糕，"洪季"成了常态，高温、旱灾、龙卷风、粮食绝产……每一年仿佛都要开一个新的"盲盒"。灾难的升级也迫使大禹不断升级，通常它可以给出合理的方案，但有时，它的反馈也会让人感到难以理解。有一年春天，难得天气晴朗，大禹却连续几周给不同的居民发送信息，让他们立刻离开家逃难。当时费博易他们反复调试，最后却发现大禹正计划让泽城居民全部撤离，并认为这是"解决问题的唯一方案"。不得已，他们请我一起商量，原因竟然是我"不懂专业，所以能看清问题"。我问费博易，是否考虑过在大禹的经济损失评估表里，增加固定资产折旧指标，让大禹明白如果报废城市里的房屋和基础设施，就会导致经济损失显著增加。谁想竟然起效了。

Bug 可以修正，但泽城的生活却很难复原。商均和阿启的整个小学生涯，都被困在家里上网课。又过了几年，丹朱和我说，想让商均去岩城读中学。"阿启也可以一起。"

她是成年人了，坐在我面前搅动咖啡的样子，毫无缘由地让我想起曾经的某位甲方，仿佛在等待我汇报项目的阶段成果。

"交给她们自己来决定吧。"我这样回答说。

她不满意这个回答，直接问道："涂山姐姐，为什么你们不搬来岩城呢？你看到最新的'城市宜居度排名'了吗？泽城已经掉到最低的那档了，在它之下的名字都是灰色的，是那些被永久淹没的滨海城市。"

像是觉得还不够似的，她又补充了一句："下一个就是泽城了。"

为什么不肯搬走呢？这问题我也问过自己很多次。据我观察，最早搬入"完整建筑"的那些居民，反而有更多驻守在泽城——城郊的这片高地，每年被洪水围困的时间只有几周，在做好万全准备之后，大多数人都能扛过来。所以，我们反而不会像那些住在城里的人，为了生存，选择失去工作、放弃家园，去另一座城市里重新开始。

"因为那里是家啊。"我说。

"房子不是家，有家人在的地方才是家。"她的声音里总透着笃定，就好像事情本该如此，必然如此，毫无转圜的余地。

我惊觉她说的这句话，竟是东海城的移民广告。近来即便像岩城这样的高海拔城市，也开始发生内涝。当恐慌的移民再次经历曾经的噩梦，很多人干脆就举家逃向东海城，仿佛只有那里才是一个全新的远方。

"你想去东海城？"我小心翼翼地问。

"我在那边找了一份工作。"她说，"在能源港做工程管理。"

"我会担心你在东海城的生活……"我努力地找寻措辞，"我听说那边的生活设施还不太完善。"

"所以他们需要结构工程师。"

我只好也直说："我会担心你，海上太危险了。"

"上个月，龙卷风从岩城大学横穿而过，距离我的住处只有几十米——涂山姐姐，现在没有什么地方是安全的，因此也没有什么地方更危险。"

这诡辩听上去竟有点逻辑。我想了想，和她对视，最后避开了她的目光："你自己在外面，务必小心。"

丹朱笑起来，她终于挣脱了我施与她的亲情蛛网，但那笑马上就消失了。丹朱说："你们也要保重。"

我沉默以对。在大禹的bug修复报告里，费博易合理化了它的行为。他说，对居民而言，在哪座城市生活，不再是可以用"宜居程度"来进行排序的问题，而是一个客观的生死问题。大禹只是想帮助人类做出正确的选择。

或许，是时候考虑搬家了。

5

"目的地——岩城。"商均兴奋地说，她圆胖的手飞快地敲击着虚空中的键盘，把她能展现的每一个图层都打开：泥石流可能的发生点、流向、流速、外置气囊的完整程度，车锚的剩余个数……

"我见过一个特别帅的视频，里面的驾驶员用车锚来转向，就像以前的赛车漂移！"她继续说着。

阿启坐在后座。她戴着耳机，目光没有聚焦在现实世界，依然在玩她的游戏。她对一切都毫无兴趣，即便危险迫在眉睫。陪伴这三个孩子长大，对我最大的启发就是：有时候，要承认自己的孩子就是天生平庸。

"大禹，请计算我们安全到达的可能性。"商均问。

五分钟之前，大禹发出警告，说连接"完整建筑"的空中廊道，会有较高的概率被泥石流冲垮，如果我们不想被困在泽城等待救援，那么就要立刻离开。商均先发现了这条信息，大喊大叫让我们用最快的速度上车。谁知这会儿大禹却计算得异常缓慢，屏幕上的圆点不停转圈，直到车里的所有人都焦躁起来，连阿启也眨眨眼睛，问："大禹，说话啊。"

"百分之七十九。"大禹说道，"如果我们能在一分钟之内离开这里的话。"

商均气得头顶生烟："时间都让你耽误了！"

我把车从停车库里驶出的时候，已经听到了远处泥石流摩擦大地的"隆隆"巨响。我不理解为什么其他人没有从家中出来——大禹没有警告他们吗？等待救援可能是很快的事情，但也可能要等到弹尽粮绝。当然，说不定是因为我在岩城购置了一套公寓，搬家的行李都已经打好包放到车上，所以当时我没有任何迟疑。从匝道驶上主路时，商均忽然喊了一声"快看"，于是我从后视镜里瞧见连接停车库的廊道被黄棕色的泥土覆盖，一辆银灰色的房车被卷入其中，几乎没有冒出火花，便倾倒破碎，变为洪流中的一部分。

雨水在冲刷前窗，却无法洗去我的后怕，尤其是高架路上车少得让人心惊。

"大禹——"我听见商均又问，"我们安全到达目的地的可能性是多少？"

"百分之九十七。"这次它回答得很快，并且标识出几条危险路段。它帮我们躲开山上的滚石之后，剩余的路段就没什么需要担忧的了。云朵渐渐散去，天空一片碧蓝，直映得山上绿树都泛着油亮的金光。过去我会为了这样雨过天晴的时刻而感到欢欣，然而现在我已经习惯去怀疑，世界展现的每一分美好，都只是山雨欲来之前鼓荡的冷风。

我们遇到的那场泥石流虽不严重，但因为发生在"完整建筑"社区，便在网络上掀起人们又一轮恐慌。我们移居岩城不久，更多的难民拥来，让这座曾经的小城居民数量突破了百万之众。作为规划师，我越发忙碌，还接触到不少神奇的新城选址方案：青藏高原上的崖壁城市，南极的新大陆开发，有一些人甚至把主意打到了月球和火星上，连东海城都算不上最科幻的了。

商均喜欢所有这些点子。和大多数人不同，她对尚未到来的痛苦免疫，不会为任何迫近的恐怖而踌躇。每一份规划里的灿烂图景，都让她充满信心。她建了一个网站来收集这些奇思妙想。当她听闻有人要把喜马拉雅山脉凿空，在里面建设崖壁城市，她就把这点子作为一颗"种子"，放在她的网站里。她开辟了不同领域的专业板块：工程学、地质学、社会学、建筑学……然后主动去发邀请，希望专家们能为它添砖加瓦。起初，这网站无人问津，直到她听从阿启的建议，改变了思路，将网站调整为完全开放的论坛，欢迎用户基于不同的"设定"，来书写在这种场景之下会发生的故事。网站很快变成一座未来城市的想象力森林，在设定迭代生长的过程中，不同背景的写作者和阅读者，也开始为那些设定增加专业内容，其中一些，竟真的成长为参天巨木。

我曾点开过最繁茂的那一棵树，名叫"华夏"，写的是一座可以沉浮于水中的两栖城市，生活于其中的人类，也进行了基因改造，可以适应深水区的水压，像鲸鱼一般在水下长时间屏息。而提供这个点子的人竟然是阿启。其实这样的设定放在小说里并不出奇，但开篇的几句话写得稚拙而有趣，阿启在她的"种子"旁标注说，从她出生之日起，夏天就变成了"洪季"，水就是恐怖的、危险的，她希望能在这个虚构的世界里，补上快乐的戏水和华美的夏天。

6

我是在东海城接到了费博易的通话申请的。多年未见，屏幕里的他看起来异常消瘦，"保重"两个字这几年变回了字面上的意义，倘若视频中的旧友忽然变瘦，那么我们就要担忧，他是否缺衣少食，或是身患疾病。

"这是哪里？蓝天白云的。你搬家了？"他的声音从嗓子里嘶嘶地挤出来。

"东海城。"我说，"没有搬过来，只是最近来这边出差。"

"还出差呢！"他咧开嘴笑。

这年头出差确实很少见了。听说有一位甲方，担心东海城规模扩大之后，会"火烧连营"，便增加了消防专项的规划任务。东海城特殊的空间结构，让规划师倍感棘手，只好从各地邀请了专家来开现场会。我希望给丹朱一个惊喜，便在大禹的指导下上天入地，一路辗转，用了两周到达，然而丹朱却不在城市的这部分"船体"上。当年东海城的建设者采纳了我的建议，在这座城市中，只有围绕海底石油建立的钻井平台，以及由此生长出来的"港湾"，才会把结构基础扎在海床上；而人生活的"城区"，则是通过统一模数 3D 打印出来的装配式单元，这些漂浮于水上的船体单元彼此相连，如同蜂巢一般在"港湾"周围蔓延生长。丹朱说，虽然都叫作"东海城"，但她生活在另一处"港湾"，和我相距 1000 千米，要等半个月才会有摆渡的客船，因此还是无法见面。和费博易倒是不需要说这么细，我只简要提了两句前因，便关切问道："你还好吗？"

"很不好。"他说，"有一件事情，要拜托你。"

"拜托"两个字语气郑重，像是最后的嘱托，我尽量让自己的表情放松："请说。"

"是关于大禹的知识产权。当年咱们那个项目，甲方只接收了前期研究的成果，大禹的知识产权其实是在我们这里。"

"为什么？大禹的应用应该很广泛吧。"我不解，几乎所有的人都在用 YU 系统，大禹也成了通用的名字。

"他们没说产品不行，是觉得责任太大了。"费博易说。

"责任？"

"导航软件能犯的错误最多是堵车，或者绕路。"费博易解释说，"但逃生系统不同，走错了路，人可能就没了。"

我大约明白了他所说的"责任"是什么。早年"疏散泽城"的 bug 发生后，我又开始关注和大禹相关的媒体报道。获救的人很少会在媒体上表达感谢，但遇险后投诉的人却层出不穷。大禹的视野是有局限的，譬如它无法理解幼儿和残障人士出行的特殊需求，又如当加油站里油气都不足的时候，它依然会把缺油的车辆导航到那里去。只有在人、车、设施都如同模型中一般完美无瑕的前提下，大禹的方案才有效。面对这些投诉，费博易先取消了红色预警时无法关闭大禹的设置，又在 App 开屏页面增加了醒目的免责弹窗，强调路线仅供参考，使用大禹是用户的"个人选择"。这样一串操作下来，客户群却不减反增。

仿佛担心我不肯答应，费博易继续说道："大禹现在有运营公司，我们用知识产权占股份，不需要做什么具体工作。这些年大禹的营收非常好——我们开通了很多付费项目，你知道，人被灾难逼到绝境，多少钱都肯拿出来。"

他太瘦了，笑起来只能看到皮在动，空洞的双眼仿佛鬼怪。我不喜欢听这个。"需要我做什么？"

"你一直是大禹知识产权的共同持有者，只是我之前没有给你分红。"他的目光聚焦到我脸上，"我想把股份都转给你。"

我知道自己应该说"不用，谢谢"，但他的眼神里有一种让我畏惧的渴盼，于是我问："为什么是我？"

"最近我经常会想起，我们一起设计大禹那会儿，你提的那些问题。"他说，"除了你，我不知道能交给谁。责任太大了。"

7

五年前，我搬回泽城。

在一场漫长的大雨之后，岩城蚊虫泛滥，商均不久死于疟疾。我怎么都想不通这件事，商均是三个孩子里最健壮的，几乎从没生过病，但丹朱反而很冷静。她说在这个年代，每个家庭都得做好准备，承受失去亲人的悲伤。在做了五年工程师之后，丹朱转而从政。这确实是更适合她的职业，流利的口才和坚定的信念感，让她在东海城里迅速晋升，如今身居高位。

阿启陪着我们，罕见地没有沉浸在网络世界里。等丹朱回东海城后，她像是终于接受了这个世界是真实的，忽然变成一个稳重可靠的人。阿启接手了商均的网站，把站名改为"华夏"，经营得风生水起。我见她的生活步入正轨，没有无所事事，便自己搬回泽城居住。那时正值春季，通向"完整建筑"的廊道已然修复，只是多修了一条辅路和一盏红绿灯。虽然邻居搬走许多，但托卡马克装置由机器人维护得不错，低层的蔬菜还在茂盛生长，花园里的冬小麦也正该收获。我请律师帮我研究了费博易留给我的协议，接受了他的遗赠——大禹的知识产权，我应得的分红，更重要的是登录大禹的管理员权限账号和密码。

丹朱打电话给我的那天阴云密布，正是"洪季"到来前最繁忙的季节。屋内外凡是平整的地方，都晾晒着麦种。她用了一个特殊的电话号码，据说是可以避开人工智能的监控。

"我们正在调查大禹。"她还是从前的风格，直截了当地提出关键问题，"然后发现涂山姐姐竟然是它的知识产权所有人。"

"我是参与过大禹的设计——怎么了？"

"你为什么要接手它？你都没有怀疑过大禹吗？"

我走到窗边，问："你想说什么？"

"大禹掌控太多资料，也有太多权限了。"丹朱说，"为了在不同场景里设计逃生路线，你们给了它所有居民的个人信息、车辆的维修记录、城市的地形图、地下管线图、建筑平面图，我听说后续还有一些设施的控制权，它都可以直接调度。"

"那是为了救人。"

"但那些没能成功获救的人，仅仅是因为运气不好吗？东海城最近在查保密资料的调取记录，找到了大禹做的逃生模拟方案。"

"要调资料，肯定得你们先给它授权才行——这有什么问题？"

"我们比较了它计算出来的每一版方案，死亡人数的减少幅度并不大，但最后获救的人却发生了变化。"丹朱说，"起初是随机的，但后期版本里，死的大多数是老人和有慢性病的人。我们怀疑它会根据人的'价值'，推送不同的逃生路线。"

我皱眉："用户可以自己选择路线。"

"你确定在那些危险的情况下，你有能力'选择'吗？"她声调平稳，面颊却在发抖，"你确定每个人都有'选择'的机会吗？"

我走到客厅的阴暗处："你为什么这么生气？"

"你是大禹的主创设计师，也是目前唯一活着的设计师。这个算法可能决定过上百万人的生死……"丹朱顿了顿，哑着嗓子说，"我不希望有人被'故意'忽略，就像我父母那样。"

我才知道，丹朱竟然到现在都没能放下那一天，依然把罪责揽在自己身上。

"我们可能会向媒体公布调查大禹的结果。"见我没有回答，丹朱又说，"但我想请你先给我一个答案。"

"我试试吧。"我对丹朱说。

她挂断了电话。

8

我出门时，大禹警告我，如果现在去城里，安全返回的概率只有百分之六十七。

"但我必须去。"我说，然后输入了目的地，是当年那个停车场。

大禹给我推送了一条奇怪的路线。暴雨预警等级目前还停留在橙色，我干脆把它关闭，驶上高架。这会儿几乎没有人进城，倒是对侧出城的车流满满当当。不到四十分钟，我便到达市中心。由于地势低洼，在这个时节，这里已经近乎空城。

真奇怪啊——我想，费博易竟然会把大禹的历史导航资料都存在这儿——会被洪水淹没的城区，近乎废弃的办公楼，里面还在运转的保密机。

大门不在 1 层。早年为了抗洪，很多楼栋都将低层的门窗封死。从室外楼梯爬上 7 层，我才找到正门。输入密码，打开门锁，内里有一股沉积的灰尘气息，打开灯后尤甚，每一条光线都在灰尘的衬托下有了实体。我查看了电梯旁的楼层指南，机房依然在顶层。电梯虽然开着，但不知多久没有维修，我还是转向楼梯间。

爬到顶楼，我的腰和膝盖都在隐隐作痛。窗外是灰黑色的层积云，只在极远处的云间闪着白光。操控室的门极为沉重，可见密封性不错。内里依然十分整洁，保持着曾经的模样。正如丹朱所言，我们最初对大禹的训练是基于泽城的数字孪生，因为赋予了它过多的权限，也要签严格的保密协议。甚至在大禹投入应用之后，也罕见地将导航历史记录加密，没有在线上存储任何备份。如果想要查看这些信息，只能到这里来。曾经，项目组就是在这间会议室里对大禹进行调试，研究系统优化的方向，讨论的内容因为涉密，大多是手写稿，甚至很多现在还贴在侧墙的软木板上。

我用费博易给我的账号登录保密机，无论丹朱他们的调查结果是什么，我自己也想知道真相。

我先搜到了那个时间点——我在大禹的引导下去救两个孩子的那一天——在红色暴雨预警发出之后，泽城有65万人次使用了大禹逃生，其中39万人次到达目的地。

但这不能证明什么——这些没能到达目的地的人，是因为不信任大禹，所以没有按照它的指示逃生？或是有意外，像那辆商务车一般被广告牌砸中？

我抽取了几条记录，都没有什么说服力。我又在搜索框里输入了另一个日期——我们从泽城搬家去岩城的那一天。定位到正确的地点之后，我找到了大禹发出的泥石流预警。当时，住在我们那组"完整建筑"里的三百多户居民中，有一百多户人收到了预警。而没有收到的人家，多是高龄人群。可这也不能证明大禹是"故意"忽略他们的，说不定，是老人们没有订阅这项服务。

雨就要来了。我飞快地点开一个个文件——恐怕没有时间继续调取数据进行统计，只能寄希望于费博易曾分析过这个问题。

他会把信息藏在哪里呢？

我找到标注为"商务"的文件夹，里面有一个文档，是"过往业绩"，但列的数据却让我大失所望。费博易只统计了宏观数字——YU相对于GUN的逃生效率提高了57%，经济损失降低了35%——但这些数字并不能回答丹朱的问题：对于身处灾难之中的个体而言，大禹提供的逃生方案，真的"公平"吗？

我起身走了几步——换个思路，如果它真的对人的"价值"进行了评判，那么目的是什么？

抬起头，我看见一张纸，上面是我二十多年前的手写字："堵车"。于是我想起来，当年甲方之所以会在城市安全大脑项目里，要求我们抛弃GUN系统，启动YU的设计，是因为"洪季"前发生的全城大堵车——如果所有的人都想尽快上高架路，结果就是谁都走不了，反而会导致惨烈的死伤。媒体报道里有一个著名的故事，是淹死在高架桥下的一家三口，他们出发的地点距离高架入口仅仅 4 千米，最后却用了三个小时都没能上去。在"堵车"两个字旁边，是"疏通"二字，我几乎可以想起费博易的声音："其实，鲧计算的逃生路线基本正确，只要我们能有效疏通人流和车流，效果就会好得多。"

难道是为了让道路保持通畅？我走出机房，打开通信网络。

"大禹？"我呼唤。

"您好，涂山娇女士。"在强调紧迫感的时候，大禹会提高语速。

走廊尽头有一扇窗开着，风卷着泥土的气息呼啸着穿过走廊。"怎么了？"我说。

"在您视线范围之外有山洪，很快就会袭击您所在的地点。我建议您乘坐电梯下楼，我已经让它停在 20 层了。"

我走进楼梯间——"大禹，你怎么评价在你的帮助下没能逃生的人？"

"我深表歉意，但我希望您能对我保持信任。"它说，"您要乘坐电梯才能赶上，水马上就要漫到停车场了。"

我的腿疼得更厉害了，只好走得慢了一些。当我到达 7 层时，距离大禹说的三分钟已经过了一阵子。我推开楼门，细密的雨连成银色的线，在黑色树影底图上绘制寒光。这雨要形成洪水，还需要一段时间。

"太慢了。我建议您现在返回楼上。"大禹说。

我回答说："我要去停车场。"

"不，已经来不及了。"它说，"请回到楼里去，向上走，那里更安全。"

我可不想整个"洪季"都被困在这里。我踏上地面，雨点变重了，接着轰然砸下，把树林惊扰得喧器起来。大禹试图让我回头，但我顶着风雨摸索到了停车场，地面没有积水。"你的计算不太准，大禹。"我说。

"我正在对数据进行校正，女士。"

我检查了外置气囊，拖着腿坐到车里。前窗那道 Y 形虹光闪过时，我仿佛回到了很多年前。大禹说道："我不建议您开车上高架。从南出口出去，只需要绕一点儿路，就可以确保安全。"

它为什么一直让我绕路？我看向它给我的导航路线，循环扭曲仿佛中国结，然后我忽然想到一个点子，用管理员权限修改了自己的账户，切换到丹朱的，让大禹以为坐在这车里的人是她。然后我对大禹说："目的地是'家'，找最快的路。"

"当然。"大禹的语气竟然松弛下来，不紧不慢地说，"我们现在有充足的时间，最快的路线是走高架。"

"安全到达的可能性是？"

"百分之百，女士。"

9

我走进家门，天色已经全暗下来，窗口有一个人影背对着我。"洪季"家里多一个人并不奇怪，我打开灯，刚要告诉对方这楼里还有许多空房间。她转过身来，是丹朱。

商均的葬礼之后，我就再没有见过她了。丹朱依然很瘦，肤色晒得黝黑，眼角额间已经有了皱纹，更显得目光锐利。

"什么时候回来的？"我去给她倒了一杯水。

"我来泽城出差。上午给姐姐打电话的时候，我已经在路上了。"她接过杯子，但并没有要坐下的意思，依旧站在我面前，"姐姐已经去城里确认了吗？行动力真是太强了。"

"你知道我进城了？"我并不喜欢自己的一言一行都被她监视，"看来，你不需要我给你答案，你已经有答案了。"

丹朱说："对。为了实现'有效逃生'，大禹会对人进行筛选。"

"有效逃生？"

"大禹做的方案里，经常用这个词，涂山姐姐不知道吗？"她反问我。

"我的专业不是人工智能，大禹的设计我没参与太多。"我说，"它是怎么对人进行评价的？通过年龄吗？"

只切换丹朱的账号去测试大禹是不够的，我也尝试了阿启的账号，安全到达目的地的可能性同样是百分之百。但再换成另几位与我同龄的友人，数据却会大幅下降。五十多岁就被它判定为"高龄"，我心中也有些不服气。

"没有那么简单。如果只从结果来看，居民的生存概率确实与年龄相关，但大禹的'筛选'其实是基于大数据的判断。它会让那些在后续的其他灾难中有更高概率生存的人，优先使用逃生路径。"

我想起曾经和费博易的争吵。他完全不能理解城市规划中的"均好性"和"底线性"概念，他说："我不想听那些模糊的观点，我们的目标就是提升整体的逃生效率，我只要可以量化的数据：降低伤亡，降低经济损失——所以，当然会有一些人享有优先权。"

我对丹朱说："这也合理。"

丹朱说道："这对很多人都不公平。"

当时我是怎么质问费博易的？"谁？谁有优先权？谁能决定哪些人有优先权？"

答案一直都很清晰。是那些年轻人，是那些可以追上YU计算的逃生方案的人，是那些更有"价值"的人。我很想知道，最后身体孱弱的费博易，是否也面对过大禹的"筛选"？

我问丹朱："它是通过什么来筛选的？"

"我们还不清楚，那是它的算法黑箱——说不定它会把浏览'华夏'网站，都作为依据之一呢。"丹朱笑了笑，"在东海城，我们已经暂停了大禹的运行，而泽城的居民正在往城郊撤离。我更好奇你的决定，涂山姐姐，你会关闭大禹吗？"

不论是关闭大禹，还是找一些专业人员来优化它的算法，都对应着"责任"。所有人都能获救当然是最好的选择，但如果逃生道路的通行量有限，怎么做才是更好的选项呢？

——谁又能去定义"更好"呢？

我反问她："如果我现在关闭大禹，能减少死伤吗？"

——没有大禹，就是公平吗？

"我不知道。"她说，"不过现在，选择权在你手中。你已经到家了，其他人还在路上，你要改变他们的命运吗？"

10

请确认是否要关闭程序。

费博易的设计令人迷惑，查询记录要在现场，而关闭大禹却可以远程操作。坐到车里用管理员账号登录后，我很快找到了那个页面。

丹朱还有公务，接了个电话就离开了。和当年那个沉默哭泣的孩子不同，现在，她会把难题抛给我。

我把车开出楼栋，开进雨里，远山在车窗上擦出淡青的轮廓，直到交通灯的红光笼罩了前路。

我停下来。真的还要继续前行吗——选择总有代价，倘若这代价是弱者，我是否可以牺牲他们，去实现宏观意义上的目标？

我的视线停留在"确认"按键上——真的要关闭大禹吗？如果我们失去人工智能，失去东海城，失去"华夏"网站上那些希望的种子，人就必须承认自己仅仅是人，独自站在天地之间，用渺小的姿态去面对最大的恐怖。

灯光跳转为绿色。我退出大禹的管理员账号，转向辅路，视域里的 Y 形虹光随之熄灭。

夜色已深，雷电在山巅翻滚，但尚未到来。

——原载《北京文学》2023 年第 7 期

主人公的超空间试飞引来了海鸥形象的外星人，而外星人的到来却给地球带来了威胁。开始没有人相信他，现在大家却不得不相信他。于是主人公不得不再次进入超空间，去寻找那些海鸥一般的外星人，试图对它们说清一切。

科幻小说《海鸥和外星人》描述了这一过程。

海鸥和外星人

江 波

远方是零丁洋，成千上万的海鸥在碧海蓝天之间翱翔，宛如一片飘忽不定的云朵。

王十二有些恍惚。

"王十二，到你了。"

队长的呼叫让他一激灵，回过神来。

"是！"他朗声回答，将操纵杆缓缓向前推动。

轰800抬起机头，脑机接口同步启动，一阵轻微的刺痛感从头皮上传来，眼前的景象突然变了颜色。海是黑的，天是白的，海鸥群翻飞，像一片薄雾般的红云。

王十二感到自己仿佛成了一只巨大的海鸥，正嗅着海风的气息，等待那飞翔的时刻。

这奇怪的幻觉又来了。

"剑鱼准备就绪。"他向指挥台呼叫。

"起飞！"

引擎喷射出炙热的火焰，轰800修长的机体在跑道上快速滑行，腾空而起，转眼间成了海天之间一个细小的黑点。

高大的楼房很快变成指甲盖般大小，城市成了沙盘上的模型，宽阔的珠江入海口像是一只巨大的巴掌向着大洋伸展。又过了片刻，珠江三角洲的全貌呈现在眼前，灰黑的是大地，深黑的是海，灰和黑之间，有一小片浅浅的黄色，那是零丁洋。大地仿佛一片织锦，城市成了大大小小的浅色斑纹，一条条道路曲折蜿蜒，交织成一张巨网，覆盖在大地上。

仅仅两分钟，轰800就爬到了三万米高空。

两个巨大的气球出现在视野中，这是为了直播而设置的空中平台。地面上的人看不到万米高空的情景，而许多航空器的表演只有在高空才能展示，包括轰800。尤其是轰800，据说高层曾经讨论过多次，究竟是在航展中展示这件划时代武器，还是以"过于先进，无法展示"敷衍外界的猜测。最后还是领导一锤定音："就是要让他们知道，我们拥有能改变战争形态的武器！"

王十二不知道这个传言的真假，作为飞行员，唯一的职责是确保飞行成功。他集中意念，操控飞机，轰800两翼收缩，尾翼翻折贴在引擎部位。从机体外部再也看不见任何突出物，飞机变形成了一枚乘波体火箭，向着两个气球中间的目标点冲过去。

王十二摁下了操纵杆顶部的红色按钮。

隐藏在机体内部的神秘部件开始发挥作用，微微的震颤感传来，预示着即将到来的冲击。

王十二闭上眼睛。

在钱－托马斯跳跃的环境中，视觉并不依赖眼睛。

世界一团漆黑。黑暗中光影浮现，由近及远，像是被一双无形的手拖拽出来。地球是一个拳头般大小的光点，触手可及。太阳并不比地球更大，在不远处不断震颤。再远方，是一片光的海洋，熙熙攘攘，浩渺无边。那些应该都是星星，然而它们在流动，像被风吹动的沙丘，像被重力拖拽的漩涡。

这个超越三维时空的所在无比安静，像是无声的古旧黑白胶片电影，时而闪过一道划痕。

王十二静静地感受着。每一次跳跃飞行之后，他都会向上级报告这种诡异的体验，然而没有人能够解释得清楚明白。那些用复杂的数学推算出钱–托马斯跳跃的科学家也束手无策。公式是一回事，感受是另一回事，一个使用脑机接口的飞行员的感受那更是虚无缥缈。

但这所见的一切都是真的。幻觉不会重复，而自己每一次进入钱–托马斯跳跃都会见到类似的情景。

其他飞行员伙伴并没有相似的体验，他们只感觉到一阵黑，一阵眩晕。

王十二紧紧握着操纵杆，感受着眼前的一切。

坚实的触觉表明自己仍旧清醒着，仍旧有一个完整的躯体。

忽然之间，光的海洋中出现了一些东西，隐隐约约，成群结队，随着光的流动而漂移。

王十二定了定神，试图看个清楚，然而那些东西顷刻间便消失不见。

这是幻觉吗？王十二不禁怀疑。

突然间，像是有什么东西从身旁滑过，王十二扭头看去，自己和光海之间仿佛隔了一层屏障，游移的光点变得有些扭曲。这景象有几分熟悉，熊熊燃烧的火焰上方气流湍急，透过它看见的世界也会变得扭曲。

它在那里，只是看不见！

然而王十二还是辨认出了它的形态，它像是一只海鸥，正展翅飞翔。一只透明的海鸥，一只在钱–托马斯空间里飞翔的海鸥！无论那是什么，它肯定不是生物，至少不是有血有肉的生物。

王十二靠在座椅上，心中满是惊奇。

更多的不可见之物正在拥来。它们正向着自己而来！片刻间，自己已经被一群这样的东西包围。它们时而靠近，时而远离，时而横在前方，时而藏到身后，像是一群调皮的精灵。

你好！王十二试探着向它们招呼。

你好！他听到了回馈。

它们会说话，它们是活的！王十二万分欣喜！

他还想说点什么，一刹那间，透明的海鸥都有了颜色，洁白的身躯，灰色的翅膀，橘红的脚掌和喙，正像自己前两天在日月贝公园见到的那只。

你好！海鸥们在说话。

王十二真的疑心是自己精神错乱。

你们，是海鸥？

我们，是我们。

回答像是一个谜语。然而那确实是海鸥们在回答。恍惚间，王十二觉得自己仿佛也是一只海鸥，正和它们一起飞翔。

警报灯在闪烁，机身已经不能够承受更久的停留。王十二将操纵杆向后拉。

新来的，再见！海鸥又发出一声叫喊。它们的身影刹那间变回透明，消失得无影无踪，只有扭曲的光影暴露出行迹。

黑暗和光海，触手可及的地球和颤抖旋转的太阳，钱－托马斯空间恢复成了寂静的模样。

刚才的问答发生在一个无声的世界里，仿佛只是自己头脑中的游戏。

王十二来不及细想，耳边已经传来了呼叫："剑鱼，我是龙宫，收到请回答。"

天空和海洋重新出现在视野中，跳跃完成，自己已经回到了正常的时空里。

剑鱼一切正常！他意念流转，向指挥部发送了信号。

跳出位置距离起飞位置不远，直播间里的观众会看到轰800在三万米高空突然消失，然后又在几百米外鬼魅般出现。

这是一场魔术表演，也是一声庄严的公开宣告：钱－托马斯跳跃不仅仅是理论，中国军工已经将它实现，这样的武器系统可以避开任何防御系统，出现在任何位置。

人们热烈欢迎试飞英雄的归来，掌声很热烈，王十二却心不在焉。

站在高台上，他的目光不时向着远方眺望。海面上，海鸥群飞起又落下，撩拨着他的思绪。

"王十二！"一个声音在背后喊。

王十二转身望去，江三正从门里出来，研究院的招牌高挂在他的头顶上，异常醒目。

人体异常功能研究院。看到这招牌，王十二就感到窝心。这名字听起来很响亮，里边的人都是心理学家，研究的都是精神病。自己好端端地向上级报告情况，却被送到这里，被十来个专家围着研究。这个江三，就是医疗组的成员之一。

"江医生，还有什么事吗？"

"我想和你聊聊，关于你的幻觉……我想那可能不是幻觉。"

"刚才检查的时候你可没这么说。"

"刚才我的导师都开口了，我当然不好再说什么。但简单聊一聊，用不了你太多时间，或许对我们都有所启发。"

王十二盯着江三看，江三的眼神是认真的。

王十二点了点头。

正是下午，茶馆里喝茶的都是老人，王十二看着眼前透明澄清的茶水，感到有些尴尬，甚至连手都不知道该往哪里放。这不是自己该来的地方。

他抬眼看着对面的江三，这个比自己年轻许多的医生正在斟茶，手法熟练极了，显然颇多练习。

"江医生，我们赶紧吧，我还要回部队去报到。"

"马上。这珍品普洱要多泡一泡，越泡越香，既然都来了，就好好地品一品这茶。"

"我没那么多闲工夫。"

江三手中的茶壶一滞，随手就搁在了茶几上。

"王少校，那我就不客气了。你能把整个过程再描述一遍吗？"

王十二一边回忆一边讲，整个过程仿佛浮现在眼前，无尽的黑暗，光影，海鸥……栩栩如生。

江三一边听着，一边用手机记录。

最后王十二讲完了，江三放下手机。

"我可以解释一些东西，但无法解释另一些东西。所以我们可以探讨一下。"

这个江三说话就是啰嗦。

"你说吧。"王十二耐着性子。

"你说你看见了海鸥，他们认为这是幻觉，是你的大脑在异常状态下产生了自反馈，这当然是一种可能。但还有一种可能，如果它们真的存在，它们在阅读你的大脑，然后把你大脑中的印象反馈给你，观察你的反应。"

"它们？"

"我说的是外星人。但承认这一点，我们可能就会掉入伪科学的陷阱。你知道全球一年报告多少起不明飞行物事件吗？至于说外星人，那更是一个被用滥的哏，编一个莫名其妙的故事，解释不了的东西都安在外星人头上，很多不入流的科幻小说就是这么写的。在没有确切证据的情况下，你要是说外星人，那简直就是往自己的脑门上贴伪科学的标签。研究所的人愿意研究你的精神状况，因为那是实实在在的，你认为有外星人，但只有你一个人在报告，可信度不高，一般人可不想把自己陷在这种无法证明也无法证伪的事里边……"

王十二抬了抬手，阻止江三继续说下去。

"你刚才说只有我一个人报告，为什么其他人看不到，只有我能看到？"

"这个很难说。不过我的猜测，仅仅是猜测，建立在外星人真实存在的假设上，你的大脑神经元个头比较大，特别是新皮质的神经元，大约超出平均值百分之十五，这不是说你很聪明，而只是神经元个头比较大而已，它们都在正常分布范围内。你的同事，多数在平均值上下。这个差异说明不了什么，但至少是一种可能的解释。如果我们能把和你神经元大小类似的人送到钱－托马斯跳跃空间里，说不定就能证实这是不是根本原因。"

神经元的个头大，这倒像是一个听起来不错的理由。

"我飞了四次，只有这一次，我才看到了海鸥。"

"前三次飞行前你看见海鸥了吗？"

"没有，前三次都是在基地，没有海鸥。"

"这就对了。你的大脑要适应新环境，它们也要适应你。一次次的尝试，就是一次次加深了解的过程。说不定这一次飞行，你如果事先看到的是一群人，它们也就会用一群人的形态来和你交流，或者是一群蚂蚁……"

王十二陷入沉思。

江三抿了一口茶，继续说话："我有个小小的建议……"

刺耳的警报声突然响了起来，打断了江三的话。这是防空警报！王十二霍然起身，向茶馆外走去。海边的步行大道上人们都在驻足观望，向着天空指指点点。

王十二抬头望去，只见碧蓝的天空下，数以百计细小的黑点正悬浮半空，看上去隐隐约约，像是一个个圆球。

江三赶到了王十二身边，抬头一看，脱口而出："这下好了，你要的外星人来了！"

随身的紧急通信仪器振动起来。这是召回信号，十万火急。

王十二顾不上和江三打招呼，迈开步子，全力向着中队的临时驻地跑去。

全球三十五个大城市上空出现了不明悬浮物。它们是大小不一的圆球，大的直径有三百米，小的只有半米，停在那儿，相对地面静止，不随气流移动，甚至对气流完全没有阻碍。

R 国国防军发射了十倍音速防空导弹，导弹明明击中了目标，却像是什么都没有碰到，直接穿透它，失去目标后在高空爆炸。

A 国武装无人机逼近球体，采取自杀式撞击，却扑了空，没有接触到任何实体。

除了光子，这些光球似乎不和任何其他物质作用。然而它高悬在城市上空两百米，仿佛达摩克利斯之剑，让人心头不安。

联合国连续三天召开三次大会讨论这些突如其来的神秘球体。A 国发言人指责这是中国的阴谋，是中国图谋世界霸权而做出的战略准备，是凭借技术优势对他国主权的赤裸裸侵犯，并且发起提案，对中国滥用超空间技术进行谴责，要求中国立即向世界开放所有超空间技术研究基地，由联合国派遣调查组进行核查。提案以三十六票支持、一百二十票反对、三十四票弃权未获通过。中国发言人义正词严地反驳了 A 国发言人，并且指出中国愿与国际社会一道对这个神秘现象进行科学公正公开的调查，中国从来没有也永远不会谋求霸权，而是一直致力于和世界人民一道建设人类命运共同体。

……

王十二在信息轰炸中度过了三天。谣言四起，说第四次世界大战在即，A 国准备依靠核武库优势，发起先发制人的打击，以数量抵消质量，逆转中国空间技术的优势。虽然这样的谣言并不可靠，可要是真的发生，自己所在的战略轰炸中队在第一波攻击中就会被消灭。这种不无可能的事让人忧心忡忡。

收到中队长立即到指挥部报到的指令，他心中不由得咯噔一下。

一定有事要发生了！

虽然有这样的心理预期，但当走进指挥部会议室时，他还是大吃一惊。

两位上将、一位中将、四位少将坐成一排，隔着一张长方形的会议桌面对自己。

坐在最左边的是韩风潮少将，他是空军战略行动指挥部的负责人，是自己部门的最高指挥官，曾经在几次会议中见到他坐在主席台上。其他几个自己都只在新闻中见过。

坐在中间的，是王奇凤上将。

中队长和大队长一人一边，站在桌子的两头列席。

王十二压抑着忐忑不安的心情，向所有的将军行礼。

"王十二同志，现在这个紧急会议，是专门为你开的。这是最后一次和平努力，如果你的行动不能成功，那么很可能我们会陷入一场世界大战，而且是核战争。"王部长开门见山，然后转向中队长，"李开天同志，请你传达任务吧。"

"是，将军！"

中队长转向王十二，双手一挥，拉下了一张虚拟地图。

"根据各方情报汇总，各国的战略核打击力量都已经进入一级警戒。A 国联合三十二个国家向我国发出了最后通牒，要求我国说明这些悬浮圆球的来历并且保证不会再次滥用超空间技术威胁他国安全。在缺少战略互信的情况下，我方所有陈述都被敌意地认定为隐瞒真相。在这种情况下，唯一能够彻底解决问题的办法就是让这些圆球消失。你的任务，是执行一次钱－托马斯跳跃任务，找到外星人，请它们收回这些圆球。"

随着中队长的话语，各种情报数据不断在地图上翻滚。当他最后停下时，地图上一个赫然的惊叹号指向了中国南方的海岸。那正是珠江入海口的西岸，中队此刻驻扎的位置。

外星人！王十二不由睁大了眼睛。上级终于相信了自己的说法，不再认为那只是一种幻觉。

"队长，我不知道外星人是怎么回事，也不知道是不是能和它们对话。"

王部长向着大队长点头。

大队长打开一旁的门，一个身穿白大褂的身影缓步走进会议室。

江三！王十二一下子明白过来。

"这几天，江三同志一直在向上级部门提交情报分析，我们听取了他的报告，结合目前的形势，才决定指派你执行这个光荣的任务。你在上一次飞行中的报告很有价值，也是我们避免战争的唯一希望。王十二同志，你明白自己所肩负的使命了吗？"

"坚决完成任务！"王十二立正敬礼。虽然还不知道自己究竟该怎么做，但事情到了这个地步，有进无退！

眼角余光中，江三正向着自己微微颔首。

珠海海岸机场戒备森严。

四天前，这里还在举办航空航天展，从世界各地赶来的观众挤得连走路都困难。此刻，这里到处都是军人站岗，军车沿着机场边的马路排成一长溜，里里外外一个闲杂人员都没有。

轰 800 停在跑道出发点，等待着指挥台的命令。

出发前和江三的对话在脑海中翻滚。

"没有人相信有外星人，A20 集团的政要都认为这是一个拙劣的谎言。或者说不管他们内心是否相信这奇特的圆球来自外星人来自我们所不了解的科技，他们的公开表态就是这是中国玩的障眼法，是一个谎言。这就是政治需要，和平竞争不行，他们早就想干一架，这是个升级事态的理由。"

"如果我失败了呢？"

"那也并不比现在的情况更糟糕。但我认为你应该承担这个责任，可能就是你的行动，把它们引来了。"

"我可以去飞，但我真不知道该怎么办。"

"我也不知道有没有用，但至少你可以试一试。它们和你对话，你要让它们明白，这些圆球对我们的世界造成了很大的影响，很坏的影响。所以你要在大脑中反复强调这种意向，多想一想核弹爆炸的场景，想一想城市被摧毁，秩序崩溃，人们冻死饿死。它们通过你的大脑来了解我们，了解这个世界。我相信它们是高度文明的种族，一旦它们了解发生了什么，就会离开。我们的危机也就解除了。"

"你要尽量停留久一些，和它们对话。"

和它们对话。

是的，它们说过："我们，是我们。"这虽然像个谜语，但至少也算是一次对话。

核弹爆炸的情形在脑中翻腾。王十二试图让自己进入状态。然而，当远方漫天飞翔的海鸥出现在碧海和蓝天之间，他的心思一下子被吸引了过去。海鸥在钱－托马斯空间里飞翔，那场景栩栩如生。

"剑鱼准备行动！"

中队长的声音将他从恍惚中唤了回来。

"剑鱼准备完毕！"他紧紧握住操纵杆，缓缓向前推动。脑机接口同步启动，世界一下子变了模样。

强烈的光照亮了整个世界，那些悬停不动的球体，一个个都像是小小的太阳。海鸥群被这些小太阳发出的光线照射，看上去格外醒目。这些外星人送来的东西，还真有点奇特。

你们究竟想干什么？王十二注视着那一个个小太阳，直到轰鸣的引擎推着自己将它们远远地抛在身后。

钱－托马斯空间一团漆黑。

地球浮现出来，紧接着是太阳，黑和白的世界像剪影般铺开，光海在远方流动。

没有海鸥，没有外星人，只有永恒一般的沉默。

王十二不禁焦急起来。

你们在哪里，快出来！他忍不住想呐喊。轰800在这异世界中并不能久留，心理上的感受或许有十多分钟，但外边的时间流逝，不过短短三秒而已。

快出来！遥远的世界传来了回音。

看不见的精灵来了，四处飞舞，数量似乎比上一回更多。

更多的精灵来了。这一次，王十二看清它们是从那代表地球的白色光点中涌出来的，就像被封闭在魔瓶中的精灵从狭小的瓶子里钻出，变成庞然大物。

它们真的去了地球！

你们究竟是什么？王十二向着精灵们叫喊。

我们，是我们。精灵们回答。

不管你们是谁，请离开地球。

我们，在飞翔。

突然间，所有飞舞的精灵都化作海鸥，翩然而飞，高低起伏，宛如整齐的舞蹈。舞蹈没有声音，却带着节拍，有一种奇特的魔力，让人情不自禁沉浸其中。王十二看着看着，猛然发现自己的心跳变得和那节拍一致，节奏很快，心脏像是要跳出胸腔一般。

这样下去恐怕自己要死了。

王十二只感到脊背上一阵发凉，立即清醒了许多。

核爆炸，蘑菇云，高楼倒塌，人们自相残杀……王十二把设想过的惨状拼命灌进脑海里，想让这些只知道跳舞的海鸥明白它们正在给地球带去灾难。

海鸥们仍旧在跳舞，没有任何一只海鸥理会自己。

警报灯开始闪烁，机体已经不能承受钱－托马斯空间的巨大压力。王十二仍旧紧紧地推着操纵杆。此刻离开，一切只是回到起点。

海鸥，海鸥！这些该死的海鸥！情急之下，王十二想象自己抓过一只海鸥，折断它的翅膀，拧断脖子，开膛破肚……

你们为什么残害海鸥？

精灵们终于有了反应，它们失去了海鸥的形体，重新化作无形的存在，绕着王十二飞舞。

你们关心海鸥胜过人类。

人类不会飞。带着翅膀的飞行，是优雅的艺术。

但你们给人类带去了灾祸。

我们只是去看海鸥，为什么人类会有灾祸？

看海鸥？王十二愣了愣，突然感到有些好笑。地球上的人们用核弹彼此威胁，要毁灭世界，竟然只是因为一群无所事事的外星人来到地球看海鸥。它们不关心人类，只是对他这个新来者有些好奇。它们见到了他脑中的海鸥，招呼同类，去地球看自然的艺术表演。这像是一场荒诞的宇宙戏剧。

因为……人类误会了，以为你们想要针对我们。

你可以告诉你的同类，我们欢迎你们的到来。

我会转告，但请你们暂时离开，这样可以给我一些时间。

时间，哦，你没有时间，你们的技术还太落后。

警报灯已经不再闪烁，而是一直保持红色。精灵们理解轰 800 的状态，知道他无法继续支撑下去。

操纵杆开始自动向后推移，强烈的刺痛感一阵阵袭来。王十二死死抵着操纵杆，不让它回退。

请千万离开，不然我们永远无法再和你们见面。

海鸥会有事吗？

只要你们离开，它们不会有事。但如果人类毁灭，它们跟着一道消失。

保护好海鸥，也保护好你自己。新来的，再见！

随着精灵的告别，世界转瞬间成了一片蓝天。

"剑鱼，你成功了！"耳机里传来中队长激动的声音。

王十二根本来不及回应，操纵杆完全失去了感应力，而警报声已经把队长的声音完全压了下去。

"剑鱼，伸展主翼！"中队长急切地指令。

一切已经无法挽回，机身在燃烧，王十二仿佛感到自己的身躯正在烈火中煎熬。

砰的一声巨响，座椅自动弹射，一团火球落向零丁洋的海面。

降落伞打开，飘摇而下。王十二昏了过去，迷迷糊糊中，海鸥的鸣叫声传来，如云般轻巧的身影依稀在眼前划过。

沿着情侣路从北向南，一路风光无限。海水碧蓝，天空晴朗，更有起起落落的各类海鸟，给人带来无穷的乐趣。

身体一点点恢复，王十二能够顺着情侣路行走的距离也越来越长。

远远地看见珠海渔女雕像，他就把它当作了目标，一直走到无法再靠近才停下。一群海鸥正落在雕像旁，卧在海面上，随波晃荡。王十二找了一把长椅坐下，静静地望着那一片卧在水上的海鸥。

"我去疗养院找你，他们说你出来散步了。"

江三顺着步道走过来，在王十二身旁坐下。

"部队把你保护得挺好，危机解除，现在世界人民只知道是一名中国飞行员执行了特殊任务，完成了第一次接触。谁都不知道是你……除了少数人，谁都不知道是你。"

"这没什么关系。"

"我是带着任务来的。我有新课题了，还是保密项目。"

"保密就不要告诉我。"

"必须得告诉你，这个项目就是研究你是怎么和外星人交流的。"

"你可以考虑执行一次钱－托马斯跳跃，就都明白了。"

"也许吧，但至少现在我只能从你入手。"

说话间，海面上的海鸥飞了起来，向着岸边飞来，纷纷落下，沿着步道行走。这些海鸥一点也不怕人。王十二伸出手臂，一只海鸥轻巧地落在他的胳膊上。

江三惊奇地睁大眼睛："它一点也不怕你啊！"

"是啊！"王十二微笑着回答。外星人终究还是在自己身上留下了一点痕迹，自己仿佛能感受到海鸥的情绪。

这不是幻觉。

又一只海鸥落在王十二手上。王十二一挥胳膊，两只海鸥借着他的力，振翅高飞，向着大海而去。

王十二的视线追着它们，继而望向天空。他仿佛看到无限高远的天空之外，无边无际的银河之间，无数的海鸥在翱翔。

——原载《边疆文学》2023 年第 2 期

原本转瞬即逝的死亡时刻，被延展成无限绵延的漫长时光。在这段过程中，"人"的经典概念遭遇挑战，"人"一步步演化为"非人"，成为不同版本的迭代——科幻小说《漫长的死亡》为我们描绘的，正是一个个不断更新的"外婆"版本。

究竟是死者之于生者更有意义，还是"貌似生者"之于生者更有意义，这是一个值得我们认真思考的问题。

漫长的死亡

王诺诺

外婆 1.0

我的外婆孙梓萱死了很多年。说她死了很多年，并不是指她已死去很久，而是死亡的过程确实持续了很多年。

在我八岁时，第一次听说外婆要死。那年她六十二岁，确诊帕金森。最开始的时候是拿不稳重物，后来是无法写字，这对于做了一辈子小学老师的外婆来说，十分可惜。她曾能写一手漂亮的板书，可到头来，圆珠笔在我作业本上写下的批注却像一条条鲜红的蚯蚓，每个笔画都因痛苦而蜷缩。再然后，她无法行走了，终日坐在藤编的靠椅上，以某种频率独自颤抖，那种震动顺着老旧的藤条传到木地板上，木地板的连接处摩擦着，发出细小而永不停歇的"吱吱呀呀"声，像忍受极寒的人牙齿缝隙里的声音。

就在我开始担心这种神秘频率的震动会随着木地板蔓延、放大、传递到我的房间，沿着墙体的龟裂处摧毁整栋屋子时，妈妈宣布了一个消息："外婆可能快要离开我们了。"

"你是说，外婆快死了？"我向她确认。

或许是惊讶于我有了"死亡"的概念，又或许"死"这个字眼对于所有中国家庭都是个禁忌，妈妈狠狠打断了我："小孩子不要乱说话！"我感受到她大概用了两秒，在脑内组织好了一个适宜八岁孩子的语言版本："外婆可能快要离开我们了，去一个没有痛苦的地方，如果你乖，那么她会在远方变成一颗星星看着你。"

我皱眉，没说话，外婆在远处抖动，我不确定她是否听见了。她的听力没有丝毫退化，但喉头和声带的肌肉僵硬，失去控制，能发出的声音已微不可闻。

妈妈走后，我又来到外婆跟前，搬来另一把小藤凳，坐下。我喜欢这样陪着她，她不会像妈妈一样催我做作业和练琴。太阳的角度越来越高，她只是偶尔抬抬手指，示意我帮她抓抓后背的痒。

人体颤抖最严重的部分是四肢末端，也就是手和脚，那种肉眼可见、永无停歇的抖动迅速消耗掉了脂肪和能量，她的双颊凹陷下去，皮肤脱水皲裂。帕金森患者最终会死于呼吸衰竭或吞咽无力引发的窒息。但我总觉得在那之前，外婆会无限皱瘪，最终缩成一粒葡萄干。

而葡萄干，是具备死亡能力的吗？

在我和小藤凳凑她最近时，外婆抓住了机会，含混喃喃三个字："我同……意。"

"同意，同意什么？"

"同意？"母亲听见了我的反问，从厨房出来，手上还沾着水。"妈您同意了？"然后她加大了音量重复一遍，"真的同意啦？"

我想说其实没必要那么大声，外婆的耳朵又不背，只是说话不利索。

"同……意。"

"外婆说同意，同意什么？"我问妈妈。

"外婆可能快要离开我们了。"她敷衍道。

"……外婆要变成星星了？"

"小孩子别胡说。外婆……她要去城郊的老年颐养区生活一段时间。"

外婆2.0

外婆离开我们后，我去过几次她在颐养区的住处。房间不小，窗明几净，门口挂着一个电子门牌："孙梓萱/陆雨桐"。通过这门牌我第一次知道外婆的名字具体是这么写的，但后面另加的三个字我不认识。

"陆雨桐，另一个奶奶的名字，她和外婆住在一起。"妈妈解释道。

"另一个奶奶？"

答案很快就揭晓了。

房间里的外婆躺在床上，她比过去还要虚弱、瘦小。房间另一侧还有一张单人床，坐着一位陌生奶奶，她脸色红润，头发一丝不苟地别在耳后，正专心削一个苹果，听见我们进门，抬起头：

"哦，都来了？"

然后她将手中的苹果递给我。

我犹豫了一下，没接。妈妈推了推我的背后，小声说："吃吧，外婆给你的，就吃吧。"

"外婆？这不是陆奶奶吗？外婆睡在那边。"我转过头去，再三查看隔壁病床上面无血色的外婆，确认自己不会搞错。

"囡囡还不习惯。外婆的样子变了，但外婆还是外婆。外婆现在正用自己的大脑控制陆奶奶的身体。"她一边说，一边将我不愿接下的苹果切开，切成薄薄的片状。小时候我不爱吃苹果，外婆就会这样把它细细切好，用糖水泡起来，哄我吃下。

"外婆和陆奶奶的这里，都装了个东西。"她指了指耳后，那里有一块银色金属光泽的凸起，可惜我离得太远，没有看清，"外婆的身体病得越来越严重，什么都做不了，脑袋却清醒。陆奶奶恰好反过来，身体很健康，脑袋糊涂了。医生通过耳朵后面的这个东西，把我俩的神经系统连起来。外婆用自己的脑子发出信号，控制陆奶奶的身体走路、说话、削苹果。"

这时病房里进来了一位西装革履的工作人员，很显然他不是医生或者护士，递来厚厚一叠文书的同时，说道："孙梓萱的家属是吗？签署一下实验知情书，还有医疗费用抵扣书。"

母亲没说话默默接过来，打开笔盖，签字。

我突然明白那天外婆说的"同意"指的是什么了。并不是进入普通养老院那么简单，而是将自己的大脑交出去，进行一项可能会让她外孙女认不出她来的实验。这算是为我们家庭甩掉了一个医疗开支的负担。

我嚼着苹果，含混说："那么陆奶奶呢？她也同意把身体给你管吗？"

妈妈回答我："陆奶奶得了老年痴呆症，就是阿尔茨海默病，连儿子都不认识了。现在，外婆用自己的脑子管着陆奶奶的身体，还能做些劳动，同时照顾房间里的两个人，一举两得。如果没有外婆的大脑，说不定陆奶奶早就跑丢了。"

我陌生而强壮的外婆看了一眼墙上的挂钟，站起身："时间到了，得翻身，不然我要长褥疮。"

她来到我原来的外婆的床边，将两只胳膊从那具小小的身体下方穿过，抱起。妈妈想上前帮忙，却不知从何下手。

旧的外婆太瘦了，那双久不站立的腿比新外婆适于劳动的手臂细了太多。

外婆把外婆侧翻，再放回床上，妈妈为她掖好被子，低声说："妈，那个新闻，您看了？"

"上星期你一发过来，我就看了。"外婆平静地说，"《财产代际传承法》中，关于住宅的传承政策改了，你这次过来，是想向我要新授权的吧？"

"嗯。主要是两个原因：一是你原来的那个身体会越来越差，总有一天要支持不下去，这么拖着也不是个办法；还有一个原因……确实也是从现实角度出发的……"

"只要我活着一天，那套房子，你们就能接着住。"

妈妈没吱声。

新外婆低下头问我："不吃了？"

我摇摇头。

于是她把剩下的苹果片接过去，一片片送进自己的嘴里："老陆的家属呢，他们也同意？"

"同意。只要将您的大脑用手术去除病变的中脑黑质，再移植到陆阿姨的颅内，未来依旧使用她健康的身体，那么，从法律意义上来说，你们两个人都算活着。"

"这么一来，你和老陆的儿子女儿都能继续在分配给我们的公屋里住着。"外婆边吃苹果边说道。

半响，母亲开口："是这样的。不过，这也是为了您的健康和生活质量。"

"我并不觉得之前的生活质量很差，当时我过得很幸福。"

我听完感到奇怪，之前的外婆，那个思维被禁锢在藤椅上的老人，她颤颤巍巍的日子怎么会是幸福的呢？

"不过，我还是会授权的，你非常清楚这一点，才过来找我。"外婆说着，将自己的袖管撸上去，接过妈妈递来的笔和一沓文件，签下三个娟秀的小字。她又恢复了原来的笔迹，看来关于运动的肌肉记忆也会随着大脑间的电信号传递，我这才敢真正确认，眼前的强壮老人确实是外婆。

妈妈似乎获得了某种解脱，上前拥抱了外婆，外婆也拥抱了我。从那天之后，我见外婆的次数就明显变少了。

外婆 3.0

我升入初中后，就再也没有见过那个瘦小屑弱的外婆，以至于逐渐忘记了她曾经的长相。这其实是一件好事，因为每次见到外婆，她的外表都会发生一些变化。

老年人的身体是一台到了返修期限的电子设备，器官一个个地出问题——老化，或者彻底报废，进行过一次移植手术的老人更是如此。

外婆的左肾、双眼、胃、肝、皮肤都经历过替换。曾经属于陆雨桐奶奶，后来属于外婆的身体部分被一个个摘下，再换上来自其他老人的器官。

许多用来替换的器官原本也来自奄奄一息的病人，它们的功能或多或少是不健全的，于是医生采取了一个笨办法，用数量战胜质量——外婆有 4 个肾，3 个肝和明显大于需求的皮肤面积。我不知道医生用了什么办法让这许多互相陌生的器官共生于一副躯体之上，只是隐隐觉得外婆的形态变得越来越模糊：她房外挂着的电子门牌上，名字越来越多（那些器官主人的名字），一些器官已经无法放入体内，被外挂到了房间内，由一根仿生管道与循环系统相连。

渐渐地，病房本身就变成了外婆。

"那些器官原来的主人呢？"我问妈妈，现在我个子比她高了，挽着她的手在颐养区的林荫道上走。

"很多老人在得知自己患上不治之症后，签署了授权书，那么他的健康器官就会被捐献出去。"

"有那么多人愿意捐献器官？"

"只要有一部分器官仍存在于活体之上，那么器官的主人就算活着。"

我明白了，这是在钻《财产代际传承法》的漏洞。让老人们以一种半生不死的状态存续，原本要上交的公屋就可以供子女们继续居住了。

"上次见外婆是两年前了。"我说。

"是的。"

"这次怎么带我来了？"我清楚地知道，在高考临近的关头，如果没有特殊原因，妈妈绝不愿意浪费哪怕一分钟我复习的时间。

"外婆可能要离开我们了，在那之前，我们过来看看她。"

"离开我们？"我不敢确定这个词的含义。

"去很远的地方。"

"为什么？"我更加困惑了。

"上个月《财产代际传承法》更新了法条，不再允许病重的老人把自己器官授权捐出。"

"大概是太多人这么操作了，大批的公屋没法回收，政府总不能坐视不理。"我猜测道。

"或许是吧。"母亲心不在焉道，"总之，没办法换器官，外婆的情况就很危险，你知道的，那样庞大的系统不可能自然运转下去的。不得已，只能将她机械化。前天，她上了一台手术……医生想用一个功率更高的机械泵代替原来的那颗心脏，可是，出了一点意外……"

"她要死了？"

"为了让这个过程变得缓慢一些，我们会让她进入太空。"她补充道。

就在我想进一步追问时，母亲示意我目的地到了。这里位于颐养区南边的角落，在外婆还大部分保留着陆奶奶身体的时候，她曾带我来这儿晒过太阳，让我帮她抓背上的痒痒。我原来以为这是一个废弃的停车场，不过后来也没找到机会向外婆证实，在她做完皮肤移植手术后就再没出过门，新的皮肤已经不支持她移动了。

"我以为这里是个停车场。"我对妈妈说。

她没有回答我，示意我从地面一个电话亭样的入口随她进去，电梯一直向下，直到抵达一个密闭的巨大空间。这里的空气并不新鲜，外婆不会喜欢的，我心里想。

"这是你的外婆。"妈妈指了指房间中心的一个椭圆形"柱子"。它竖直放置，平稳、牢靠，闪着银灰色的金属光泽，像一个冰冷的棺材，也像一段由钢铁锻造的破折号。问题是，同样的柱子房间内还有十几个，我只好开口问：

"你指的是哪一个？"

"她在某一个里面，我也不确定是哪一个，但这已经不重要了。"

我对这样的结局一点也不意外，从八岁开始我就做好了迎接这一天到来的准备。

"就不能让她正常死掉吗？"我问。

"在手术前她曾经签署过授权书，必要时刻，可以用非常手段让她尽量延长寿命。现在只是一个开始，真正永恒的生命是进入太空。"

外婆 4.0

我早已习惯和外婆周期性地交谈，平均每两年一次。

航空器载着外婆升上太空，进入绕日轨道。在近光速的运行中，航程最远能到达两光年以外，那几乎是奥尔特星云的边界。

外婆老朽的身体义无反顾地走向死亡，但由于超高的飞行速度，这个过程对地球上的我来说，是极其缓慢的。

每一次，当飞行器绕过整个太阳系，运行到距离地球最近时，她会通过大脑信号发射器连上飞行器的设备和中继站，进而向我传来问候。这个窗口期很短，我们最多只能交谈十来句，这也算我无聊人生中为数不多的一件值得期待的事情。

"囡囡，我们又见面了。"我的电子屏幕上显示出一行字。没有娟秀的笔迹，没有任何属于外婆的特征，但我觉得它像老旧的藤椅般亲切。

"运气不是很好，外婆，这几年太阳活动频繁，中继站信号会受到影响，恐怕我们聊不上几句了。"

"没关系，对于你来说是两年时间，可对于我来说，就是一小会儿而已。没办法跟你说话的时候，我正好可以用这些时间好好想想，下一次聊天时该说些什么。"

"去年，妈妈死了。"我发出这几个字，还是应该把这件事告诉她的，"突发脑溢血，很快，不痛苦。"我做好了她会陷入沉默，甚至是中断这次通信的准备，但没想到，回复很快就传来了。

"她很幸运，没有像我一样，先是疾病，后来又有许多牵扯。干脆利落地断气，她的福气真好。"

我感到愧疚，毕竟当年也有我的一份原因，外婆才会开始漫长的死亡。

"我已经有了几套房子，早从公屋搬了出来，再也不用受《财产代际传承法》限制。可惜……没办法将你从近光速轨道上移回地球。"

"确实，那是不可能的了。恐怕在减速过程中，我就断气了。进入太空后的时间，对我来说，只有几天而已。在止痛药和麻醉剂的帮助下，身体逐渐衰竭，并不痛苦，只是因为相对论，你会感到这一过程特别长。"

"是呀，今年，我都六十二岁了，而你却还没有死。"

"哈哈……现在在地球上，可以对长辈说'你还没死'了？"

"那倒没有，只是妈妈死了，没人再来管我了。"

外婆沉默了一会儿："我以为自己和死亡相处了足够久，再也不会为任何人的死亡而伤心了。但好像我错了，你妈妈死了，我还是很触动。我会忍不住去想，世界上与我相关的人又少了一个。"

"你还有我。"

"你也许会比我早死，这是很有可能的。而你的那些子女，我们素未谋面，更像是恰好有血缘关系的陌生人。只有你，现在是世界上唯一与我有关联的人，一旦你死了，那我每一次公转回来，还能找谁说话呢？"

"那我努力活得更长一些……我会每天锻炼身体、跳广场舞，坚持一天一苹果。"

"我想起你小时候不喜欢吃苹果。"

"你会把它切成薄片泡在糖水里给我吃。"

"是啊，真是怀念那样的日子。"外婆说道。

我们很有默契地不再说话，像过去每个藤椅边上度过的下午一样。最后，还是我打破了沉默："死亡，是什么样的感觉？"

"怎么会这样问？"

"我今年六十二，刚好想起来，你就是在六十二岁那一年开始生病的。"

"死亡的感觉……我该怎么说呢？或许就和变成星星一样。"

我想起八岁时妈妈向我解释死亡时的用词——"外婆变成星星，在天上看着你。"

"变成星星？"我反问。

"是的，这是我去了太阳系边缘后，才想出的贴切比喻。星星脱离地面存在，虽然能感受到地面上的人都把目光投向你，但实际上他们都与你无关。你无法控制自己的轨道，也无法控制与地面的距离，你的缓慢燃烧或许能短暂照亮地上的人，有悲伤也有怀念，可是对他们的命运再也无一丝一毫的影响。"

"所以，死亡的感觉就是失去控制感和影响力？"

"也不全对，失去的还有可能性。死前你有大把时间回忆自己的一生，曾经做对的、做错的，都回想一遍。我被困在藤椅上、病床上，天天脑子里就是这些：错过的人、遗憾的事……如果是二十岁的我回顾过去，一定会想，下一次遇到同样情况，我能做得更好。可死亡近在咫尺的时候，我深深知道没有下一次了，所有的回忆都变成了句号，都是不可逆转的。"

"这……是种遗憾的感觉？"

"有遗憾，更多的是幸福。"

"幸福？"

"孩子只有未来，未来是可变的，她可能过得好，也可能过得糟。而我只有过去了，过去是已经板上钉钉的。我不必患得患失，也不用为明天忧愁，我的幸福来自记忆，是看着你妈妈出嫁时的快乐，陪你一起晒太阳时的安逸，还有你小时候每次我给你讲故事，你听着听着会睡着，毛茸茸的脑袋搭在我的膝盖上，我不敢动，直到腿被压麻了，太阳落下去，你才睡眼惺忪地爬起来嘟囔：'外婆，我饿了。'这些过去是我实实在在拥有的，哪怕神仙来了也没法夺走。"

我想起很多年前，外婆在病房里跟妈妈说过，自己患病的那段日子其实是幸福的。当时我并不理解。

"你的意思是，死亡是幸福的？"

"是的。我甚至想让它的过程变得更长一些。从这一点上来说，我真的应该感谢你妈妈。我生命的最后阶段被拉得无限长，虽然自己的命运已经确定了，但还有机会看到你长大、毕业、工作、出嫁、有自己的孩子……也要感谢你，让我看到了另一种可能性。"

我不禁有些感触，虽然已经几十年没有在地球上见到外婆，可是当收到她的感谢，总会让我有一种时空的错位感，仿佛自己又回到了那个能在长辈们遮蔽下无忧无虑成长的年代。

于是，我输入了一行字：

"外婆，谢谢你。希望你在死亡时一直都能这么幸福。"

我连续确认了几次发送键，可这句话已经发送不出去了。信号中断了，看来只能等两年后，再把这句话告诉她。

"外婆，你刚刚在干什么啊？"我的外孙女从门外探头进来。

"在和我的外婆说话呢。"

"哦？我没见过她。她死了吗？死了以后也像你一样，变成了一台电脑吗？"

"不是的，她在天上，变成了星星看着我们呢。你想听一听她的故事吗？"

"嗯嗯,最喜欢听外婆讲故事了!"

于是我可爱的外孙女把毛茸茸的脑袋凑到我的显示屏前,认真地等我开始讲故事。这也是我死后意识上传,进入云端空间后,第一次跟她讲故事。

——原载《科幻世界》2023 年第 7 期

有关语言学的科幻小说可谓独树一帜，塞缪尔·德拉尼的《巴贝尔-17》、特德·姜的《你一生的故事》（被改编为科幻电影《降临》）等一批经典作品全都脍炙人口。《左手边》也是这样一篇涉及语言学的科幻小说。

整个近代科学体系已被建立，但囿于某种思维惯性也许走到了瓶颈。主人公在老师的大力鼓励下，试图以中文体系重构一套物理研究体系，当然其中的坎坷与辛酸非一两句话所能言说。作品所描述的，正是这一思考与实践的艰辛过程。

左手边

刘麦加

凌晨两点，我推开书房虚掩的门，书桌旁窸窸窣窣的声音骤然停下，黑暗又静谧地凝在了一起。

家里闯进不速之客我一点儿都不意外。自从母亲住进来，因为她不会使用基因密码锁，已经不止一次任由大门彻夜敞开。现代科技带来的便捷高效，渐渐地变成了一张体面客气的网，一步步地筛选掉所有迟钝固执的人。

也许在一堆论文和书籍中很难找到值钱的东西，他在书房里逗留了很长时间。我在门口消耗掉所有耐性后，提着手中的老式台灯走了进去，将电线插头插进家里仅存的位于书房沙发旁的一个插座里。

切断所有感应灯的自动感应器，是我唯一能光明正大对他进行驱逐的方式了。

"啪——"

打开台灯开关，蒋晟和光一起出现在我眼前。他如山岭般挺拔的鼻梁在面孔上深深地投下一片阴影，锐利的目光顺着山峰的陡坡加速向我袭来，把我定在原地。

"蒋老师……"

"太好了，我没记错房门号。太久没来了，很怕走错地方……"

借着微弱的灯光，蒋老师在我的书桌前坐下，晃了晃一直拿在手中的硬皮书，左手无名指上的戒指和书封烫金的"宇宙语言学（第一册）"几个字一起反射出夺目的光亮。

他露出鲜有的微笑，摆摆手示意我坐下。"你做得很好，比我想象中走得更远。"

我不知道该如何把蒋老师口中的"你做得很好"和"历时九年、五百页完稿、发行两个月卖出三本"的事实挂钩，只能半个屁股靠在沙发上以沉默应对，细细打量着他。

蒋老师比两年前我们最后一次见面时更瘦了，花白的头发好像被剃刀啃食过一样，参差不齐地挂在耳边。即使是在不甚明亮的灯光下，他卡其色外衣上的污渍也一目了然。我开始庆幸他没有记错我的房门号，这副样子出现在任何人的家里，都会被当成一个无家可归的流浪老头。

一瞬间，内疚涌上心头。

两年前，蒋师母曾经叮嘱过我们好好照顾蒋老师，虽然那之后他主动离群索居，但即使是道义上的关怀，我也只做到在五个月之前，给蒋老师发送了最后一封问候邮件。

"老师身体还好吗？我们一直想去拜访您……"

"你们给我的邮件我都收到了，措辞都太郑重，不知道该怎么回复。"蒋老师像检查作业一样翻看着我写的新书，让我不得不紧张起来。他猛地抬头看向我："不过，你最后给我的邮件——确切地说是最后三封，语言结构变得简单起来，甚至还有些天真，你有孩子了吗？"

"啊，哦，嗯……"

蒋老师的笑意更深了："没想到，真的没想到，即使十年前我能想到你会在学术上做到今天这个地步，也没想到你竟然会成为父亲。"

"现在说学术上的成就还太早，物理学界始终不愿意承认我的说法，估计波士顿和南加州那帮家伙正在加班加点写论文批判我吧。"

"别忘了，相对论出来的时候，全世界只有三个人能读懂。"蒋老师起身，两三步走过来，在我身边的椅子上坐下，一边转动着左手上的戒指，一边戏谑地说道，"那些十年前毙了你博士论文的老家伙肯定疑惑极了。这将会是一场持久战，他们到死都不会承认，汉字才是打开物理学终极大门的钥匙。"

即使三个月足不出户，我也能感受到天气已经从处暑走到深秋。屋外的凉气渗过书房的玻璃和紧紧闭合的丝绒窗帘，跟着蒋老师的言语一起从我的脚底陡然升到天灵盖，给转瞬即逝的复仇快感平添了几丝战栗。

十年前的十月，波士顿的天气已经渐凉，我被教授喊去办公室。也许是没想到会迎来一个失望至极的消息，匆忙间我只穿了一件短袖。教学楼前有一排长椅，从审美的角度看，并无存在的必要，但传闻中，它是用来给刚拿到成绩的同学冷静一下用的，所以大家叫它 failure bench（失败之椅）。当我得到博士论文不予通过的结果，从教学楼出来后无力地跌坐在这条椅子上时，才深深地感受到它的名副其实。

在其他学科的同学看来，二十六岁完成博士论文，哪怕是个不尽如人意的结果，未来仍未可知。可是在物理界，时间意味着一切。一个人若想在物理学上取得成就，必须要在二十五岁前提出一个相当有价值的观点，以在之后的二十年内，让这个理论被自己或者他人不断充实和验证，并在五十岁左右把这个理论夯实继而推广开来，而这也不过是刚过及格线。至于能不能借此进入诺贝尔殿堂，抛开学术成就本身来说，活得足够久也是一个影响很大的考量标准。特别是 TOE（Theory of Everything，大一统理论）领域，在实验物理学已经比理论物理学发展更快的情况下，十年就已经够同行中的翘楚颠覆一个理论基石了。

毫无疑问，我只配当个被淘汰的失败者。

在长椅上冷静了足够长的时间，一阵萧瑟的秋风拂来，我打了一个寒战。流动的空气带着查尔斯河中泥土的腥味在我周遭打着旋儿盘桓，吹散了放在手边的四百多页的论文——又或许可以说是"一堆废纸"。

后来我时常会想，如果不是蒋晟路过捡起了我的论文，我是不是已经放弃了物理，又或者说，已经放弃了自己。

蒋晟当时是作为语言学学术代表来美国进修的，传闻他精通十几种语言，和他聊天至少要有四种语言的储备量，否则会完全跟不上他的频道切换。我只在亚洲学生聚会上见过他两次，他都穿着一件卡其色的外套，衬衣领子并不妥帖地立在脖颈后，一直醉醺醺的样子。在这个学校，成为一个不修边幅的老头反而可以把自己很好地隐藏在各种怪咖中间。

那一天，我瘫坐在椅子上，蒋晟刚巧路过，捡起吹落的纸张，随意看了两眼，便停下前行的脚步，像我的教授一样神色凝重。我开始怀疑，我到底是写得有多差，让一个外行人看了也如同嚼蜡。

"还真是一团糟啊。"

之前，教授辗转委婉地跟我聊了半个小时，也只是点到为止，最起码用了四个"well done"、七个"not bad"、十一个"did your best"（都是对论文表示肯定的评价）。当我听到母语版的全盘否定时，明明已经冷却了的失望和挫败，霎时燃烧成愤怒。那么具有杀伤力，又那么赤裸、具体，一个"糟"字旁逸斜出，轻巧地在我二十六年的人生中戳出"失败"二字。我扬起脸，无法友好地看着蒋晟，粗鲁地把他手里的几页论文拽了回来。

蒋晟却没有在意，在我身边坐下，拿起整本论文翻阅。"你这篇论文，可以说是出发点就错了。"

"你懂超弦？"

"不懂。"

"你懂多重宇宙？"

"也不懂。"

"那你凭什么对我的论文指手画脚？"

"为什么不尝试一下用汉语来表达？"

"什么？"哪怕蒋晟没有随意切换语种频道，我对他的话也有些摸不着头脑，"不好意思，英译中并不能让我的论文有什么突破。"

"不不不，不是用汉语写论文，是用汉语表达物理学。你还没感受到吗？用二维语言系统来解释高维宇宙，确实有点儿吃力了。"

"二维语言系统？"

"没错，包括英文在内的所有印欧语系都是表音文字，是二维的语言系统。你们这些理科天才，只着眼于实在的事物因果，而忽视事物表达的重要性。"蒋晟坐在我身边，用狡黠的目光锁住我，"你跟着最权威的老师，读着最新鲜的文献，英文说得比美国人还地道，但你有没有想过，或许物理的终极，藏在我们的汉语中。"

蒋晟在我论文封面的作者名"Kevin Hu"下面留下一串地址，好似递给了我一张命运的邀请函。他说："如果你还想在你喜欢的领域中做出点成就，今晚来这个酒吧找我，那里有整个马萨诸塞州最好喝的白兰地。"

"你看上去很累，为人父并不是一件轻松的事情吧？"蒋老师目不转睛地盯着我。

"从知道她存在的第一天开始，就很累……"我自然知道自己现在是什么样子。不记得多少天没有睡过一个整觉，每天靠咖啡度日，身上的睡袍已经快一个月没有脱下。蒋老师的身子稍稍往旁边撤了点，我怀疑他是闻到了我两个星期没洗澡而发出的味道。

"你应该记住那一刻，它将永远把你们连接在一起。"

我咧开干涸的嘴唇苦涩地笑笑，指了指他手中的书说："我本来在后记的初稿里写了对你的感谢，提到我们在波士顿的第一次相遇。我发给过你，你一直没有回应，所以终稿版本里我便删去了。"

"没必要。你更应该感谢当时在酒吧里把你揍醒的那群马来西亚留学生。"

"其实有一个问题我很想问你。"

"什么？"

"为什么会是我？那所学校有很多比我聪明的中国留学生，为什么你会选择我？"

"你家里有酒吗？"蒋老师把脸钻到台灯底下，矍铄的眼神中闪出期待的光芒，"这时候不来点儿酒精有点儿聊不下去吧。不要告诉我你已经戒了。"

我不得不调整情绪跟上蒋老师的节奏，努力回想家里现在的布局。

"客房的壁橱里，应该还有几瓶。"我边说边准备起身，被蒋老师一把按住。

"你继续歇歇，我去拿吧。"

"书房左手边第二个房间就是客房。"

话语落下三秒，我开始懊恼为什么会说出"左手边"三个字，待我转头看向门口的时候，蒋老师的身影已消失不见。

如果对语言学家这个称谓的理解是"世界上没有他不认识的字"，那么蒋晟毫无疑问是个不称职的学者。当年，他跟我解释自己分不清左右的原因，说他不认识"左"这个字。

他说，汉字脱胎于象形文字，但比象形文字的符号更简洁、信息储存量更大，除了音、意，还有形，所以汉语是三维语言系统。对于表音文字，你只要会读就表示认识这个字了，但是对于汉语，你不仅要会读会写，还势必要通过它的"字形"联想到实体，才能算认识这个字。

"我可以清晰地指出 left 和ひだり（英语和日语的'左'）是哪里，但到了'左'这个字，我无法联想到真正的左边，所以我不认识它，于是便分不清左右。"说完，蒋晟抿下一小口白兰地，用意大利语豪放地夸赞了一声。

一个语言学家用他不认识的字来和一个不得志的物理博士肄业生交换内心的焦虑，安抚效果其实并不理想。但不得不说，这是我听过的关于"左右不分"最学术的解释。

"你刚才对那群马来西亚留学生说的是哪国语言？"

"达雅克语，达雅克人是马来西亚土著。我只想试一试，让他们停止那些粗鲁的举动，没想到真的把那群马来人吓退了。"

蒋晟打了几个响指，可热闹酒吧里的侍者无暇顾及我们。他把我敷在伤口上用毛巾包裹的冰块拿去，放进杯子里，把剩下的白兰地一饮而尽。

去那间酒吧，并非真的奢望蒋晟会给我指点迷津。我十八岁来到美国读书，带着对自己的期望，八年来一直勤俭治学，最后落得一场空，无论如何都需要找个地方发泄一下——跟一群马来西亚留学生发生冲突在我的意料之外。不过，他们几个人围殴我的时候，拳拳到肉打在脸上，反倒给了我更爽快的痛苦体验。

蒋晟过来替我解围的时候，发出热带风暴般的嘶吼，从上颚发音的喊叫像某种召唤，冲出鼻腔的时候变成咒语似的语言，几个膀大腰圆麦芽色皮肤的年轻人真的就被他的厉色吓住，最后悻悻离去。原来那是从雨林里生出的语言信仰，带着当地人才能感受到的权力和压迫性。

很多时候，感知比秩序更有震慑力。

那天晚上，我挨了最痛的一次揍，喝了第一杯白兰地，也在蒋晟临时开设的酒吧课堂里，第一次感受到了语言的力量。

蒋晟把琴酒、龙舌兰、白兰地、朗姆、伏特加、威士忌这几种酒依次排开让我品尝。我闭着眼睛感受它们给我的口腔和胃部带来的灼烧，耳边听着蒋晟低沉而又深邃的引导："刚刚喝下的这杯伏特加，你尝到了麦芽和马铃薯的味道了吗？在黑海和里海的围绕下，被高加索的阳光养育的生机勃勃的小麦，你感受到了吗？和刚才那杯白兰地里若隐若现的干邑葡萄，是不是有很大的不同？"

"感觉，都很辣……"

"使用三维语言系统就像你真切地品尝每一种烈酒，味觉能把你从这些混合后的液体里拉出来，带你走进它的来龙去脉，让你体会，甚至可以触摸，这就是联想的作用。如果表音文字的表达是身在问题之中阐述问题，那汉字就是让我们跳出问题的绳索，能让你站在更高更远的地方，看到全貌。"

"嗯哼，坦叔说过，我们都是大爆炸的产物，无法在问题里解决问题。"

"没错！事实上，语言作为信息载体有两个作用，一个是沟通，一个是表达。作为沟通工具的时候，信息是矢量传递，语言作为信息载体，只要能触发使用者的记忆功能就行，就像要把货物从 A 送到 B，你可以用一艘船、一辆车，或者是一架飞机，载体是什么无所谓，区别只是效率而已。但是作为表达工具的时候，尤其是在描述一个无法被客观观察到的事物时，就需要触发所有参与者的联想。很显然，中文的语言系统具备良好的联想功能。"

"……好像确实是这么一回事。"几杯烈酒下肚，我已经有些晕乎乎了，"可是啊，我不觉得你说的这些，对我研究的课题有什么帮助啊。"

"可感知、可表达、可存在，这三个是一个循环。"

"什么？"

"力的作用是相互的，对吗？"

"不好意思，您总是跳跃太大……嗯，在经典体系中，力的作用是相互的，没错。"

"那么，请告诉我，联想是不是一种力，想象力是不是一种力，意念的力量是不是也是一种力？"

我皱起了眉头。查尔斯河在跟我隔了一片玻璃窗的地方冷漠地流淌着，波士顿城的灯火辉煌更是在河对岸用轻蔑的目光嘲笑我。曾经我那么深信不疑的物理学否定了我，我又何必滴水不漏地去维护它本就不清晰的正义边界。

我仰着头深吸一口气，打了一个嗝，喃喃答道："我无法否认它们不是。"

蒋晟乘胜追击："很好。那么，请再告诉我，你该如何区分，是你先感知到存在，还是存在先决定让你感知到？"

别说存在和感知了，此时手里拿的到底是一杯马提尼还是长岛冰茶我都分不太清楚，只能哑口无言，任凭蒋晟振振有词地把我逼到角落。"你可以不用回答，因为当表达参与其中时，它们到底谁是前谁是后，已经不重要了。表达就是那股在你和存在之间互相碰撞的力的投影，是连接你与世界、与自己的突破口。"

蒋晟的每句话、每一个词语的运用都饱含着满满的生命力，在他言语的驱动下，我忍不住握紧拳头，企图抓住那股力、那片投影，希望它亲口告诉我，我这八年的努力，是不是真的付诸流水。

"但是，不得不说，大多数人在使用汉语系统的时候，还是只停留在沟通工具的层面上，而不是表达工具。"蒋晟的语调降了下去。

"大概因为正常生活中，我们并不需要太多联想。"

"也许吧。而且，想精准翔实地使用汉字来表达，最重要的一点就是先认识它。可能是我太苛刻了，其实大部分汉语使用者，都没有达到真正认识汉字的地步。"

"就比如，你不认识'左'吗？如果是按照这种标准，那是挺苛刻了。"

"真正地认识汉字，确认它们的存在，意味着需要储存巨量的联想素材，这很难，需要我们每时每刻体会每一秒的流逝，用心感受这个世界所有的变迁和任何一点异动，不管是喜悦的还是悲恸的。这太难了，但也让人着实激动。"

"确实很激动人心。不过说实话，我还是不知道我能做些什么。"

"我很早就听说过你，你是这一代年轻人里最有希望做出点成绩的那个人。"

"可是你也看到了，我的论证被否定了……"

"那就去成为以汉语系统为基础的中国现代物理学奠基人。"蒋晟不假思索掷地有声地说道。这一夜的酒似乎都是为了这一刻把我震撼到而做的铺垫，蒋晟仿佛蓄谋已久，太过认真的样子比他的话语更吓人，我瞬间酒醒了一大半。

蒋晟没有在乎我惊愕的表情，自顾自地说："我指的不是简单地把外国文献翻译过来，也不是笼统地把那些理论用发现者的名字命名一下，而是在汉语表达的基础上，重塑物理学。"

"这相当于再造现代物理学！毕竟爱因斯坦和麦克斯韦都是表音文字的使用者。"

"确实是个大工程，但必须做。我相信，那些无法触摸、无法客观观察的真理，汉字完全可以表达出来。"

"你对我们的语言真的很有信心。"

"为什么不呢？"蒋晟轻笑一声，"当我们写下'木'时，一棵树就长在那里了；写下'人'时，一个人就站在那里了。所以宇宙在哪里，时间到底是什么样子的，尽头在何处，我们在这片混沌里究竟处于什么位置，这些维度的真相，一定藏在了拥有三维表达能力的文字中。"

"汉字，真的能做到吗？"

蒋晟凑近我，浑身散发的谷物发酵后混合的香味进一步蛊惑着我。"汉字是至今唯一存活下来的象形文字，它有六千年的历史。数字才几年？两千年而已，克劳修斯和狄拉克就已经用它表达出了世界尽头。汉语系统所蕴含的生命体量超出你我的想象，我们应该延续它的生命，不仅仅在时间长度上，而是各种意义的延续和发展。中国制造的飞船已经飞向火星了，我们的汉字没有理由不去和最深处的神秘碰撞一下，较量一下，验证一下，看看它到底是不是宇宙范围内更高级别的表达方式。"

那天我们一直聊到天空露出鱼肚白。波士顿清晨金红色的阳光如同一杯尼格罗尼泼到了蒋晟已经有不少皱纹的脸上，他坚毅的眼神很容易让人忘记他已年近花甲。

在听我一把鼻涕一把泪地哭诉完年少的抱负后，蒋晟平静地看着我，说："你知道在中国化学界，最值得铭记的人是谁吗？第一个诺贝尔化学奖获得者？不，是一个叫徐寿的人，是他第一次把元素周期表用汉语系统表达了出来。他并没有简单地把元素的英文音译成中文，而是一律用'金'字旁，再配一个与该元素第一音节近似的汉字，从而创造了'锌''锰''镁'等元素的中文名称。

没有他的话，中国人背诵元素周期表将会是件多么可怕的事情。每一个从事化学领域研究的中国学者都要喊他一声师尊，是他为所有的中国人打开了化学的大门。"

"我承认你说的很有吸引力，但是，如果，这一次的选择又是无功而返呢？"

"那就去体验失败。没有任何经历是无效的，你应该比我更清楚。三维空间里根本不存在选择，在这条只能单行的轴线上，时间自然会把我们带去正确的地方。"蒋晟的鼻头和两颊被急速奔腾的血流冲得通红，眼神却愈加清澈，金色的光芒透过他的眼底折射到了我身上。"我看过你的论文，论点都很自信，你坚信你的超弦和多重宇宙的存在。汉语是你的母语，你已经在高维表达上占据了先天的优势，何不暂时把'为什么'放在一边，先尝试把它表达出来，为大家打开这扇门呢？"

也许是真的被这位语言学家的三言两语说服了，又或许仅仅是因为还没有醒酒，我当天就收拾好行囊，买了回国的机票。十二个小时后，我从美国东岸的 Kevin Hu 变回玄武湖畔的胡文，蹲在一扇极有可能根本不存在的大门前，像被这座古都的城墙困住的所有年轻人一样，横冲直撞，无所畏惧。

十年转瞬即逝。

蒋老师把酒拿过来的时候，我感觉自己已经睡醒一觉，身上有股倦倦的酸疼。

他递给我一个杯子，里面还放了冰块。我惊异地望向他，因为我清楚地记得，三天前我都没有在自己家的冰箱里找到冰块。蒋老师把酒倒满我杯子的四分之一后，便把酒瓶放在沙发旁边，琥珀色的瓶身仿佛又一盏亮起的灯。

这瓶杰克丹尼新得我仿佛根本没见过。它纯粹而锋利的甘辣让我的味蕾像个饮酒的新手一样被玩弄得无所适从。我不得不放松下来，躺进沙发里，让敏锐的体感后置，以躲过冰冷和苦涩直接的追击。

蒋老师则盘腿随意地坐在沙发前的地毯上。他不时地晃动酒杯，冰块碰撞敲打出的玻璃声音，让我这间并不宽敞的书房回响出深邃的空洞。

蒋老师一杯酒已经喝完了，拿起酒瓶又倒了一杯，开口道："我记得你三年前给我的一封邮件里，上面有用六十四卦的形式来表达量子的六十四种不定态，很有创意，但是你的这本书里好像没有用到。"

"原本计划会在第二册中出现，但应该不会有第二册了。"

"为什么不会有？你已经有一个很好的开头了。"

"实际情况并没有你说的那么顺利，我们都把事情想得太简单了。"

"过程会很艰难。"

"我已经黔驴技穷。我真的没有自信去表达一个无法论证是否正确的世界。"

"所有平庸的科学家都能去论证，你要做的是更伟大的事情。"

"我不觉得犯蠢是伟大，我真的累了……"

"你之前那么相信自己是对的，你要记住这种感觉。"

"老师，你可以停止你的话术了。"

"这不是话术，是对你的信任。"

"你为什么这么信任我？我不要表达，我要解释、要原因。"我忍不住提高音量。

蒋老师顿了一下，喝了一口酒，缓缓地反问我："需要吗？原因、借口、理由，只是大脑臆想的产物，它甚至都不用符合因果律，只要能让你舒服、开心就够了。"

"我现在就想舒服一下！"

"胡文，你的酒量下降了。"

"我一定就是对的吗？你凭什么觉得，我一定是对的？"我转过头看向蒋老师，蒋老师第一次主动噤声。

传说美国南部的男人谈正经事的时候都会提着一瓶威士忌去，我想一定是因为这酒里的烟熏味儿够冲。呛鼻的烟熏味儿让我第一次有勇气扔掉一个学生的谦卑，振振有词道："所以你到底是觉得我是对的，还是你自己是对的？从一开始，你到底是希望我能在自己的领域做出成就，还是只是拿我做试验品，想看看语言和物理到底有多大的关系，以证明你的预见是多么的高明？"

酒气震起了房间里些许的尘埃，氤氲的光附着在尘埃中让蒋老师的面庞变得迷离。他躲开我的质问，打量起我的房间。

"这个台灯，感觉有些年头了。"

"这么多年，我把所有的精力都放在这本书上了，所有的精力！你明白吗？可是我得到了什么？什么都没有。我什么都没有了。"

蒋老师并不在意我的话，他的手指顺着台灯的开关拂过灯座后方向外延伸的线，声线毫无起伏："科技发展得太快了，我上一次看到带电线的东西至少是在五年前。"

"你到底能不能，至少有一次，听听别人在说什么，而不是自说自话！"我终于鼓足勇气对着蒋老师怒吼，手中的杯子同时失控地冲向地面。

玻璃杯撞在地毯上，结结实实地"咚"了一声，无力地在地毯的绒毛中瘫倒。

十年真的是个很长的时间跨度吗？一杯威士忌就能把当年酒吧里那个幼稚鲁莽的小子带回来。

蒋老师平静地看向我。比他的反击更早到来的，是书房门被轻叩两下的声响。

"阿文，你在里面吗？又没睡吗？"母亲站在门口。

"妈……"

"家里的灯好像都不亮了。"

"嗯，感应器出了点问题。"

"我明天找人来修一修吧。"

"不用，我等下就去看看。"

母亲大喘一口气，我和蒋老师都听见了她握住门把手的动静，但她忍住推门而入的动作，依然站在门外。

"阿文，你明天想吃什么？有没有什么想吃的？"

"你看着办吧。"

"盐水鸭吃不吃？好久没吃了，何师傅家的盐水鸭都是自然鸭子，不是人造肉，要不要尝尝？"

"可以。"

大概是因为我很久没有表现得这么爽快了，母亲很快放过我，只在门口驻足了一分多钟，在我第二次强调"很快就去睡了"之后，便趿拉着拖鞋离开了。

头晕目眩的时候，必须保持头部稳定，才能最大可能地保证自己不会吐出来。这是我酗酒多年的经验。所以此时我只能侧卧在沙发上，让手臂作为固定器把头埋进去。

一声"对不起"从臂弯中闷闷地传出。

"老师，对不起，我刚才……"

"和我们这样的人做家人，确实是一件很辛苦的事情。"

地毯上发出细碎的摩擦声，我猜蒋老师从地板上站了起来。他大喘一口气说："所以你师母提前离开，对她来说其实是一件好事。"

我缓缓把头抬起来，看到蒋老师又坐回了书桌旁。在远离灯光的地方，他略微驼起的背和被光影进一步削瘦的脸颊提醒我，他已经是个年近古稀的老人了。

"你师母刚去世的那段时间，我确实不能面对，她仿佛真的不在了，可又似乎无处不在。两年了，我用了两年，才真正找到面对的方法。"

"师母她……从来没有觉得做你的妻子很辛苦……"

"谢谢，我知道。但是，你应该明白，当我们回头看的时候，总觉得自己应该能做得更好。"

两年前，蒋老师六十六岁生日。一向简朴的夫妇二人，在师母的强烈要求下，摆了两桌酒席给蒋老师庆生，前来的全是蒋老师最欣赏的学生，我也有幸被邀请。酒桌上，我们第一次知道蒋老师和师母相遇相知相爱的故事。对于这些，我当时表现得意兴阑珊，因为两年前我的婚姻正处于崩溃的边缘。

　　妻子想要一个孩子，而我始终认为自己无法胜任父亲的角色，为此我们几乎争吵了半年多。

　　师母作为一个学者的妻子，敏锐地察觉他人的情绪似乎是一种本能。她主动来询问我的苦恼，听完了我的倾诉，笑着对我说："你知道吗，我第一次和蒋晟约会的时候，他做的唯一一件事，就是努力隐瞒自己的左右不分。他太害怕在我面前暴露缺点了，以至于彻底把我们第一次约会搞砸了。"

　　"然后呢？"

　　"然后，我把婚戒戴在他左手的无名指上时告诉他，不用担心迷失方向，我会永远在你的左手边。"师母和风般暖煦的声调随着她轻拍我肩膀的节奏起伏着，"你们是世界上最聪明的那群人，所以才更害怕面对自己的不足。你真的不用太过担心，我想你的妻子想要的并不是一个完美的丈夫和完美的爸爸，她想要的，是和你共同经历生命所有的馈赠。"

　　蒋老师的生日宴结束三个月后，师母病逝的消息就传来了。彼时我们才了解到，师母早就知道自己大限将至，只是想借着蒋老师生日的机会，把蒋老师托付给这些学生。然而师母的葬礼办完，蒋老师便逃离了我们的关怀，销声匿迹近两年，直到今天，在我的书房，我才再一次看见他。

　　"那么，说说你吧，关于你现在的一无所有。"蒋老师靠在椅背上，轻轻眯起眼，"是她？还是她们？什么时候的事情？我猜是不久前，变故太大了，别说接受了，可能连直面的准备都没做好，是吗？"

　　"您是在客厅看到我妈请来的神龛了吗？"

"用不着。从你刚才问我为什么是你，我大概就知道了。很多时候，问题本身比答案更能说明问题。"

刚刚摔下去的杯子就在脚边，我懒得去捡，直接拿起酒瓶灌了一口。

"五个月前。"我说。

"那确实没过多久。"

"本来应该是我陪她去做最后一次产检，但那天也正好是《宇宙语言学》终稿确认的日子。她说她先去检查，然后我去接她，可是交完稿子我太开心了，就喝了点儿酒……"

在这五个月里，我已经把这段回忆在我脑中重复了一千四百五十二次了。

"因为你酒驾？"

"不，她听说我喝了酒，就说自己回来，结果路上被一个闯红灯的车……"

一千四百五十二次。一千四百五十二个我和妻女可能会有的不同人生，只要我愿意，它可以变成无限次。但无论这些可能延续到多久之后，结局全都会坍缩向那一天的那一刻。五个月来，我第一次尝试敞开心扉，也是第一千四百五十三次感受那一刻。蒋老师坐直了身子，欲言又止，静静地看着我的情绪逐渐失控。

"其实我就算喝了酒，也可以打车过去接她们的……最后一次产检，那张3D彩超，我的女儿，都已经在对我笑了。明明之前我那么抗拒有一个小孩，可当我真的感受到一条时间线在我眼前湮灭的时候……"

"为什么没有接受仿生技术？"蒋老师突如其来的质问把我还没有流出来的泪水挡在眼眶中，"如果只是单纯的车祸，完全可以用仿生再造技术挽救。你还没出生的女儿，重新放回人造子宫里，DNA再生都只是时间问题。为什么没有这样做？"

在签死亡确认书之前，医生确实把仿生技术详解单给我看过。

——是啊，我为什么没有选择那些呢？

"其实两年前，我可以选择让你师母进行意识上传，保质期是五十年，至少在我死之前，她都能以某种方式一直陪伴我，但是我也拒绝了。为什么我们要拒绝呢？"蒋老师站起来，在我面前一边踱步一絮叨着，"现代医学和前沿科技发展太迅速，同时也太简单粗糙，它让你梦想成真的方式太粗暴了，太难以让人信服了，我们都是出于本能地拒绝它……是因为我们相信，肯定有更精确细致、更接近真理的解决方法。胡文，你越是怀疑自己在做的事情，就越是因为你还有相信它的冲动，那么为什么不继续相信下去呢？"

他停下来回走动的脚步，突然转过身去，拉开了书房厚重的窗帘，一片白光"哗"地扑进来，我许久没有见过白日的眼睛被瞬间刺痛。外面是已经接近清晨的光景，探过窗前的一簇树枝刚刚摊开掌心，用几片浅绿色的梧桐树叶平复着我的不适，抚慰我，提醒我，原来现在并不是深秋，而是初春。

"没有想到你发生了这样大的变故，我很遗憾。但我更加确信，这样的你肯定能走得更远。我今天来找你，其实是有非常重要的事情，不过在那之前，我希望你能答应我，不要再把你的学识用在低级的解决方法上了。"蒋老师拉过台灯的插头，一把扯掉台灯后面的电线，把这近两米长的绳子扔到一边，在我面前正色道，"高中的力学知识就能让你掌握一百种死法，但是人只有一种活法，那就是相信自己愿意相信的，然后堂堂正正地走下去。"

不是批评，不是怜悯，甚至不是劝解。他的话语充满力量，仿佛死亡这个选项根本不存在。

"老师……"

"还记得我以前给你说过的吗？可感知、可表达、可存在，这三者是一个循环。两年了，我终于知道它们是如何循环在一起的，但我不知道该怎么跟你更详细地解释才能说得清楚，所以我不敢轻易描述，我怕误导你。我只要完成我自己的愿望就够了，而你，是要给大家打开大门的人。"

蒋老师的语速变得非常快，我不得不强迫被酒精麻痹的大脑快速运转跟上他的话语。

"如果连你都不知道该怎么解释，那一定非常神秘。"

"不，世界怎样存在并不神秘，世界存在的这个事实才最神秘。所以你要看仔细，这件事，应该只会发生一次。"蒋老师把左手无名指上的戒指摘下来，在我呆滞的眼前晃了晃，放到我的手心里，往后退了两步，"胡文，体会这一刻，体会每一刻，坚持你相信的事情，时间自然会把我们带去正确的地方。"

"谢谢今晚的威士忌，谢谢我们之间的每一杯酒。"蒋晟最后对我说。

在那之前，蒋晟肯定还给我说了其他的话，但这些都不重要了，因为我的余生都将活在这半分钟里，我有足够的时间去回忆和品味他离开前说的每句话。

因为此时此刻，我需要把我所有的感官调动起来，去感受一件更重要的事情。

我需要连毛孔舒张的记忆都用到，刻下我是如何眼睁睁看着蒋晟抬起他的左手冲我摆了两下，如何看到他在原地侧了个身，如何在半秒后，环视一周看到被填满了温暖和光明的书房里，除了我自己，便再无其他。

房间里又一次漾起尼格罗尼般的金红色，一切都还在微醺之中，如果不是手中握着还留有蒋晟体温的那枚戒指，我一定以为这又是一个梦境。

他去了左边。

——真正的左边。

这个表达方式在我脑中冒出来的时候，所有能够描述刚刚发生的一切的言语和词汇，兀地变成了一把把钥匙，重重地敲打着空间中被时间分隔开来的无数堵厚墙。

——原载《科幻世界》2022年第10期

2023 年选系列封面绘图画家介绍

黄少鹏 中国油画学会学术委员会委员、广西美术家协会油画艺委会主任、漓江画派促进会副会长、国家一级美术师、硕士生导师。

《暑闲》 黄少鹏　80 cm×100 cm　2023 年

黄少鹏画作短评

　　如果说印象派的条件色体系关注的是物象的光色变化，少鹏在意的则是色彩的文化属性。这种属性是古迹在岁月浸润过程中残留下来的永恒色泽。少鹏崇尚魏碑的雄强古拙，这铸就了其艺术强悍的风貌，具有表现主义的性质，又因为书法运笔入画而兼有写意的蕴含。油画讲究画面的结构性和层次感，中国画则以骨法用笔见长。他汲取两者所长，兼具表现主义的强烈情感表达和中国传统写意画的文人内蕴，呈现出一种既粗犷又含蓄温润的个人风格。

——汪鹏飞（油画家）